BASTEI
LÜBBE

Von Gabriele Hoffmann sind bei Bastei Lübbe Taschenbücher lieferbar

61118 Constantia von Cosel und August der Starke
15124 Die Schiffbrüchigen

Über die Autorin:

Gabriele Hoffmann arbeitet als Journalistin und Schriftstellerin. Sie ist promovierte Historikerin und hat bereits viele erfolgreiche Biografien und Sachbücher veröffentlicht, unter anderem *Constantia von Cosel und August der Starke: Die Geschichte einer Mätresse*, *Schätze unter Wasser – Abenteuer Archäologie*, *Das Haus an der Elbchaussee: Die Geschichte einer Reederfamilie* und *Frauen machen Geschichte*. Mit *Die Schiffbrüchigen* legte sie ihren ersten Roman vor. Die Autorin lebt in Bremen.

Gabriele Hoffmann

Annas Atoll

Roman

BASTEI
LÜBBE

BASTEI LÜBBE TASCHENBUCH
Band 15 236

1. Auflage: Dezember 2004

Vollständige Taschenbuchausgabe

Bastei Lübbe Taschenbücher ist ein Imprint
der Verlagsgruppe Lübbe

Lizenzausgabe: Verlagsgruppe Lübbe GmbH & Co. KG, Bergisch Gladbach
Titelbild: Look
Einbandgestaltung: Gisela Kullowatz
Satz: hanseatenSatz-bremen, Bremen
Druck und Verarbeitung: AIT Nørhaven A/S, Viborg
Printed in Denmark
ISBN 3-404-15236-0

1. Lieferung der Gefangenen
Lilli von Eck

Ich kam beim Schiffbruch der *Diana* auf die Insel. Der Schoner lief am Morgen des 28. Februars 1914 auf das nördliche Riff, und seine Masten brachen. Wir waren dreizehn an Bord: der Kapitän mit seiner Frau und zwei kleinen Töchtern, acht Mann Besatzung und ich, Lilli von Eck, Gouvernante aus Deutschland.

Entwurf eines Briefes der Gefangenen an den britischen Konsul Mr. Peter Coleman, undatiert. Vom Konsulat in die Lieferung eingelegt = Brief Nr. 1

Ich protestiere auf das Allerschärfste gegen meine erneute Gefangenschaft in Ihrem Haus. Ich bin keine deutsche Spionin. Ich habe die Insel nicht für deutsche U-Boot-Kapitäne ausgekundschaftet, damit sie dort eine Basis errichten können.

Ich wusste nicht einmal, dass Krieg in Europa ist. Das kann Ihnen Commander Francis bestätigen, und das können Ihnen alle anderen Offiziere und Matrosen bestätigen, die uns von der Insel retteten. Das nordamerikanische Kanonenboot Portland *war das erste Schiff, das wir nach drei Jahren gesehen haben.*

Ich bin zum zweiten Mal aus Ihrem Haus geflohen, weil ich mich in Salina Cruz nicht mehr sicher fühle, Herr Konsul: Anna María Armand droht eine Mordanklage und mir ein Spionageprozess. Die Stimmung gegen uns Überlebende ist umgeschlagen.

Bei unserer Ankunft mit der Portland *haben die Einwohner der Stadt uns als Heldinnen gefeiert, die drei Jahre auf einer kleinen Vogelinsel überlebten, obwohl das Versorgungsschiff ausblieb.*

Ich habe Sie gesehen, Herr Konsul, als Sie aus dem Boot des Hafenmeisters an Deck des Kanonenboots kletterten, etwas mühsam, mein Lieber, und dann habe ich gesehen, wie Sie Anna umarmten und Tirza und Maripepa. Ich habe Sie sogar gerochen, denn mich haben Sie auch umarmt – Lavendelwasser, Herr Konsul: ein blonder weicher Bart, rote Lippen und Lavendelwasser. Aber wer hat uns nicht alles umarmt an diesem Tag – die halbe US-Marine und ganz Salina Cruz.

Doch dann liefen böse Gerüchte durch Hafen und Stadt. Erst flüsterte man, wir vier geretteten Frauen seien blutgierige Weiber, die auf der Insel nach dem Tod der Männer einen Frauenstaat errichteten, eine Diktatur der Witwen, und aus Mordlust noch den Leuchtturmwärter töteten, den letzten überlebenden Mann, ihn mit Messern in Stücke hackten. Dann hieß es, ein Leutnant der US-Portland *habe den Leuchtturmwärter erstochen, weil er der mexikanischen Armee angehörte. Sie, Herr Konsul, stellten mich zum ersten Mal unter Hausarrest.*

Ja, ich bin wieder geflohen. Na und? Flucht ist das vornehmste Recht einer Gefangenen. Und wie reagierten Sie? Sie ließen mich von berittenen Banditen mit Lassos einfangen. Ich sehe mich noch im roten Staub eines abgeernteten Maisfelds, mein Schatten ist schmal und lang, und der Schatten der Berge läuft über das Feld und legt sich auf meinen Schatten, die Lassos sirren durch die Luft.

Ich verstehe Sie sehr gut. Sie wollen Geld verdienen.

Sie vertreten in diesen Kriegszeiten als britischer Konsul auch die Geschäfte der USA. Als Kaufmann in einem kleinen Nest am Pazifik ist das die Chance Ihres Lebens. Salina Cruz ist der heimliche Öl- und Kohlehafen der Amerikaner in Mexiko. Die Revolution hat Salina Cruz noch nicht erreicht, aber das politische Gleichgewicht in der Stadt ist schon äußerst prekär. Sie wollen mich zur Hand haben, damit die Amerikaner, Ihre Kunden, mich nach Bedarf anstelle des Leutnants einer aufgebrachten Öffentlichkeit als deutsche Spionin präsentieren können und als eine der Mörderinnen des treuen mexikanischen Leuchtturmwärters, der nur verhindern wollte, dass ich den Deutschen Signale sendete.

Ich bin weder Spionin noch Mörderin.

Womit hätte ich eigentlich senden sollen?

Als Salina Cruz in der Nacht meiner zweiten Flucht hinter mir lag, wollte ich nie mehr an die Jahre auf der Insel denken. Ihr Pferd ist ausgezeichnet, ohne Verrat hätten Sie mich niemals bekommen. Ich glaubte mich bei den Revolutionären in Sicherheit. Ihre Verbindungen sind wirklich sehr weit reichend, Herr Konsul.

Sie können die Prozesse gegen Anna María Armand und mich verhindern!

Ich glaube, ich werde verrückt: Sie sind der einzige Mensch, der mir helfen kann. Aber Sie wollen mir nur helfen, wenn ich Ihnen alles erzähle – wenn Sie jedoch über alles Bescheid wissen, bin ich Ihnen erst recht ausgeliefert.

Gut. Gut, gut, gut.

Ich bin jetzt bereit, einen ausführlichen Bericht über meine Tätigkeit auf der Insel und über den Tod des Leuchtturmwärters Victor Lavista zu schreiben. Aber ich bitte Sie um Verschwiegenheit über alle Vorgänge. Auch Commander Francis und Leutnant Kelly und die übrigen Männer der Portland *haben sich zum Schweigen entschlossen. Mehr noch: Sie haben uns, den Überlebenden, zum Schweigen geraten.*

Ohne Anna Armand hätte niemand diese drei Jahre überlebt, auch die Kinder nicht.

Der zweite Innenhof Ihres Hauses misst fünf mal fünf Meter, und seine Mauern sind vier Meter hoch. Ich lebe wie am Grund eines trockenen Brunnens.

Ich verlange für meinen Bericht einen Spaziergang am Tag.

Ich muss die Menschen sehen, deren Lachen ich hinter den Mauern höre.

Ich muss den Horizont über dem Meer sehen – meine verlorene Insel ist flach, und bei Sturm gehen Brecher über sie hinweg.

Ich will Anna besuchen.

Ich werde eine Kopie meines Berichts anfertigen: für meinen Bruder, damit er begreift, dass seine Welt mit ihrem zweierlei Maß für Männer und Frauen mein Leben bedroht, und – vielleicht später – für Naturkundige, die wissen wollen, wie das Leben auf einer Vogelinsel aussieht. Berichte dieser Art werden in Zeitschriften abgedruckt und haben auch mich gefesselt, ehe ich Deutschland verließ. Ich bitte Sie, diese Kopie zu respektieren und sie, sollte mir etwas zustoßen, meinem Bruder an die Adresse zu senden, die ich Ihnen angegeben habe.

Schicken Sie mir mehr Papier, Stahlfedern, Tinte, ausreichend zu trinken – Orangensaft, viel Orangensaft, frisch gepresst.

Die Pacific Phosphate Company in London – früher Pacific Islands Company – hat mich als Gouvernante für die Tochter ihres Betriebsleiters Gustav Schmitz auf der Insel eingestellt. Mein Arbeitsvertrag gilt noch. Also müsste eigentlich die Company jetzt für mich sorgen, aber wie ich hörte, steht sie durch den Krieg in Europa kurz vor dem Konkurs.

Als ich den Vertrag unterschrieb, verdiente die Gesellschaft ein Riesenvermögen mit getrocknetem Vogelmist – Guano. Sie zahlte 84 % Dividende, rechnerisch, die Aktien waren mehrfach geteilt worden. Doch trotz dieser Erfolgsgeschichte, die meinem Arbeitsvertrag beilag, erwiesen sich die Auskünfte der Niederlassung in London – der Hauptsitz der Gesellschaft ist in Australien, in Sydney – mit der Zeit als ungenau, bis auf zwei: Die Insel ist ein Atoll, und sie liegt 670 Seemeilen südwestlich von Acapulco.

Ich fuhr mit der Eisenbahn von Berlin nach Bremerhaven, von dort mit dem Dampfer nach New York – zweiter Klasse, noch sehr komfortabel – und weiter mit der Eisenbahn quer durch Nordamerika nach San Francisco. In San Francisco saß ich fest. Die Guano-Gesellschaft hat dort auch ein Büro, aber keiner ihrer beiden Herren wusste, wie ich auf die Insel kommen könnte. Angestellte der Gesellschaft und Kontrakt-Arbeiter aus Italien und Japan sind in normalen Zeiten mit dem Schiff nach Acapulco gefahren und haben dort auf die Abfahrt des Versorgungsdampfers gewartet. Aber in Mexiko war Revolution, und die Herren rieten mir von einer Reise nach Acapulco dringend ab.

Ich blieb mehrere Wochen in San Francisco und hatte das billige Hotel bald satt, nicht die Stadt, die liegt mir sehr. Es waren diese einsamen Abende in meinem Hotelzimmer, die mich anödeten – Blümchentapete und hellhörige Wände, Sie wissen schon. Die beiden Herren der Guano-Gesellschaft waren auch keine Herren, obwohl sie immer schwarze Anzüge, Hüte und Handschuhe trugen. Ich bekam von ihnen sattsam Blumen, Whiskey und unsittliche Anträge. Der eine Herr war groß und dünn und hatte ein ganz blasses Gesicht und nasse Lippen, der andere war klein, rund und rot und blies mir, wenn ich nicht aufpasste, bei Tisch seinen heißen Atem ins Ohr.

Damals pflegte ich mich noch aus unangenehmen Situationen herauszulächeln. Ich hatte in Deutschland lange um die Anstellung auf einer Vogelinsel im Pazifik gekämpft, und ich konnte jetzt nicht einfach aufgeben und zu meinem Bruder zurückfahren und mir sein Das-habe-ich-dir-doch-gleich-gesagt-Gesicht ansehen.

Dann kam meine Rettung.

Die beiden Herren erfuhren, dass der Schoner einer Firma Billings von Seattle nach Peru ging und der Kapitän in San Francisco seine Frau und seine kleinen Töchter an Bord nehmen wollte. Der Schoner würde vor der Bucht beidrehen, damit die Firma Zeit und Liegegeld sparte, und die Frau würde mit einer Dampfbarkasse hinausfahren und zusteigen. Die Herren vereinbarten mit der Firma Billings, dass der Kapitän auch mich an Bord nehmen und auf einem kleinen Umweg zur Insel dort absetzen sollte.

Der Schoner hieß *Diana* und war mit Holz beladen – das erzählten die beiden Herren mir bei Blumen, Whiskey und letzten unsittlichen Anträgen. Er hatte den Columbia River Mitte Januar verlassen und war in einen schlimmen Sturm gekommen, eine See hatte den chinesischen Koch über Bord gewaschen und der Wind das Schiff nach Norden in die Straße von Juan de Fuca geblasen. Dort hatte der Kapitän einen kleinen Hafen aufgesucht und war nun, nach der Reparatur des Schoners, wieder nach Süden ausgelaufen.

Wochenlang hatte ich auf eine Reisegelegenheit gewartet,

nun ging alles ganz schnell. Ich war noch beim Packen, als ein Botenjunge mir die Nachricht ins Hotel brachte, der Schoner kreuze vor der Bucht. Eine halbe Stunde später saß ich in einer Droschke und fuhr zur Pier.

Ich schreibe alles so genau auf, um Ihren Verdacht zu widerlegen, ein deutsches U-Boot habe mich zur Insel gebracht. Die Adresse der Firma Billings in San Francisco habe ich leider verloren.

Die Frau des Kapitäns stand schon mit Kindern, Gepäck und Foxterrier am Hafen. Sie war eine stattliche Blondine in einem straff gespannten Korsett. Sie hatte hochrote Flecken auf den Wangen, ihre Haut war sehr weiß und ihr Haarknoten widerspenstig kraus. Sie war in meinem Alter – ich war damals vierundzwanzig – und hieß Greta Jonasson, und ihre niedlichen herausgeputzten kleinen Mädchen hießen Edith und Mary, aber das erfuhr ich erst später.

»Lilli von Eck«, stellte ich mich vor. »Ich bin die Lehrerin.«

»Jo-ha!«, sagte sie.

Sie hielt meine Hand fest und sah über meine Schulter an mir vorbei. Ich drehte mich um. Meine beiden Herren von der Guano-Gesellschaft kamen winkend und rufend die Straße herab mit Blumensträußen, schrägen Hüten und Pralinenschachteln.

»Allerliebste Lehrerin Lilli, leb wohl«, sang der kleine Runde mit Whiskeyatem.

»O du meine klitzekleine Gouvernante, adé«, sang der große Dünne. »Adé o dú.«

»Und was«, fragte Greta Jonasson mit schwerem skandinavischen Akzent, »was unterrichten Sie?« Sie ließ meine Hand fallen und zog ihre Kinder an sich.

Als wir schließlich in der kleinen Barkasse zum Schoner hinausdampften, sah Greta Jonasson hochmütig über mich hinweg, was nicht einfach war, denn die Wellen schaukelten uns und unser Gepäck ziemlich durcheinander. Greta Jonasson hielt mich als allein reisende Frau für eine Prostituierte, wie sie mir am nächsten Tag an Bord beschämt sagte, als sie eine Nähnadel auslieh und deshalb Freundschaft mit mir schloss. Auf der Überfahrt freute sich nur der Foxterrier der kleinen Mädchen über meine Anwesenheit. Er hatte ein weißes umgeknicktes Ohr. Er leckte meine Hand, setzte sich auf meinen linken Fuß und wärmte mich.

Der Schoner war schwarz gestrichen, ein breites, festes Lastschiff mit drei Masten. Kapitän Jonas Jonasson, der Erste Offizier Gunnar Halvorsen und zwei Matrosen, die in die Barkasse hinunterkletterten, halfen uns, über die Strickleiter an Bord zu kommen. Das war recht schwierig wegen unserer langen Röcke, in die der Wind fuhr, und wegen der Wellentäler, in die das kleine Boot plötzlich wegsackte. Auf dem Deck des Schoners lagen dicke Holzstämme. Sie waren mit eisernen Ketten befestigt. Ein Hahn krähte, und Schweine quiekten.

Kapitän Jonasson war ein schmächtiger, angestrengter Mann mit scharfen Falten von der Nase zu den Mundwinkeln und mit durchdringender Stimme. Er ließ sie selten hören, denn seine Leute schienen ihm vom Gesicht ablesen zu können, was er wollte. Er bewegte sich leicht und still.

»Guten Tag, Frau«, sagte er zu Greta.

»Ich habe ewig auf die Barkasse gewartet«, sagte Greta, »du musst dich im Büro beschweren, Jonas Jonasson.«

»Nun bist du ja da«, sagte er.

Er hob die kleine Mary hoch, die ihm die Arme um den Hals legte und ihn abküsste.

»Halvorsen, Halvorsen«, schrie Edith und stürzte sich auf den Ersten Offizier, »kennst du mich noch?«

Halvorsen fing sie auf. »Du wiegst jetzt so viel wie ein Wal«, sagte er und tat, als knickten ihm die Beine weg. Sie lachte entzückt und schrie: »Ich bin ein Elefant, ein Elefant.«

»Ich bin ein Affe«, schrie Mary und umklammerte den Kopf ihres Vaters.

»Da ist was dran«, sagte Halvorsen.

Gunnar Halvorsen war breit und bärtig, hatte riesige Hände, hellblaue Augen und ein ansteckendes Lachen. Seine Stimme war rau und warm. Wir hörten sie von nun an den ganzen Tag und wussten immer, wo er war.

Matrosen hievten unser großes Gepäck mit dem Bootskran an Deck und verstauten es im Laderaum. Kapitän Jonasson sah ihnen argwöhnisch zu. »Bei mir an Bord muss alles seinen Schick haben«, sagte er mit einem finsteren Seitenblick auf mich.

Die Matrosen freuten sich, Greta Jonasson und die kleinen Mädchen zu sehen, und redeten sehr laut mit ihnen auf Norwegisch. Wenn Edith und Mary antworteten, sagten die Männer »Jo-ha!« und »Jäjää«. Als Greta dem Kapitän schließlich frostig meinen Namen sagte und den Brief der Firma Billings aus ihrer Handtasche zog, fragten die Männer mich in singendem hüpfendem Englisch, ob ich schon mal auf einem Segelschiff gefahren sei.

Wollen Sie etwa auch noch die Namen der Matrosen von mir wissen, Herr Konsul? Wozu? Die sind jetzt doch im Krieg.

Sie sind in Skandinavien geboren, aber viele hatten amerikanische Pässe. Nur zwei Männer an Bord waren »englische« Amerikaner. Ich merkte den Unterschied sofort, denn die Norweger machten nicht so viel Aufstand um uns Frauen, achteten uns aber mehr. Die englischen Amerikaner sagten in den folgenden Monaten oft zu Greta und mir: »Frauen an Bord bringen Unglück.« Das fanden die Skandinavier überhaupt nicht, und so war es ja auch nicht: Unglück brachten der

Diana der Geiz der Firma Billings und die mexikanische Regierung.

Greta Jonasson zog zu ihrem Mann in die Kapitänskabine, und ich teilte mir mit den kleinen Mädchen und dem Fox die Koje von Gunnar Halvorsen, der die Kabine des Zweiten bezog, Hansen hieß er. Die Offizierskabinen gingen von der Messe ab, sie waren winzig, ich konnte mich nicht waschen, wenn das Schiff schräg lag, was es immer tat, und die Damentoilette war ein Eimer, weit entfernt in einem dumpfen Gelass, mehr will ich dazu nicht sagen. Aber diese Unbequemlichkeiten waren mir gleichgültig, denn als ich abends neben Edith in der Koje lag, Mary und den Fox eingestapelt zu unseren Füßen, hörte ich neben mir an der Bordwand das Wasser des Pazifiks rauschen.

»Du bist immer froh«, sagte Edith und kuschelte sich an mich. »Ich mag Leute, die froh sind. Halvorsen lacht auch immer. Magst du Halvorsen?«

Selbst auf dem freundlichen Schiff *Diana* gab es Gewalt, und sie erschreckte mich. Alle Segel waren gesetzt, der Himmel war blau und klar. Ein leichter nördlicher Wind schob den Schoner südwärts.

»Hai in Sicht!«, brüllte der Matrose am Steuerrad.

Kapitän Jonasson ging zur Kombüsentür und rief Pekko zu, dem neuen finnischen Koch: »Bring mir mal einen ordentlichen Brocken Salzspeck nach achtern.«

Der Kapitän verschwand in der Segelkammer und kam mit einem Haihaken wieder heraus. Er zeigte ihn Edith und mir: einen Haken aus daumendickem Stahl mit einem scharfen Widerhaken an der Spitze. Am unteren Ende des Hakens war eine Stahlkette angeschweißt, die in einem Ring endete. Jonasson befestigte ein starkes Tau am Ring.

Halvorsen ließ einen Matrosen den Bootskran ausschwingen und das Tau in eine Scheibe des Flaschenzugs führen.

Der Kapitän spießte den Speck so an den Haken, dass die Spitze gut freilag.

»Hai in Sicht!«, brüllte der Matrose am Steuerrad wieder. »Er kommt, er kommt!«

Der Kapitän ging schnell zum Heck.

Edith und ich, Greta Jonasson, Mary und der Foxterrier liefen ihm nach und sahen über Bord. Eine aufrecht stehende Rückenflosse kam mit großer Geschwindigkeit näher.

Halvorsen am Bootskran griff in das Tau mit dem Speckhaken und ließ den Haken im Wasser auf und nieder plumpsen.

Der Hai schwamm dicht am Tau vorbei. Er war drei Meter lang und dunkelgrau. Dann tauchte er weg.

Nach einer Weile kam die Rückenflosse wieder von hinten, holte den Schoner ein, glitt dicht an die Bordwand. Der Hai legte sich auf die Seite und zeigte uns einen hellen Bauch und sein Maul mit fünf Reihen dreikantiger Zähne.

»Pass auf, Halvorsen, er beißt jetzt an!«, schrie Kapitän Jonasson.

Der Hai warf sich mit einem Schlag seiner Schwanzflosse auf den Rücken, das Wasser schäumte und brodelte, er stieß vor – das Maul weit offen – und biss zu.

Halvorsen zog mit beiden Händen am Tau. Der Haken drang durch den Kopf des Hais. Die Spitze mit dem Widerhaken kam zum Auge heraus.

Matrosen sprangen ans Tau und zogen den Hai schnell hoch. Er hing ganz ruhig. Der Segelmacher hatte in ein anderes Tau eine Schlinge geknüpft und warf sie um die Schwanzflosse. Halvorsen ließ die Matrosen den Bootskran nach innen drehen, der Hai baumelte frei über dem Deck. Der Foxterrier bellte ihn an.

»Let go!«

Die Matrosen ließen das Tau los, der Hai klatschte schwer auf das Deck und begann, von Schmerzen gepeinigt, herumzuschlagen. Der Hund verkroch sich zwischen zwei Baumstämme.

Der Zimmermann zielte mit erhobener Axt auf die Schwanzflosse. Plötzlich schlug er mit aller Wucht zu. Der Hai war schneller, und die Axt fuhr in die Decksplanke.

Halvorsen sprang nach vorn, nahm dem Zimmermann die Axt aus der Hand und schlug blitzschnell die Schwanzflosse ab.

Der Hai zuckte mit dem Stummel.

Pekko, der Koch, schnitt mit einem großen Messer den Hai von oben bis unten auf. Zwei kleine Haie glitten aus dem Innern an Deck. Pekko warf sie über Bord, und Edith fing an zu weinen.

Der Matrose Asmus schnitt das fürchterliche Gebiss heraus, tauchte es in einen Eimer mit Wasser und klappte es auf. »Ich lasse mir an Land einen Spiegel hineinmachen«, sagte er zu Edith.

Die Männer nagelten die große Schwanzflosse vorne auf die Klüverbaumspitze. Sie töteten zum Zeitvertreib, sie wollten ihre Beute nicht essen. Sie warfen den verstümmelten Hai über Bord, er machte schwimmartige Bewegungen im Wasser.

»Der lebt noch bis Sonnenuntergang«, sagte Kapitän Jonasson.

Dann wusch die Mannschaft das Blut vom Deck, und Halvorsen sagte: »Wieder ein Satan weniger!«

Wir segelten in den goldfunkelnden Pazifik nach Süden, und die Luft wurde wärmer. Am vierten Tag war die Dünung sehr stark, und ich kämpfte gegen Seekrankheit und legte mich in die Koje. Am Abend des fünften Tages, am 27. Februar, fuhren wir in dickes graues Wetter.

»Wir sind schon ganz nah an Ihrer Insel«, sagte Halvorsen, der mich trösten wollte. »Sie haben es bald überstanden, es kann nur besser werden.«

Aber als ich in der ersten Morgendämmerung an Deck ging – ich hatte sehr gelitten in dieser Nacht –, sah ich nur wildes weiß tobendes Meer. Der Wind heulte in Wanten und Stagen.

Ich kletterte gerade den Niedergang wieder nach unten, als es im Laderaum knirschte und krachte. Der Schoner schien sich zu heben und stillzustehen, dann legte er sich auf die Seite, sehr langsam. Das Krachen wurde stärker und bedrohlicher. Alle drei Masten brachen und stürzten nach vorn in Fahrtrichtung. Das erzählte Halvorsen mir später: Der Schoner war über die unterseeische Riffplatte an der Nordseite der Insel gelaufen, bis er festkam und unter dem Druck der Segel kippte. In dem Augenblick, in dem die Masten brachen, begriff ich überhaupt nichts. Wasser stürzte durch den Niedergang auf mich herab, und ich kriegte keine Luft. Ich konnte mich nicht mehr festhalten und glitt die steilen Stufen hinunter, was sehr schmerzhaft war.

Ich hatte keine Angst, alles ging ganz schnell. Jemand zog mich aus dem Wasser und schob mich den Niedergang wieder hoch zum Licht. Arme griffen von oben nach mir und schleiften mich an Deck. Männer brüllten und setzten die Boote aus, sich überschlagende Seen fegten über den Schoner hinweg. Er lag quer zur See und stieß immer wieder auf Grund. Schaum strömte von den angeketteten Baumstämmen, alles Übrige war von Deck verschwunden: die beiden Wasserfässer am Großmast, Matrosenlogis und Kombüse, der Schweinestall mit den drei Ferkeln, der Hühnerkäfig.

Ein Mann drückte mir die kleine Edith in den Arm, ein anderer hob Greta Jonasson in das große Beiboot, jemand brüllte mich an, weil ich Edith festhielt, riss sie mir weg und reichte sie in das Boot. Männer setzten sich an die Ruderbänke, die kleine Mary landete im Boot, der Foxterrier, nass und sehr klein, und dann ich. Eine Welle begrub uns. Als ich aus dem Wasser, nach Luft japsend, wieder auftauchte, lag der Schoner hinter uns, und die Brandungswogen gingen über ihn und die beiden anderen Boote hinweg.

Die Brecher schoben unser Boot vor sich her, hoben es hoch in die Luft, schienen es zu drehen. Wir sackten in die Tiefe, Wasser stürzte auf uns herab. Die Männer ruderten mit aller Kraft, während der nächste Brecher uns wieder hob. Sie legten die Ruder eng an das Boot, wenn wir bergab sausten, und wenn wir am tiefsten Punkt angekommen waren und der Kamm drohend über uns hing und die See uns zurückzuziehen schien, ruderten sie wie verrückt, um vom Sog loszukommen. Danach stürzte wieder Wasser ins Boot, und als wir einmal auftauchten und der Fox über Bord trieb und jaulte und mit seinen kleinen Pfoten paddelte, sahen wir Haifische im Wellenberg neben uns, auf gleicher Höhe mit unseren Köpfen. Greta Jonasson stieß mit dem Bootshaken nach ihnen, ich umklammerte Edith, die verzweifelt nach dem Fox schrie.

Als der Hund unterging, dachte ich, die Männer würden es nicht schaffen. Doch dann schossen wir auf dem Rücken einer riesigen Woge auf den Strand, und so kam ich auf die Insel: im hohen Bogen, Herr Konsul, im hohen Bogen.

Auf dem Strand stand Anna María Armand in einem gelben Seidenkleid, mit einem weißen Hut in der einen Hand und einem flatternden weißen Sonnenschirm in der anderen. Hinter ihr standen Maripepa und die Kinder und Tirza MacPherson und die Frauen, die nun tot sind. Männer in prächtigen Militäruniformen standen da, Hauptmann Armand mit goldenen Tressen auf Dunkelblau und Rot, mit Handschuhen und Säbel, und ein dicker kleiner Mann in kurzen Hosen, mit fahlem blondem Schnauzbart und langem, dünnem Haar: Gustav Schmitz, mein Arbeitgeber. Er behauptete später, er habe den Krach gehört, den die *Diana* beim Auflaufen auf das Riff machte, und sofort zu seiner Tochter gesagt: »Aufstehen, Luisa, wir gehen an den Strand, deine Gouvernante ist angekommen.«

2. Lieferung der Gefangenen
Lilli von Eck

Ich hatte mir den Landring eines Atolls breiter und höher vorgestellt. Hinter mir tobten die Wellenberge des Pazifiks, vor mir dehnte sich das Wasser der Lagune, und der Streifen Land zwischen diesen Wassern maß keine fünfzig Meter und war ganz flach. Jeden Augenblick konnte ein Brecher darüber hinwegfegen und Rettungsboot und Menschen in die Lagune tragen.

Ich war völlig durchnässt, und nun, wo ich auf einem Strand stand und begriff, was geschehen war, begann ich zu zittern.

Frauen umringten Greta Jonasson und mich. Sie waren klein und schwarzhaarig und trugen bunte Blusen und gewebte Röcke. Sie streichelten Edith und Mary und drückten ihre Köpfe an sich und wickelten uns in ihre gewebten Umhänge.

Die Frau im gelben Seidenkleid – Anna María Armand – zeigte auf einige Boote an der Lagunenseite des Landrings und sagte auf Englisch: »Bitte, folgen Sie mir.« Sie trug ihr Haar in einem eleganten Knoten am Hinterkopf und im Knoten einen

Schildpattkamm, der mit Diamantsplittern besetzt war. Die Diamanten glitzerten.

Greta schluchzte auf. Sie strich sich die nassen Haarsträhnen aus dem Gesicht und sah an sich herunter: Sie war noch im Unterrock, so schnell hatte das Unglück uns getroffen.

»Was denkt die jetzt von mir?«, zischelte sie mir zu.

»Dasselbe, was Sie in San Francisco von mir gedacht haben«, sagte ich.

Greta brach in Tränen aus und fiel mir um den Hals.

»Ich bleibe bei meinem Mann«, heulte sie, woraufhin wir uns beide wieder umdrehten und auf das wilde Meer hinausschauten, dem Wind und den Brechern entgegen.

Die andern Boote der *Diana* lagen nun auch auf dem Strand, und die Männer schoben das große Boot, mit dem wir gekommen waren, wieder ins Wasser.

»Jonas Jonasson!«, schrie Greta herzzerreißend. »Jonas!«

Er rief etwas auf Norwegisch zurück.

Die kleinen Mädchen drängten sich rechts und links an ihre Mutter.

»Wir gehen mit den Frauen«, sagte Greta gefasst. »Vater holt noch das Gepäck.«

Der spätere Leuchtturmwärter Victor Lavista fiel mir zum ersten Mal auf, als wir in die Boote stiegen. Die indianischen Frauen hatten kleine Einbäume, in denen sie uns über die Lagune zu einer Militärsiedlung paddeln wollten, in einen kam Greta mit Mary, die wieder weinte, weil die Haie den Foxterrier gefressen hatten, in einen anderen kam ich mit Edith. Anna Armand in Seidenkleid und Knopfstiefelchen, mit Hut und Sonnenschirm, stand vor einem Boot, das niemandem zu gehören schien. Schließlich lief einer der Soldaten herbei. Doch ein anderer Soldat rannte ihm nach, stieß ihn mit der Schulter um, sodass er hinfiel, und half dann der Señora beim Einsteigen. Das war Victor Lavista.

Er war mittelgroß und hatte einen schmalen dunklen Kopf und elegante Bewegungen, die sein Umhang unterstrich, den er über zusammengestoppelten Uniformstücken trug. Er plauderte freundlich mit der Frau seines Hauptmanns, und ich hätte den Angriff auf den anderen Soldaten für eine Sinnestäuschung gehalten, wenn der sich nicht mühsam aus dem Sand hochgerappelt und seinen Arm gehalten hätte, der ihm offenbar ziemlich wehtat. Victor Lavista strahlte Tüchtigkeit und Umsicht aus.

Keine Vorahnung warnte mich, Herr Konsul. Vorahnungen haben immer nur andere Leute. Auch Anna ahnte nichts, im Gegenteil: Der Frau des Hauptmanns schien es zu schmeicheln, dass der Soldat Lavista sich danach drängte, sie über die Lagune zu bringen.

Unser Einbaum lag unruhig im Wasser. Edith und ich saßen stocksteif und wagten nicht, uns zu bewegen. In der Mitte der Lagune war der Landring des Atolls nur ein dunkler Strich am Horizont. Große Seevögel flogen über uns hinweg, sie schrien und stritten. Ein riesiger Vogel schoss auf einen kleineren zu, der nach oben auswich. Doch der Riese folgte ihm und stieß seine Schnabelspitze heftig in den Hals des Kleineren. Das Futter flog aus dem Kropf, der Riese schnappte es blitzschnell.

Endlich fuhren die Boote auf den Strand. Orangefarbene Krabben bedeckten den Boden, hunderte, tausende, ich wusste nicht, wohin ich treten sollte. Der Boden schien zu schwanken, so schnell liefen sie hin und her, verschwanden unter Steinen und in Erdlöchern, huschten wieder hervor. Erst als Sarita, die uns gepaddelt hatte, kräftig mit einem Fuß aufstampfte, wagten Edith und ich uns an Land.

Victor Lavista half der Frau seines Hauptmanns beim Aussteigen, schweigend. Seine Augen waren schwarz und schillerten, als ob eine Flüssigkeit auf ihnen schwamm. Man konnte nicht hineinsehen.

Wir folgten Anna Armand zu einer Ansammlung von kleinen Häusern – einfachen fensterlosen Hütten, zu deren dunklen Türöffnungen keine Treppen führten. Die Hütten standen – standen, die meisten gibt es nicht mehr – auf Säulen aus geschichteten Korallensteinen. Die Wände waren aus Holzbrettern, von denen weiße Farbe abblätterte, und die Dächer aus rostigen Blechplatten.

Ein Haus am Ende der Siedlung hatte Fenster und ein zweites Stockwerk, das Haus des Hauptmanns Armand.

Seevögel schrien, und ihre Exkremente regneten auf uns herab. Señora Armand spannte ihren Schirm auf.

»Vogelscheiße«, sagte Edith geziert, »igitt.«

»Hör auf, Edith«, sagte Gerda. »Das waschen wir ab.«

Schwaden von Vogelgeruch kamen über die Lagune, beißend und sauer.

Später, als der Wind einschlief, begann die ganze Insel sauer zu riechen. Die Menschen rochen nach Guano, sie stanken nach Guano, sie rochen schlechter als toter Fisch. Auch die vornehme Anna María roch. Der Geruch war in ihre weiche Haut eingedrungen, in ihr dunkles seidiges Haar.

Es dauerte mehrere Tage, bis ich mich an den Geruch des Atolls gewöhnt hatte. Dann rochen wir von der *Diana* genauso wie alle anderen. Ich erinnere mich, wie die Seeleute der *Portland,* die uns so wohl wollten bei unserer Rettung, sich grinsend von uns abwandten.

Die Fenster der Armands hatten keine Glasscheiben, nur hölzerne Läden zum Schutz vor der Sonne, dem Wind und dem Regen. Unter dem Haus hielt der Hauptmann Hühner in einem

Käfig aus Kükendraht. Maripepa – das Mädchen der Armands und in Haltung und Würde das Echo ihrer Señora – holte eine Trittleiter hervor und stellte sie an die Wand, das war die Haustreppe. Die Leiter war mit Blech beschlagen und hatte in Kniehöhe zwei Blechteller, damit die Krabben nicht ins Haus kamen.

In der Küche zogen die Frauen mir meine nassen Sachen über den Kopf, ich wehrte mich, aber sie lachten nur, hielten meine Hände fest und zeigten sich meine Spitzenunterwäsche. Greta sah zwischen ihnen aus wie ein fetter weißer Säugling aus dem Riesenland. Sie wickelten uns in Decken und rubbelten unsere Haare und kämmten sie vorsichtig aus. Sie bestaunten die feinen blonden Haare der kleinen Mädchen und ihre blauen Augen.

Anna María Armand saß in einem Sessel und sah zu.

Neben der Küche ist ein Salon mit düsteren Plüschmöbeln, Samtportieren und Ölgemälden. Durch die halb offene Tür sah ich Victor Lavista vor dem Klavier stehen. Ich hatte nicht bemerkt, wie er in das Haus und an uns vorbeigegangen war. Anna María sagte: »Die feuchte Luft hier greift die Saiten an. Man muss sie mit einem öligen Lappen abreiben. Das ist die Arbeit von Victor Lavista.«

Ich glaube, da hörte ich seinen Namen zum ersten Mal.

Anna María ging in den Salon und spielte eine Tonleiter. Das Klavier hatte einen trockenen und metallischen Klang.

»Spielen Sie Klavier? Sie müssen mit mir vierhändig spielen«, sagte sie, als sie zurückkam. »Mein Sohn Feliciano ist am 29. Juni 1909 geboren. An dem Tag brachte das Versorgungsschiff mein Klavier. Beim Ausladen ist ein Seemann ins Wasser gefallen, und die Haie haben ihn gefressen.«

Anna sprach Spanisch mit mir, sehr langsam, und sie sah mir dabei in die Augen. Wenn sie merkte, dass ich etwas nicht verstand, wiederholte sie das Wort im gleichen Tonfall, bis ich es erkannte.

Die Armands benutzten den Salon nicht. Sie lebten draußen auf der überdachten Veranda oder, wenn es stürmte und goss, in der Küche.

Die Soldatenfrauen verabschiedeten sich und nahmen unsere Kleider mit, um in der Lagune das Salzwasser herauszuwaschen. Maripepa, das Mädchen der Armands, stellte Limonensaft und Napfkuchen auf den Tisch. Unter dem Tisch spielten Annas kleine Töchter – Alicia, damals drei Jahre alt, und Lydia, ein Jahr. Der Kuchen war rosa, das kam von den Seeschwalbeneiern, mit denen Maripepa ihn gebacken hatte.

Victor Lavista im Salon war so still, dass wir ihn wieder vergaßen. Heute weiß ich: Er beobachtete uns immer.

Meinen Arbeitgeber Gustav Schmitz sah ich erst am späten Nachmittag wieder, als die Sonne blutrot sank und die Männer über die Lagune kamen.

Ich kann mich nicht mehr genau an alles in der richtigen zeitlichen Reihenfolge erinnern, ich war so erschöpft, ich schlief zwischendurch im Salon ein oder saß einfach da und sah vor mich hin. Greta und ich hielten uns dicht beieinander. Einmal brach Greta in Schluchzen aus.

»Um Jonasson habe ich keine Angst«, stammelte sie, »aber der kleine Hund, ach, der niedliche kleine Hund. Ich seh immer, wie er mit den Beinchen paddelt und wie dann das Wasser voller Blut ist.«

Danach wohl hörten wir das Motorboot.

Das Motorboot ist Eigentum der Guano-Gesellschaft und befindet sich noch auf der Insel. Es ist sechzehn oder siebzehn Meter lang und aus Mahagoni und hat ein rot gestreiftes Sonnendach, das nun aber verblichen ist. Gustav Schmitz fuhr den

Hauptmann darin über die Lagune, wenn Armand bei offiziellen Anlässen wie der Ankunft eines Schiffs Galauniform trug und glänzende Schaftstiefel und ein dunkelblaues Cape, das mit roter Seide gefüttert war. Gustav Schmitz trug immer nur diese kurzen Hosen unter seinem dicken Bauch und Hemdsärmel.

Ich war darüber anfangs – ich möchte mal sagen: äußerst erstaunt. Ich hatte mir den Leiter eines großen Betriebes mit dutzenden von Angestellten und Arbeitern im weißen Leinenanzug und Tropenhelm vorgestellt.

Die Männer der *Diana* polterten in ihren Seestiefeln herein. Pekko, der kahle Koch, und Hansen, der lange Zweite, fluchten, denn die Vögel hatten sie voll erwischt.

»Gold, alles Gold«, sagte Schmitz freundlich.

Zwei oder drei mexikanische Soldaten kamen barfuß die Trittleiter hoch und standen bescheiden und lächelnd zwischen den großen Skandinaviern und Amerikanern, die sich schwerfällig und ohne Aufforderung an den gedeckten Tisch setzten.

»Nehmen Sie bitte Platz«, sagte der Hauptmann, als alle saßen. »Mein Haus ist das Ihre.«

Kapitän Jonasson starrte ihn an. Seine Hände bluteten. Die Seeleute waren immer wieder zum Wrack gerudert, hatten Kisten und Fässer mit Lebensmitteln gerettet, die Papiere und Navigationsinstrumente des Kapitäns, Segel und Seesäcke. Mein großer Überseekoffer war verloren, aber sie hatten meine Reisetasche aus Halvorsens Kabine mitgebracht. Weil die Kabine so klein war, hatte ich immer alles in dieser Tasche gelassen, Wäsche, Blusen, sogar Bücher, worüber ich mich jetzt freute. Am Schluss, als Brecher zwei Boote zertrümmert hatten und nur noch das Großboot übrig war, lösten die Männer auf einer letzten gefährlichen Fahrt die Ketten über der Decksladung. Am nächsten Tag war der Nordstrand mit Baumstämmen und Schnittholz aus dem Laderaum übersät.

Ehe Gustav Schmitz sich an den Tisch setzte, begrüßte er mich noch einmal sehr liebenswürdig. Er war ein Rheinländer mit lustigen gelben Augen, und ich mochte ihn sofort. Seine Tochter Luisa, sagte er, sei nach Hause gelaufen, um die Mama zu holen, die mich schon lange erwarte.

Auf dem Tisch standen große Schüsseln mit schwarzen Bohnen und Maiskolben und kleine Schüsseln mit Geflügel und Fisch und roten Saucen. Der Hauptmann führte vor, wie man einen Taco macht – diese Tortilla, in die man das Essen einwickelt. »Greifen Sie zu, greifen Sie zu«, sagte er. »Mit Tacos haben wir den Freiheitskrieg gegen die Spanier gewonnen. Die kamen gar nicht mehr runter vom Klo.«

Das Essen verschwand in großer Geschwindigkeit. Keiner sprach. Maripepa füllte die Wasserkaraffen nach.

»Das Wasser ist gut«, sagte Gustav Schmitz in die Stille. »Wir haben mehrere Zisternen, und es regnet viel.«

»Die Insel ist eine wahre Wasserküche«, sagte der Hauptmann.

Die Männer der *Diana* sahen ihn finster an.

»Wie kommen wir hier weg?«, sagte Kapitän Jonasson langsam, und seine Worte klangen wie eine Drohung.

»Wir erwarten das Versorgungsschiff im Mai«, sagte Gustav Schmitz.

»Mai?«, wiederholte der Kapitän. Er atmete tief ein und tief und geräuschvoll aus und sah seinen Ersten an: »Heute haben wir den 28. Februar.«

»Können Sie uns ein Boot geben?«, sagte Gunnar Halvorsen, und seine warme Stimme füllte die Küche aus.

»Von Herzen gern«, sagte Schmitz.

Doch das Motorboot, sagte er, sei nicht hochseetüchtig, und außerdem habe er nicht genügend Petroleum – das Boot hat eine Petroleum-Kraftmaschine, Herr Konsul. Der Kapitän des Versorgungsschiffs hatte die Kanister in Acapulco an der Pier stehen gelassen.

»Und ein Ruderboot?«, sagte Halvorsen.

»Ein Ruderboot?« Armand lachte wie über einen Witz.

»Im Ruderboot nach Acapulco«, sagte Schmitz versonnen. »Doch, das ist schon einmal nach einem Schiffbruch gemacht worden. Das ist sehr gefährlich. Damals sind drei Mann losgerudert, und einer ist angekommen.«

Wir hörten schwere Schritte auf der Leiter, und in der Tür erschien eine große hellhäutige Frau mit langem schwarzem Haar, knallrot gemalten Lippen, einem großen wogenden Busen und goldenen Ohrringen. Neben ihr drängte sich die kleine Luisa in die Küche.

Die Frau starrte wütend Greta Jonasson an.

Greta starrte mit offenem Mund zurück.

»Dies hier ist Fräulein von Eck, Carlotta«, sagte Schmitz.

Frau Schmitz funkelte mich an. Sie bellte rau: »Luisa! Komm!«, und verschwand schnaufend und laut stapfend, wie sie gekommen war.

Hauptmann Armand tätschelte Schmitz tröstend die Hand.

Diesmal hatte ich eine Vorahnung: In dieser Familie würde eine Gouvernante einen schweren Stand haben.

Hauptmann Feliciano Armand gefiel mir von Anfang an. Die Seeleute hielten ihn für eine komische Figur, denn er war dick und weich und hatte Augen wie ein Operettentenor und pflegte seinen schwarzen Schnurrbart mit Haarpomade. Aber sein Lachen war laut, und er liebte die Menschen. Er nahm nichts wirklich wichtig.

Das gerade empörte Kapitän Jonasson. Das Essen hatte ein Ende und damit auch die Höflichkeit. Der Kapitän ging scharf auf den Hauptmann los: »Wozu sind Sie hier, wenn Sie uns nicht helfen können?«

Der Hauptmann hatte zwei Aufgaben: Er sollte jede französische Streitmacht melden, die versuchte, die Vogelinsel zu besetzen – wie denn melden?, fragte Jonasson höhnisch dazwischen –, und er sollte den Guano-Abbau der Pacific Phosphate Company überwachen. Hintergrund beider Aufgaben: Bis heute weiß niemand, wem die Insel gehört.

Zuerst haben die US-Amerikaner vor vielen Jahren behauptet, das Atoll sei ihre Insel. Aber dann behauptete Frankreich, ein französischer Kapitän habe die Insel vor zweihundert Jahren entdeckt, und Mexiko behauptete, ein spanischer Kapitän sei noch früher da gewesen. Die USA sind irgendwann aus dem Besitzstreit ausgeschieden, dafür hat der Streit zwischen Frankreich und Mexiko sich zugespitzt. Mexiko stationierte eine Garnison auf dem armseligen Atoll und gab Hauptmann Armand – der war damals noch Leutnant – den Rang eines Gouverneurs. Ein paar Jahre später einigten Mexiko und Frankreich sich, den König von Italien als Schiedsrichter anzurufen. Und der lässt sich heute noch Zeit.

Vielleicht ist Ihnen der Streit ja bekannt, Herr Konsul, aber mir war er damals neu. Mein Onkel Jonathan in Berlin, der mit den Aktien der Phosphat-Gesellschaft so viel Geld verdiente, dass er sich jedes Jahr ein neues Automobil kaufte, hat auch nichts davon gewusst.

Gustav Schmitz sagte: »Es geht um Geld: Welche Nation kriegt von den Millionen etwas ab, die der Abbau von Guano bringt? Meine Gesellschaft überweist Prozente auf ein Konto in London, und wer den Streit um die Insel gewinnt, bekommt das Geld.«

Kapitän Jonasson trommelte mit den blutigen Fingern auf den Tisch: »Mir kann es egal sein, wem die Insel gehört.« Sein Gesicht war klein vor Müdigkeit, die Haut lag eng über den Knochen, so, als wäre sie eingelaufen.

»Sagen Sie das nicht«, sagte der Hauptmann. »Die mexikanische Armee schickt schließlich das Versorgungsschiff.«

»Aber meine Gesellschaft bezahlt die Lebensmittel für zehn Soldaten, die den lieben langen Tag nichts tun«, sagte Gustav Schmitz scharf, »für einen Hauptmann, einen Leutnant, einen Korporal und zahllose Frauen ohne Trauschein und Kinder ohne Geburtsurkunde.«

»Nicht heute, mein Freund«, sagte der Hauptmann bittend. Wir waren offenbar bei einem alten Streitpunkt zwischen den beiden angekommen. »Und dann habe ich noch Befehl, das Leuchtfeuer zu unterhalten.«

Die Seeleute saßen auf einmal ganz still, das war unheimlich, denn ihre Augen lagen im Schein der Petroleumlampe in dunklen Höhlen.

»Welches Leuchtfeuer?«, sagte der Kapitän langsam.

»Das Leuchtfeuer auf dem Vogelfelsen natürlich«, sagte Gustav Schmitz.

»Meine Regierung hat mir befohlen, das Licht zu löschen, weil Petroleum so teuer geworden ist«, sagte der Hauptmann. »Seit Januar brennt das Feuer nicht mehr. Silverio Meza wird es Ihnen morgen zeigen.«

Silverio Meza war damals der Leuchtturmwärter.

Jonasson war außer sich. Billings hatte ihn in ein gefährliches Seegebiet geschickt, und die mexikanische Regierung hatte das Leuchtfeuer gelöscht, und er hatte Schiff und Ladung verloren. Ich weiß nicht, nach welchen Bedingungen eine Versicherung zahlt und ob die *Diana* und ihre Ladung überhaupt versichert waren. Ich weiß nur, dass die Besatzung vom Tag des Schiffbruchs an keine Heuer mehr bekam und dass Jonasson sich sorgte, ob man ihm je wieder ein Kommando als Kapitän geben würde.

Das jedenfalls sagte er, er brüllte es. Ich kann mich nicht mehr genau an alles erinnern, Herr Konsul, wörtlich, meine ich. Es ist lange her, und ich war sehr müde. Aber darum ging es: um Schadensersatz und um die Zukunft der Familie Jonasson.

Leutnant Malacate stand die ganze Zeit hinter seinem Hauptmann, und auch Victor Lavista stand dort. Malacates Gesicht sah aus, als wäre es aus Mahagoni geschnitzt.

»Der Hauptmann hat getan, was man ihm befohlen hat«, sagte Schmitz mit hoher Stimme. »Er ist Soldat, er gehorcht. Darf ich mal Ihre Seekarte sehen?«

Die Seekarte war alt. Die Firma Billings sparte an neuen Seekarten, oder Kapitän Jonasson war geizig – ich habe keine Ahnung, wer die Karten an Bord stellen muss. In der Seekarte jedenfalls war das acht Jahre alte Leuchtfeuer überhaupt nicht eingezeichnet. Außerdem standen laut Seekarte im Nordosten des Atolls Häuser, obwohl die Guano-Gesellschaft sie schon vor über zehn Jahren zum südwestlichen Strand bringen ließ. Jonasson hatte frühmorgens die Feuer gesehen, auf denen die Frauen neben den Hütten zum Frühstück Bohnen kochten, sich die Lage des Atolls ganz falsch vorgestellt und war mitten auf die Insel gesegelt.

Der Hauptmann stieß mitfühlende Laute aus und nannte den Kapitän von nun an seinen Freund. Armand machte niemanden klein, um sich selbst zu vergrößern. Er wusste, dass so vieles im Leben schief geht, auch wenn man sich Mühe gibt, und rechnete bei allem, was jemand versuchte, vorsichtshalber mit einem Misserfolg. Leben – das hieß für ihn Scheitern.

Der mexikanische Name des Atolls ist Isla de la Pasión, Insel des Leidens. Der alte spanische Kapitän hat sie wohl an einem Karfreitag entdeckt. Für Hauptmann Armand schien dieser Name noch eine verborgene, eine persönliche Bedeutung zu besitzen.

Ich zog noch am selben Abend mit meiner tropfenden Reisetasche zu Herrn Schmitz und seiner Familie. Kapitän Jonasson und die Seeleute verbrachten die erste Nacht auf der Insel in einem Schuppen, in dem Guano lagerte. Greta Jonasson und die kleinen Mädchen schliefen auf dem Fußboden im Salon der Señora Armand.

Das Wohnhaus von Betriebsleiter Schmitz war eine Baracke – er sagte: ein Bungalow –, an die für mich ein Verschlag angebaut war. Durch die Ritzen der Holzwand fiel das Licht der Petroleumlampe aus dem Wohnzimmer der Familie zu mir herein. An der Decke über meinem Bett hing ein nackter brauner Gecko.

Ich lag nachts lange wach, weil es so heiß war, und hörte zu, wie die Wellen des Pazifiks sich brachen. Ich war am Ziel.

Die Isla de la Pasión ist ein seltsames Atoll, ein Ring aus sieben, acht Kilometern Steinen, Korallensand und Vogelmist, zwischen vierzig und einhundertfünfzig Meter breit und keine zwei Meter hoch. Der Ring ist die oberste Kraterkante eines unterseeischen Vulkans, und die Lagune in der Mitte ist der wassergefüllte Krater. Die höchste Stelle des Vulkans liegt wie eine Zacke auf dem Ring: der Vogelfelsen.

Außen um das Atoll schwimmen Haie in großer Zahl, und vom Korallenriff, das bei Ebbe teilweise frei wird, sodass man hinausgehen kann, stürzt der Vulkan steil in große Tiefen hinab, 3000 oder 4000 oder 5000 Meter. Ich weiß das von Gunnar Halvorsen, und der hat es aus dem Seehandbuch. Der Ankergrund ist schlecht, steht da, denn man findet am Riff sofort Tiefen von mehreren hundert Metern. Die Strömungen um die Insel sind heftig und ungestüm.

Dies ist ein Ort, an dem man erwartet, dass ungewöhnliche Dinge geschehen.

3. Lieferung der Gefangenen Lilli von Eck

Ich habe Ihnen gezeigt, wie ich ohne U-Boot und ohne auf der Passagierliste des Versorgungsschiffs zu stehen, auf die Insel kommen konnte. Jetzt, Herr Konsul, verrate ich Ihnen, wer ich bin und welche Ausbildung ich habe.

Ich weiß, was Sie lesen wollen: Nackttänzerin mit Morseschein.

Ich bin Lehrerin. Ich habe die »Königliche Augustaschule« in Berlin besucht, ein staatliches Lehrerinnenseminar. Mein voller Name ist Marie Elisabeth von Eck. Das kann ich Ihnen nicht beweisen, denn in dem Orkan, der die Häuser auf der Insel zerstört hat, sind auch mein Pass und meine Zeugnisse verschwunden.

Geboren bin ich in einer norddeutschen Kleinstadt – Backsteinkirchlein überm See, ein hohes Schlossdach hinter Buchenwipfeln und unten am Seeufer ein altes weißes Haus mit grünen Fensterläden in einem großen Garten: mein Vaterhaus. Die Eingangstür ist aus Eichenholz, und wenn man den blanken Messingdrücker berührt, springt sie sofort auf. Die Diele hat

Steinfliesen, dunkle Schränke stehen an den Wänden, und alle Viertelstunde singt eine Standuhr die Zeit durch das Haus. Früher hat es einmal einem herzoglichen Beamten gehört, dann hat mein Vater es gekauft. Mein Vater war Professor am städtischen Gymnasium.

Meine Familie bestand im letzten Jahr, in dem ich in diesem Haus lebte, nur noch aus meinem großen Bruder und mir. Meine Mutter starb, als ich zur Schule kam, und als ich die Schule mit fünfzehn verließ, starb mein Vater. Einige Monate lang war ich ganz mir selbst und Liesing überlassen – sie ist eine Frau aus einem der Dörfer in der Umgebung und hat schon meine Mutter gepflegt. Dann kam mein Bruder nach Hause. Er hatte seine Stellung in einem Internat in England gekündigt und wurde nun Gymnasiallehrer an der Schule, an der mein Vater unterrichtet hatte.

Mein Bruder wurde mein Vormund. »Der junge Herr Doktor« nannte Liesing ihn, aber sie sagte es so, dass man merkte: Sie hielt nicht viel von ihm. Da war ich sechzehn, und Oswald – so heißt mein Bruder: Dr. Oswald von Eck – war doppelt so alt wie ich.

Mein Bruder ist ein schöner Mann, hoch gewachsen, wir haben die gleiche blonde Haarfarbe und die gleichen dunkelblauen Augen. Wir hätten uns gut verstehen können, denn wir sehen beide in allem schnell das Komische und lachen gern. Aber Oswald wollte, dass ich seine kleine Hausfrau war – Kochen, Backen, Putzen meinte er nicht, dazu hatten wir Liesing –, aber dass ich Klavier spielte, handarbeitete, dass ich die guten Bücher las, die er für mich aussuchte, und mich mit ihm darüber unterhalten konnte.

Ich war ein junges Mädchen ohne besondere Begabung. Ich musste mich oft selbst beschäftigen und wusste nicht, womit. Ich war ja nur auf der Töchterschule gewesen, bis zu meiner

Konfirmation, wir haben ein bisschen Englisch und Französisch gelernt, Rechnen und Schreiben natürlich, Zeichnen, Gedichte – ich kann viele Gedichte auswendig, ich habe sie mir aufgesagt in den einsamen Jahren, in denen das Versorgungsschiff ausblieb.

Leichte Geschwader, Wolken,
weiße Segel dicht,
die Gestade des Himmels dahinter
zergehen in Wind und Licht.

Das ist deutsch. Verstehen Sie es ein bisschen? Der Dichter heißt Georg Heym. Pekko, der kahle Koch aus Finnland, kannte ihn auch.

Aber was ich konnte, reichte meinem Bruder nicht. Er wollte mich bilden. Ich sollte ihm, wenn er mittags aus der Schule kam, das Essen vorsetzen und mir seine Erlebnisse anhören, und nachmittags sollte ich zu den Kaffeekränzchen der Lehrersgattinnen gehen und den älteren Kollegenfrauen zuhören.

Das fand ich langweilig.

Viele Jahre hatte ich mich mittags, wenn ich aus der Töchterschule kam – das Gymnasium war für Mädchen verboten –, an das Bett meines Vaters gesetzt. Er las mir Reiseberichte aus fernen Ländern vor, Piratengeschichten, wir wälzten Atlanten und abonnierten eine naturkundliche Zeitschrift, und später, als er nicht mehr selbst lesen konnte, las ich ihm abends vor, bis er einschlief. Das vertrieb seine Angst vor der Nacht und dem Dunkel.

Mein Bruder bestellte die naturkundliche Zeitschrift ab. Entdeckungsreisen – das sei nur etwas für Männer, sagte er. Ich müsse das Tagträumen lassen. Mir fehle die weibliche Fähigkeit, auf eigene Wünsche zu verzichten.

Wenn ich jetzt so an Oswald denke – da bekomme ich Sehnsucht. Ich war für ihn ein munteres Vögelchen, dem er die Schwingen stutzen wollte. Doch er hatte mich lieb.

Wie es ihm wohl geht?

Er ist Ihnen etwas ähnlich.

Ich möchte ihm so gerne schreiben, dass ich am Leben bin. Aber nun ist er Ihr Feind. Ein Brief würde wohl auch gar nicht ankommen. Was heißt denn das: Krieg in Europa, Herr Konsul? Wo ist mein Bruder jetzt?

Ich habe ihm oft geschrieben, nachdem er mich fortgeschickt hat, nach Dresden, in eine Pension. Anfangs war ich ihm böse deshalb, dann dankbar.

Mein kluger großer Bruder dachte, unsere Tante Johanna hätte ein Pensionat für höhere Töchter. Tante Johanna ist eine verwitwete Schwester unserer Mutter, hatte als Erzieherin und Gesellschafterin gearbeitet und sich schließlich, da sie kaum das Schulgeld für ihre beiden Söhne verdiente, in die Fremdenpension Klemm eingekauft. Die Pensionäre waren Damen und Herren aus England, Russland, Nord- und Südamerika, die den Winter in Dresden verbrachten, in die Oper gingen, in Konzerte, Theater, in Kunstausstellungen.

Meine Tante ist eine große, elegante Erscheinung, herzlich zu mir, zu allen – jeder macht, was sie vorschlägt. Anfangs lief ich den ganzen Tag hinter ihr her, und nach ein paar Wochen sprach ich bei den Mahlzeiten ohne Scheu Englisch, Französisch, sogar Spanisch. Ich konnte ausländischen Gästen in ihren Sprachen Zimmer vermieten und half dem Stubenmädchen.

Unter unseren Pensionären waren auch junge Mädchen in meinem Alter, die private Unterrichtsstunden nahmen, weil sie an Kunstakademien und Universitäten nicht zugelassen waren. Alle taten etwas in Dresden, lernten Klavier oder Geige, Latein, Gesang oder Malerei, nur ich lernte nichts. Ich habe gar kein

Talent, versicherte ich allen, die mich fragten, was ich in Dresden vorhabe.

Meine Tante rettete mich. »Was sagst du: Du lernst kochen!« Von nun an ging ich jeden Morgen in die Küche im Souterrain und lernte bei der dicken Frau Lehmann aus Pirna kochen. Wenn ich abends verspätet zum Essen kam, lobten die Pensionäre mich für meine Ernsthaftigkeit. Das tat mir gut, mein Bruder hatte mich für allzu harmlos gehalten.

Ich erinnere mich an ein anderes Gespräch mit meiner Tante.

»Sag mal, Tante, glaubst du, dass ich mir später meinen Lebensunterhalt selbst verdienen muss?«

»Wie kommst du darauf? Ich glaube, dass Oswald immer sehr gern für dich sorgen und dies auch können wird, wenigstens solange er unverheiratet ist.«

»Ja, solange. Aber es wäre doch netter, er heiratet, nicht wahr? Und dann, Tante, müsste ich doch allein für mich sorgen.«

»Besser ist es, wenn man es kann«, sagte meine Tante.

Sie meinte, eine Frau, die ein Haus führen kann, findet immer ihren Platz und ein gutes Auskommen in der Welt. Und so lernte ich Hauswirtschaft bei ihr.

In meinem zweiten Jahr in Dresden verlobte ich mich. Mein Verlobter hatte das Forstamtstudium gewählt, und wir wollten heiraten, sobald er eine Anstellung hatte. Ich sah mich als Förstersfrau mit ihm im Frühling durch den hellgrünen Wald gehen und im Winter im tief verschneiten Forsthaus mit unseren Kindern Bratäpfel in den Kachelofen legen. Aber es kam alles ganz anders.

Meine Tante verkaufte die Pension, heiratete Herrn Jonathan Patzewitz, einen reichen alten Witwer, und zog zu ihm nach Berlin. Mein Bruder heiratete. Mein Verlobter verunglückte tödlich nach einem großen Sturm im Wald.

Mehr erfahren Sie nicht von ihm und mir, Herr Konsul, er hat mit dieser Geschichte nichts zu tun und geht Sie gar nichts an.

Ein früherer Pensionsgast, eine liebe alte Dame, wollte mich als Gesellschafterin nach England mitnehmen. Mein Bruder riet mir ab: »Was wird aus dir, wenn sie einmal stirbt? Du hast keine Zeugnisse, hängst immer nur vom Wohlwollen anderer ab.«

Oswald fragte mich, wie ich mein Leben einrichten wollte. Es war einfach kein Platz mehr in dem alten Haus am See, für eine unverheiratete Schwester meine ich. Und so kam es, dass ich schließlich auf das Seminar nach Berlin ging.

Lehrerin war der einzige Beruf, den mein Bruder nicht als unweiblich oder für ihn beschämend ansah, denn Lehrerin ist ein Beruf, den man aufgibt, wenn man heiratet: In öffentlichen Schulen werden nur unverheiratete Lehrerinnen genommen. Außerdem setzt der Besuch des Lehrerinnenseminars keinen schulischen Abschluss voraus, den ich ja nicht hatte.

Wir Seminarschülerinnen waren eine lustige Gesellschaft, lauter junge und auch nicht mehr so junge Frauen mit krummen Lebenswegen. Wir erhielten Unterricht in Geografie, Naturgeschichte und Naturlehre – und auch in Handarbeit, Zeichnen und Musik. Wir hatten einen großen Übungssaal, in dem zehn Klaviere standen, an denen wir gleichzeitig üben mussten. Wir selbst wollten zwar berufstätig und unabhängig werden, aber es würde unsere Aufgabe sein, kleine Mädchen zu Hausfrauen und Müttern zu erziehen.

Mir war das ganz egal. Romane könnte ich schreiben über meine drei Jahre in Berlin. Ich plante, mit vier Freundinnen gemeinsam eine große Wohnung in Wilmersdorf zu mieten und zusammenzuziehen.

Doch als ich die Prüfung zur Lehrerin an Volksschulen sowie zwei Prüfungen in zusätzlichen Fächern – Englisch und Französisch – bestanden hatte, wünschte mein Bruder, dass ich in einem Privathaushalt unterrichte. Er fand die Arbeit an einer öffentlichen Volksschule proletarisch und fürchtete den Klatsch in seiner Kleinstadt. Dort tat er so, als ginge ich nur in einen adligen Haushalt, um den letzten gesellschaftlichen Schliff zu bekommen – als Pflegetochter der Hausfrau.

Er hatte keine Ahnung, was »mit Familienanschluss« praktisch bedeutete. Allerdings gab er mir den Ratschlag, den die meisten meiner Freundinnen von ihren Vätern oder Brüdern bekamen: »Wenn dir einer zu nahe kommt – tritt ihn zwischen die Beine, mein Kind.«

Mir kam keiner zu nahe. Die Väter und älteren Brüder meiner Zöglinge hielten sich an das ungeschriebene Gesetz, dass die Gouvernante im Haus tabu ist. Aber die Mütter machten mir das Leben schwer.

Meine erste Familie lebte auf einem Rittergut in Ostpreußen. Ich bekam nur 600 Mark im Jahr bei freier Station, weil es meine erste Stelle war. Ich durfte alltags mit der Herrschaft beim Essen am selben Tisch sitzen, was man als Ehre für mich ansah, und ich lernte reiten.

Es machte mir Spaß, die drei kleinen Mädchen zu unterrichten. Meine Vorgängerin war eine Witwe aus der Schweiz, die die Kinder Seife essen ließ, wenn sie bestraft werden sollten. Da ich selten strafte und nie mit Seife, wurden die kleinen Mädchen sehr aufgeschlossen und fröhlich und lernten gut. Doch je besser wir miteinander zurechtkamen, um so angespannter wurde mein Verhältnis zu ihrer Mutter.

Die Mutter hätte ihre Kinder am liebsten selbst unterrichtet. Sie fühlte sich von mir verdrängt und herabgesetzt – ich war geprüfte Lehrerin und machte doch nicht viel mehr, als sie selber konnte, zumindest mit den beiden kleineren Mädchen. Bei der

Ältesten richtete ich mich nach dem Lehrplan der höheren Mädchenschulen in Berlin. Das wiederum fand die Mutter zu streng.

Ich lebte zwischen Herrschaft und Dienerschaft. Ich fühlte mich einsam, wenn bei Festen unten Tanzmusik erklang, und fand es lästig, bei Tisch erscheinen zu müssen, wenn keine Gäste da waren und die Gräfin Unterhaltung brauchte. Den ganzen Tag musste ich zur Verfügung stehen. Ich dachte oft: Hättest du doch eine ordentliche Kochlehre gemacht. Dann würdest du jetzt in der Küche wie Frau Lehmann den Vorsitz am Tisch führen, und wenn Feierabend ist, hättest du dein eigenes Leben. Ehe ich kündigen konnte, lobte die Gräfin mich weg zu einer Cousine nach Sachsen, die angeblich dringend Hilfe brauchte.

Diese zweite Familie, eine Pastorenfamilie auf dem Lande, war noch schlimmer als die erste. Der Pastor ging fremd, und die Pastorenfrau fühlte sich durch eine berufstätige Frau im Haus vollkommen entwertet. Ich hatte vier Zöglinge, von denen ich zwei für die Aufnahmeprüfung für öffentliche Schulen vorbereiten sollte. Als beide die Prüfung sehr gut bestanden, kürzte ich meinen Vertrag ab.

Die dritte Familie war eine Katastrophe. Diesmal war es eine Familie in Vorpommern: zwei Mädchen und ein kleiner Junge, Musik und Französisch Bedingung, Gehalt 800 Mark und freie Station. In diesem Gutshaus war eine Gouvernante ein Statussymbol, und ich wurde nicht versteckt, wenn Gäste kamen. Aber die Mutter war so eifersüchtig, dass sie mich täglich bei Tisch vor Gästen und Kindern bloßzustellen versuchte – hier hatte ich im Unterricht etwas übersehen, da hatte ich ihnen etwas falsch erzählt. Anfangs waren wir dauernd dabei, Lexika und Atlanten zu wälzen, um herauszufinden, ob Stockholm nicht doch die Hauptstadt von Dänemark war, wie sie behauptete, oder die Sonne nicht doch um die Erde kreiste, wenigstens manchmal. Ein geordneter, ruhiger Unterricht war unmöglich. Ich kündigte, was sie entsetzte, weil ich schon die siebte Gouvernante in drei Jahren war und sie nicht wusste, wie sie das ihrem Mann erklären sollte.

Selbst jetzt bemühte ich mich nicht um eine Ausbildung zur Spionin, Herr Konsul.

Ich ging zur Erholung zu Tante Johanna und Onkel Jonathan nach Berlin und beriet mich mit meiner Naturkunde-Lehrerin am Augusta-Seminar. Geld hatte ich keines mehr, mein Erbe war für meine Ausbildung ausgegeben. Einmal kam Tante Johanna mit in die kleine Wohnung der Lehrerin nach Friedenau, und bei Kaffee und Kuchen beschlossen wir zu dritt meinen Lebensplan: erst als Gouvernante ins Ausland, die Welt sehen und Geld verdienen, und danach die Prüfung zur Lehrerin an höheren Mädchenschulen – spätere Heirat nicht ausgeschlossen, denn ich wollte gern heiraten und Kinder haben.

Viele meiner Mitschülerinnen hatten von einer Stelle im Ausland geträumt. Frauen gehören ins Haus, das hat jede von uns bis zum Überdruss gelernt, aber eine reisende Gouvernante erlebt Respekt und Bewunderung. Meine Naturkunde-Lehrerin war früher Gouvernante in Konstantinopel gewesen. Sie lieh mir einige Ausgaben der Zeitschrift »Die Lehrerin in Schule und Haus«, und ich las eifrig Berichte von Lehrerinnen aus Valparaiso und Melbourne, aus China und Afrika, eine war Erzieherin von Prinzessinnen in St. Petersburg. Die Gehälter waren sehr gut. Was in allen Berichten anklang: Fröhlich und hübsch soll eine Gouvernante sein und elegant gekleidet.

Ich fand die Stelle auf dem Atoll durch eine Agentur, die von zwei ehemaligen Lehrerinnen geleitet wurde, die sich verheiratet hatten und deshalb von ihren Schulen entlassen worden waren. Die Pacific Phosphate Company suchte eine Gouvernante für die Tochter ihres langjährigen Betriebsleiters auf einer ihrer

Vogelinseln, damit das Mädchen Anschluss an das deutsche Schulsystem bekam. Man wollte die Hin- und Rückreise bezahlen und 2400 Mark im Jahr bei freier Station und Leben im eigenen Haus. Das war ein fürstliches Gehalt.

Die Damen konnten allerdings nichts über den Betriebsleiter erfahren, die Niederlassung der Gesellschaft in London kannte nur seinen Namen: Gustav Schmitz. Aber mein Onkel Jonathan sagte, die Gesellschaft sei überaus erfolgreich und angesehen, und bedeutendes Kapital aus Deutschland sei an ihr beteiligt, insbesondere an ihren Unternehmungen in der Südsee auf der Insel Nauru, und die Tatsache, dass Gustav Schmitz schon viele Jahre für die Gesellschaft tätig sei, spreche ausreichend für ihn. Onkel Jonathan war so begeistert von meinem Plan, dass er meinen Bruder Oswald, der voller Sorge nach Berlin gekommen war, überredete, ihm zuzustimmen.

Greta Jonasson hielt mich für eine Prostituierte. Sie, Herr Konsul, halten mich für eine Spionin. Ich bin weiter nichts als eine berufstätige Frau, die ihr Geld selbst verdient und die Welt sehen will.

4. Lieferung der Gefangenen
Lilli von Eck

Gustav und Carlotta Schmitz waren seltsame Arbeitgeber. Luisas dicker, kleiner Papa schien auf mich gewartet zu haben, und ihre große Mama raste vor Eifersucht. Ich war um die halbe Welt gereist und stand vor demselben Gouvernanten-Drama wie in Pommern: Die Mutter fühlte sich von der Hauslehrerin deklassiert.

In meinen Verhandlungen mit der Agentur war nie zur Sprache gekommen, dass Luisa erst fünf Jahre alt war. Ihre Gouvernante sollte auch Gesang unterrichten, hatte man mir geschrieben, Klavierspiel, Zeichnen, Kunstgeschichte, Konversation, kurz: eine junge Dame aus Luisa machen.

Das kleine Mädchen hatte schwarze Augen und lange lockige schwarze Haare. Sie war freundlich, ohne zutraulich zu sein, und stellte neugierige Fragen, auf die sie die Antwort oft nicht abwarten konnte. Sie hatte gehört, dass die Haie den Foxterrier der Jonasson-Mädchen gefressen hatten, das beschäftigte sie sehr. Einen Hund hatte sie bislang nur im Bilderbuch gesehen, denn sie war auf der Insel geboren und nie von dort weggekommen. Ihr Vater hatte sie nach der Königin Luise genannt, aber sie sprach kaum Deutsch.

Ihre Mutter war in den Schulstunden immer dabei und langweilte sich, denn sie wollte kein Deutsch lernen, was ich gut verstand. Carlotta Schmitz aus Acapulco lachte laut, weinte laut, schimpfte laut – alles an ihr war groß und heftig und laut. Als ich Luisa auf einer Schiefertafel zeigte, wie man ihren Namen schreibt, stellte sich heraus, dass auch die Mutter nicht schreiben konnte.

»Wenn Sie wollen, bringe ich es Ihnen bei«, sagte ich.

»Das brauche ich nicht. Luisa braucht es auch nicht.«

Die Haustür stand offen, ein Windstoß kräuselte das Wasser der Lagune, und ein kühler Hauch streifte mich.

»Wozu bin ich dann gekommen?«, sagte ich verblüfft.

Sie nahm ihr Kind bei der Hand und riss es hinter sich her zur Tür. Luisa schrie vor Wut und trat nach ihr. In der Tür drehte Carlotta sich um. »Gehen Sie wieder«, sagte sie.

Ich hätte versuchen sollen, sie für mich einzunehmen. Aber ich war so schrecklich enttäuscht, zum vierten Mal von einer Frau abgelehnt zu werden. Außerdem fühlte ich mich Carlotta überlegen, die nicht einmal ihren Namen schreiben konnte. Sie hat es mir heimgezahlt.

Die Guano-Gesellschaft beschäftigte außer Gustav Schmitz weder Angestellte noch Arbeiter auf der Insel. Es gab keine deutsch-englische Kolonie, keine Herren in Tropenanzügen, keine Damen in weißen Kleidern, keine deutschen Kinder, keine Geselligkeit.

Ich brauchte mehrere Tage, um das zu glauben.

Gustav Schmitz pusselte vormittags im Lagerschuppen der Gesellschaft herum oder am Guanoberg neben dem Schuppen. Nachmittags, nach seiner Siesta, forderte er mich zu einem Spaziergang auf. Er war ein seltsamer Mann, und ich ging gerne mit ihm.

Jeden Nachmittag kamen wir weiter um das Atoll. Manchmal überraschten uns Gewitter – Blitze spalteten den plötzlich nachtschwarzen Himmel, und Donner krachten auf uns hernieder, als wollten sie uns zerschmettern. Platzregen wie Wasserwände gingen über uns hinweg, und durch meine Schuhsohlen glaubte ich zu spüren, wie die Insel zitterte. Gustav Schmitz lebte seit zehn Jahren auf dem Vulkangipfel und hatte sich, wie er versicherte, noch keine Minute gelangweilt.

Auf einem schmalen Atoll gibt es nur zwei Wege: einmal links um den Ring und einmal rechtsherum. Der Weg vom Bungalow des Betriebsleiters nach Westen führte durch die Ansammlung von Hütten, die Gustav Schmitz ironisch »Ciudad Armand« oder »Armand City« nannte. Das morsche Wohnhaus des Hauptmanns nannte er nur »unseren Gouverneurspalast«.

Der Hauptmann saß in seinem Büro in der tienda federal, dem winzigen Dienstgebäude, an das ein Schuppen gebaut war, der bei Bedarf als Krankenstube oder Gefängnis dienen sollte. Wir konnten den Hauptmann an seinem Schreibtisch sehen, denn die Tür stand immer offen. Er lachte uns freundlich zu, und sein Schnurrbart wippte dabei. Seine hohen Stiefel standen im Türrahmen. Wenn der Hauptmann von seinem Haus zum Büro ging oder vom Büro zum Haus, trug ihm ein Junge die Stiefel voraus, einer der Söhne des Soldaten García. Der Hauptmann folgte seinen Stiefeln barfuß.

»Guten Tag, Zitronenstrauch«, rief er, wenn Luisa uns begleitete. Luisa lachte und winkte ihm zu, aber ihr Papa schnaufte böse, denn Armand behauptete, von einer Königin Luise habe er noch nie gehört, er kenne nur die Pflanze hierba luisa, lateinisch Aloysia citriodora.

»Da hockt er, und was er tut, weiß man nicht«, sagte Schmitz. »Er schreibt. Er träumt. Er guckt.«

Manchmal, selten, grüßte Armand nicht, wenn wir vorübergingen.

»Er denkt«, sagte mein Arbeitgeber dann in einem Ton, der nahe legte, dass der Hauptmann das gar nicht konnte.

Hinter dem Büro des Hauptmanns kamen eine Werkstatt mit Schmiede, eine verkommene Gemeinschaftsmesse der Soldaten, in der vom zweiten Tag an die Seeleute der *Diana* hausten, und das Hauptmagazin, in dem die Lebensmittel lagerten. Vor dem Hauptmagazin hielten sich immer zwei Wachposten auf. Sie waren unbewaffnet. Sie saßen mit dem Rücken an den Säulen aus Korallenstein, auf denen das Magazin stand, und sprangen auf, wenn sie uns sahen, grüßten freundlich und zeigten ihre schwarzen Zahnlücken. Einmal in der Woche verteilte Leutnant Malacate Mais und Bohnen, wozu die Soldaten stolz ihre Frauen schickten. Nur Victor Lavista hatte keine Frau und musste seinen Anteil selbst holen. Der Leutnant und der Korporal bekamen größere Rationen als die Soldaten, und am meisten bekam der Hauptmann. Gustav Schmitz konnte sich nehmen, so viel er wollte, denn die Guano-Gesellschaft bezahlte das Essen für alle.

Hinter der Siedlung hatte Gustav Schmitz eine Verladepier auf das Riff hinaus bauen lassen. Doch wegen der hohen Brecher war es unmöglich gewesen, die Pier so lang zu bauen, dass Schiffe anlegen konnten. Rostige Schienen einer Lorenbahn verbanden die Pier und den Lagerschuppen, einem großen Blechdach auf Holzpfählen, die mit Metall beschlagen waren, damit die Krabben sie nicht fraßen.

Es war unmöglich, beim Spazierengehen keine Krabben zu zertreten.

Sie sind überall auf der Insel – acht Beine, zwei Scheren, ein orangefarbener Panzer, etwas kleiner als mein Handteller. Ihre Augen sind schwarz und sitzen an Stielen. Man hört das Knistern ihrer Beine auf dem Sand und das Klicken ihrer Scheren. Sie bauen Hügel aus Korallenbröckchen, einen halben Meter hoch und sechs Meter im Durchmesser, sie graben Höhlen und Gänge, das ganze Gelände ist unterminiert, man muss feste Stiefel tragen, weil man leicht einbricht. Die meisten Krabben sitzen nachmittags am Rand der Lagune – ein breiter orangefarbener Streifen, so weit man sehen kann. Abends baden sie. Nachts ziehen sie zum Licht, das aus den Häusern fällt.

»Sie fressen alles«, sagte Gustav Schmitz. »Sie zerfleischen sich gegenseitig. In zehn Minuten fressen sie einen Fisch, den man unvorsichtig hinlegt. Sie machen jeden zum Skelett.«

Die Männer der *Diana* hatten in ihrer ersten Nacht auf der Insel im Schuppen der Guano-Gesellschaft einen großen Kampf gegen die Krabben geführt und weigerten sich, noch einmal dort zu übernachten.

Unter dem Schuppendach stand die schwere Mahlausrüstung, die große Guanobrocken klein mahlte. Gustav Schmitz schlug die Brocken vormittags vom Guanoberg oder einer anderen Stelle der Insel ab und fuhr sie mit einer Schiebkarre heran.

»Früher hatte ich hundert japanische und italienische Arbeiter«, sagte er. »Aus dieser Zeit stammt auch der Guanoberg. Aber als die Pier fertig war, setzten die Japaner sich an einem Sonntag auf das hölzerne Geländer, und ein großer Brecher nahm sie alle weg, und sie ertranken.«

Ich wusste nie, was ich ihm glauben konnte.

Im Schuppen standen auch die Wagen der Lorenbahn. Dann gab es noch ein paar Bootsschuppen gegenüber der Pier, an der Lagunenseite, für das Motorboot und die kleinen Einbäume der Soldatenfrauen. Alle Gebäude, die Maschinen, die Boote waren verfallen.

Auf den Schuppendächern hockten dicht gedrängt die Vögel. Ich trug einen Schirm, denn überall klackste und kleckerte es. Dunkelbraune Tölpel mit starken Schnäbeln und blauen Beinen flogen über unsere Köpfe hinweg aufs Meer hinaus. Sie stiegen hoch in die Luft, kreisten ohne Flügelschlag und stürzten sich plötzlich senkrecht herab, das Wasser spritzte auf. Sie kamen mit einem Fisch im Schnabel an die Oberfläche, schluckten, starteten schwer, liefen auf dem Wasser, stiegen wieder hoch, kreisten, stürzten herab. Tölpel flogen zurück zur Insel, suchten sich einen Platz und verdauten und schrien. Auf dem Strand nisteten noch Tölpel, obwohl die Hauptbrutzeit vorbei war.

»Sie bescheißen ihre eigenen Nester, ihre Partner, ihre Eier, die Küken und die Nachbarn«, sagte Schmitz.

Wir gingen über eine weißgraue Schicht aus Vogelkot. Schmitz klaubte Bröckchen davon auf, zerrieb sie zwischen Zeige- und Mittelfinger, beroch sie.

»Guano ist eine große Wissenschaft«, sagte er. »Die Vögel scheißen Goldmünzen, aber sie scheißen in unterschiedlichem Feingehalt.«

Guano ist nicht gleich Guano, Herr Konsul, wussten Sie das? Auf jeder Vogelinsel vor Amerika, Afrika oder in der Südsee ist er anders. Das hängt von den Seevögeln ab, den Fischen, die sie fressen, dem Regen, den Trockenzeiten. Ein Guano wird ausgewaschen, ein anderer in Felsen verwandelt. Guano kann sich mit dem Kalk seines Korallenriffs zu Kalziumphosphat verbinden und ist dann ein doppelter Dünger: Die Ackerpflanzen bekommen Kalk und Phosphat.

Gustav Schmitz wusste alles über Guano, er war guanobesessen. Er kannte die Unterschiede der Guano von allen Inseln, er sagte, er könne sie herausriechen. In der 1. Güteklasse ist der Guano von Chinca, das ist eine Insel vor Peru. Er ist der teuerste. Der Guano von unserem Atoll ist leider nicht besonders gut, er ist nur in der 3. Klasse.

»Das ist bloß eine Marktfrage«, sagte Schmitz. »Wenn der Markt in San Francisco ihn will, und der Tag ist nahe, dann ist er auch gut.«

Tölpel und Pelikane tauchten im Sturzflug ins Meer und fischten, und Gustav Schmitz erzählte. Der trockene Guano wird in Säcke geschaufelt. Das ist die schwerste und gefährlichste Arbeit der Welt. Die Männer arbeiten in Staubwolken, sie können kaum atmen, tragen Tücher vor Mund und Nase. Viele haben Nasenbluten, manche sind zeitweise blind, sie haben Durchfall, Darmkrämpfe, Fieber, geschwollene Beine, geplatzte Blutadern. Südseeinsulaner, die von Piraten auf die Guanoinseln vor Peru verkauft wurden, und Chinesen, die an das Glück in Amerika glaubten und sich unwissend auf Guanoinseln verdingten, haben sich schließlich selbst umgebracht, weil es die einzige Art ist, den Vogelinseln zu entkommen.

»Ich lebe im Paradies«, sagte mein Arbeitgeber. Er war im Dezember 1904 auf das Atoll gekommen, zusammen mit einem Herrn Larsen. Schmitz stammt aus Mecklenburg-Strelitz, wo die Königin Luise herkommt, und Herr Larsen war Hamburger. Monatelang lebten die beiden ganz allein auf der Insel. Einmal kam ein Schoner vorbei, der eine amerikanische Expedition zu den Galapagos-Inseln brachte, und der Kapitän schenkte ihnen Pfeifen, Zeitschriften und Zeitungen, eine Flasche Whiskey, etwas Hefe, ein paar Zwiebeln und Kartoffeln. Über die Zwiebeln und die Kartoffeln freuten sie sich am meisten, weil sie nie frisches Gemüse hatten. Damals wuchs auf der Insel nur eine einzige Kokospalme neben dem Haus der beiden: zwei

Männer, eine Hütte, eine Palme – die Insel aus den Witzzeichnungen.

Zwei Jahre nach der Ankunft von Gustav Schmitz erneuerte die Pacific Phosphate Company ihre Guano-Abbau-Konzession mit der mexikanischen Regierung. Die Gesellschaft übernahm die Kosten für Bau und Unterhaltung eines Leuchtfeuers, für eine Abteilung des mexikanischen Bundesheers, gewisse Summen an Regierungsmitglieder, und sie zahlte 75 US-Cents pro Tonne Guano auf das Konto in London. So kam Leutnant Armand mit einer kleinen Garnison auf die Insel.

Wieder zwei Jahre später, 1908, heiratete Armand im Urlaub und brachte Anna mit. Damals kam auch Carlotta, von der Anna zu sagen pflegte: »Wir wissen nicht, wo Gustavo sie kennen gelernt hat. Sie ist unsere Prüfung, seit vielen Jahren schon. Aber er ist glücklich.«

Das war die große Zeit von Gustav Schmitz, die Zeit der hundert Arbeiter, der Pier, der Schienenbahn und des Schuppens. Doch die sagenhaften Gewinne der Gesellschaft kamen aus dem Süd-Pazifik: Die Gesellschaft hatte begonnen, auf Nauru und Banaba die reichsten Phosphat-Vorkommen abzubauen, die man jemals gefunden hat. Große Teile der beiden Inseln verschwanden in Schiffsbäuchen.

Die Company schickte 1910 einen Schoner mit einem leitenden Herrn zum Atoll, einem Herrn Brander. Er holte alle Arbeiter ab. Auch Herr Larsen ging an Bord, die Company brauchte ihn auf Banaba, das nun Ocean Island hieß.

»Ocean Island hat sicherlich nicht den Wert dieses Atolls«, sagte Herr Brander. »Sie, Herr Schmitz, werden noch ganz groß rauskommen. Larsen ist bald wieder hier.«

Gustav Schmitz blieb zurück. Damals war sein Guano zu teuer, denn die Verschiffung war wegen der großen Brecher am Riff zu schwierig. Doch Herr Brander hatte ihm viel Lob für seine bisherige Arbeit gespendet und ihm Aussichten auf eine große Karriere gemacht – wenn der Markt San Francisco Guano braucht, wenn der Panama-Kanal eröffnet wird und die Oststaaten der USA und Europa weiter nach Guano schreien.

Mein Arbeitgeber schilderte mir wieder und wieder seine glanzvolle Zukunft. Aber seine Stimme war weinerlich, und er beschuldigte Leute in der Hauptverwaltung in Sydney, sich ihm seit Jahren entgegenzustellen, weil sie ihn nicht leiden konnten.

Er wartete auf die versprochene Karriere.

Einmal veranstaltete Gustav Schmitz für mich einen Sonntagsausflug zum Vogelfelsen. Er lud auch den Hauptmann und Anna María ein und die Soldaten, die ein Musikinstrument spielen konnten. Er wienerte das Motorboot, und Maripepa packte Picknickkörbe.

Der Felsen ist aus Lava, hundert Meter lang, über zwanzig Meter hoch und sieben breit. Er beeinflusst den Alltag auf dem Atoll, denn man muss oft zu ihm hinsehen in der großen flachen Ödnis der Strände und des Meeres. Man beschreibt jede Ortsangabe vom Felsen aus, beurteilt schon morgens das Wetter nach dem Felsen: Kann man ihn sehen, kann man ihn nicht sehen. Der Felsen zieht alle an.

Wir hatten uns fein gemacht. Das Sonnenlicht auf der Lagune blendete, und wir drängten uns unter das verblichene Sonnendach des Bootes, um uns vor Augenschmerzen und Sonnenbrand zu schützen. Wir trugen große Hüte, weiße Blusen mit langen Ärmeln, und Anna María, wie immer die Eleganteste, trug sogar eine seidene Krawatte. Greta, die mir zuliebe auch mitkommen durfte, hatte beim Anblick der Krawatte tief geseufzt. Greta und ich mussten uns mit den wenigen Sachen behelfen, die beim Schiffbruch mit auf die Insel gekommen waren, und als Sonnenschutz hatten wir nur alte mexikanische Männerhüte.

Wir fuhren über dichte Algenwälder. Lange grüne Fangarme schwebten im Wasser, wichen vor dem Boot zurück, folgten ihm, ihre Bewegungen waren unerklärlich und unheimlich. An manchen Stellen der Lagune konnten wir auf ihren sandigen Grund sehen, an anderen verlor er sich in dunkler Tiefe, in seltsamen Gräben und Schächten. Blasen stiegen an die Oberfläche und platzten, und es roch stechend nach giftigem Ammoniak. Früher, als noch Piraten zum Atoll segelten, war die Lagune zum Meer offen. Seeelefanten kamen hierher, Riesenschildkröten legten nachts ihre Eier in den Sand, und Pelzrobben zogen ihre Jungen auf. Aber heute sind die beiden Durchfahrten im Korallenriff zugewachsen, das Wasser der Lagune ist brackig, es leben nicht einmal Fische mehr darin.

Der Soldat García, der Vater der kleinen Stiefelträger, spielte auf seiner Gitarre eine wehmütige Melodie. Korporal López spielte sie auf der Ziehharmonika nach, und sie verlor das Wehmütige, wurde lustig und unternehmend, ein Kaffeehauswalzer, wie auch der Korporal ein lustiger, unternehmender Mann war. Seine schöne Frau Sarita und Anna María sangen, aber sie bekamen den Text nicht zusammen, brachen ab und lachten. Nun übernahm die Gitarre die Melodie, wehmütig wie zuvor, und die Ziehharmonika begleitete sie herausfordernd.

Wir waren schon ganz nah am Felsen, als wir plötzlich über strahlend hellblaues Wasser fuhren. Gustav Schmitz stellte die Petroleum-Kraftmaschine ab, alle erhoben sich und sahen über Bord in eine leuchtende blaue Tiefe – ein kreisrundes Loch. Das Loch soll über hundert Meter tief sein, eine Zahl, die uns ergriff.

Danach gingen wir an Land. Wir standen vor dem Felsen und sahen nach oben. Ich suchte mir in Gedanken einen Kletterweg über die Simse und Furchen, Buckel und Höhlen. Weiße Seeschwalben ließen sich aus der Luft herabfallen, schwebten dicht über unseren Köpfen, jammerten und pickten nach uns. Tausende von schwarzen Rußseeschwalben nisteten auf den Vorsprüngen des Felsens, sie hatten weiße Hauben, und auch ihre Schnäbel waren lang und spitz. Hoch oben über dem Felsen schwebten riesige Fregattvögel.

»Nein danke«, sagte Greta plötzlich und wandte sich ab. Nach einigen Diskussionen wollten nur vier von uns zum Leuchtfeuer hinaufklettern, während die anderen lieber das Picknick vorbereiteten. Gustav Schmitz machte sich mit mir, Anna und Carlotta auf den Weg nach oben. Auch die Kinder wollten nicht mitkommen.

Wir zogen die Schuhe aus und wateten durch das warme Wasser der Lagune zu einer mannshohen Spalte, die in den Felsen führte. Seine Innenwände waren weiß von Exkrementen. Höhlen und aufsteigende Gänge zweigten von der Spalte ab, sich windende, verengende Passagen, an deren Enden wir manchmal Tageslicht sahen. Der Boden war mit Sand, Federn und Guano bedeckt. Auf jedem Wandvorsprung hockten hunderte von Vögeln, und auf dem Boden pickten Tölpel nach unseren Füßen. Wir suchten uns vorsichtig einen Weg zwischen Eiern und Jungvögeln, weißen Daunenbällen, größer als ihre Eltern, und wagten nicht, nach oben zu schauen, weil Exkremente der Vögel herabregneten und weil wir die Angriffe der Seeschwalben fürchteten. Der Lärm war ohrenbetäubend, der Gestank erstickend. Die Vögel gerieten durch uns zunehmend in Panik, und auch ich wurde unsicher, wenn wieder ein dunkler Gang nirgendwo hinführte und wir umkehren mussten. Anna lachte nur.

Einmal rannte ein schreiendes Schwein vor mir über den Weg und verschwand in einem Gang. Ich erschrak so sehr, dass mir die Luft wegblieb. Die wilden Schweine sind Nachfahren von zwei polynesischen Schweinen, die vor vielen Jahren bei einem Schiffbruch auf das Atoll gekommen sind, sie leben von Krabben und Vogeleiern und sind so mager, dass niemand sie schießt. Als ich wieder Luft bekam, fing ich an zu weinen. Carlotta, die dicht hinter mir ging, lachte, als wünsche sie mir alles Böse.

Dann hatten wir die drei Holzleitern zum Leuchtfeuer vor uns.

Die erste Leiter führt senkrecht zehn Meter hoch zu einem Felsabsatz. Sie ist aus mehreren Stücken zusammengebunden und nur an zwei Stellen am Felsen befestigt. Einige Sprossen fehlen.

Gustav Schmitz kletterte als Erster hinauf. Wir Frauen stopften uns die Röcke in den Rockbund und folgten ihm, Anna zuerst, dann ich, dicht hinter mir Carlotta, unbehaglich dicht.

Die Leiter schwankte, ich musste große Schritte nach oben machen. Ich klammerte mich fest und kletterte, lockerte meinen Griff, kletterte – ich sah nicht nach unten und versuchte, nicht zu denken.

Die Leiter schwankte immer heftiger. Anna verschwand oben über dem Felsrand, sie hatte es geschafft. Beim nächsten Schritt spürte ich einen Schlag gegen meinen Fuß. Er rutschte von der Sprosse. Einen Augenblick lang hing ich an den Armen in der Luft. Dann fand ich Tritt mit dem anderen Fuß und zog mich nach oben. Ich wusste: Das war Carlotta. Ich kletterte schneller, aber sie schlug mir noch einmal einen Fuß weg, diesmal stand ich sicher auf dem anderen. Ich kletterte noch schneller und entkam ihr. Oben fauchte ich sie an, aber sie lachte: »Nur ein kleiner Spaß, haben Sie etwa keinen Humor?«

Die zweite Leiter ist vier Meter hoch und führt zu einer natürlichen Treppe, die auf einem kleinen Plateau im Felsen endet. Ich sagte zu Anna, ich wollte vor ihr klettern. Sie sah Carlotta fragend an. Ich dachte, vielleicht bildete ich mir etwas ein, vielleicht wollte Carlotta wirklich nur einen Spaß machen, wenn auch einen schlechten.

Die dritte und letzte Leiter führt hinauf zur höchsten Spitze des Felsens und zum Leuchtfeuer. Nun war nur noch Luft um uns. Die Horizontlinie schien nach oben zu rutschen, ich stieg höher und höher auf der Leiter, und es war, als ob ich tiefer in das Meer stiege.

Dicke viereckige Zementpfeiler halten diese höchste Spitze. Auf der Spitze ist eine Plattform aus Zement. In der Mitte der Plattform steht das Leuchtfeuer: eine zwei Meter hohe Metallverkleidung um einen Glaszylinder. Die Metallverkleidung sieht wie eine riesige Petroleumlampe aus. Neben der Lampe stand Gunnar Halvorsen. »Miss Lilli«, sagte er mit seiner dunklen warmen Stimme und streckte mir eine große Hand entgegen.

Der Matrose Asmus saß am Rand der Plattform und baumelte mit den Beinen, und neben ihm saß Victor Lavista mit einem Gewehr – er pflegte Enten für den Hauptmann zu schießen und wollte sich wohl ein bisschen unterhalten. Tag und Nacht suchten zwei Mann der *Diana* oben auf dem Felsen den Horizont mit einem Fernglas nach vorbeifahrenden Schiffen ab. Das Atoll liegt abseits aller Schifffahrtsstraßen, aber die Seeleute wollten nichts unversucht lassen, um von der Insel wegzukommen. Die Lampe war mit dem kostbaren rationierten Petroleum gefüllt und konnte jederzeit angezündet werden. Der Kapitän hatte so lange auf den Hauptmann eingeredet, bis er sein Einverständnis dazu gab.

Ich sah durch die Metallverkleidung in das Innere des Leuchtfeuers. Die geschliffenen Prismen funkelten, und das Sonnenlicht sprühte in Regenbogenfarben hindurch. Ein Messingkasten hält die Prismen, und in das Messing ist der Herstellername eingraviert: Etablissement Henry – Le Paute – Paris.

Ich hörte das tiefe Donnern der Brandung am Riff, den fernen Schrei eines Seevogels, und ich roch den Pazifik. Über mir schwebten die schwarzen Fregattvögel mit den riesigen roten Schnäbeln. Ich hatte ein Gefühl, als würde ich neben ihnen in der Luft schweben.

Ich sah das Atoll zum ersten Mal von oben – ein zarter weißer Ring in unendlichem Blau. Reihen von Brechern schäumten über das Korallenriff auf den weißen Sand. Das Atoll war kahl, bis auf ein paar Kokospalmen, ferne, kaum sichtbare grüne Flecken. Das Wrack der *Diana* war verschwunden. Mir kam es unglaublich und gefährlich vor, dass hier Menschen lebten, Wesen, die weder fliegen noch schwimmen konnten. Ich schwebte in der Mitte eines blauen Raumes, der sich unendlich weit unter mir und über mir ausdehnte.

Dies war der Ort, den ich gesucht hatte.

Unten auf dem Strand stehen zwei Hütten, am Fuß des Felsens, auf der Ostseite, die man von der Siedlung aus nicht sehen kann: eine Hütte für den Leuchtturmwärter und eine für seine Vorräte und das Petroleum für das Feuer. Neben der Wohnhütte steht ein altes Fass, in das bei Regen Wasser läuft, damit der Leuchtturmwärter Trinkwasser hat. Später lebte Victor Lavista dort.

Gunnar Halvorsen schickte Victor die Leiter hinunter: Er sollte sie von unten festhalten, während wir wieder abstiegen. Victor legte sein Gewehr in eine Spalte der Zementplattform.

Gustav Schmitz kletterte als Erster hinab, dann half Halvorsen Anna, die erste Sprosse zu finden. Carlotta nahm das Gewehr auf, drehte es und betrachtete es, dann zog sie am Sicherungshebel und zielte auf mich.

Annas Madonnenkopf kam sofort wieder die Leiter hoch. Sie hatte das Klicken gehört und sagte scharf: »Carlotta! Das ist kein Spaß mehr.«

Halvorsen drehte sich um und riss Carlotta das Gewehr aus der Hand.

»Carlotta ist ein bisschen dumm«, sagte Anna in stockendem Englisch.

Halvorsen regte sich sehr auf. Carlotta musste nach Anna hinuntersteigen, dann kam Halvorsen selbst und dann erst ich, als Letzte.

Anna María Armand steckte sich ihren Schildpattkamm mit den Diamantsplittern in den Haarknoten und ging zu Gustav Schmitz. Wir alle sahen beide auf der zerbröckelnden Pier auf und ab gehen. Am Nachmittag bat mein Arbeitgeber mich im Namen der Guano-Gesellschaft, von nun an die Kinder der Insel gemeinsam und in spanischer Sprache zu unterrichten.

Die Schulstunden fanden unter Annas Haus statt. Korporal López ließ die Soldaten kleine Bänke und Tische aus dem Holz der *Diana* zusammennageln und neben dem Hühnerkäfig des Hauptmanns aufstellen. Die Soldaten machten auch eine Holzwand, die meine Schüler und mich vor plötzlichen Regengüssen schützte.

Luisa war jeden Morgen als Erste da, stur und erwartungsvoll, mit einer selbst gebundenen schiefen Schleife auf dem schwarzen lockigen Haar. Edith und Mary kamen, gesprächig und laut, Greta hatte ihnen die wilden blonden Haare in artige kleine Rattenschwänze geflochten, die stramm hinter den Ohren abstanden. Von den García-Jungs war immer nur einer pünktlich, der andere wartete auf den Hauptmann, um ihm die Stiefel ins Büro zu tragen, und kam danach zum Unterricht. Ich unterrichtete gut ein Dutzend Soldatenkinder. Selbst Feliciano Armand, damals erst vier Jahre alt, wollte unbedingt dabei sein.

Die Kinder lernten lesen und schreiben und rechnen. Sie zeichneten die braunen Tölpel, die an Land so einfältig wirkten.

Sie sangen Lieder in drei Sprachen, Spanisch, Englisch und Deutsch, und manchmal begleitete Anna uns auf dem verstimmten Klavier durchs Salonfenster.

Und so war ich nun die Schullehrerin auf dem Atoll geworden.

»Das nächste Atoll ist Pukapuka, nur 2600 Seemeilen im Südwesten«, sagte meine Freundin Greta Jonasson zu mir. »Aber von dort hast du kein Angebot. Außerdem soll es dort auch eine sehr eifersüchtige Mama geben.«

5. Lieferung der Gefangenen
Lilli von Eck

Warum wollte ich gerade auf die Isla de la Pasión? Ich habe Ihren Zettel bekommen: »Sie streiten ab, Spionin zu sein, und doch sagen Sie schriftlich aus, das Atoll sei der Ort, den Sie gesucht hätten. Erklären Sie das.«

Ihre Handschrift gefällt mir, Herr Konsul. Sie ist etwas klein für einen Mann, aber sehr nett. Wirklich.

Eins möchte ich klarstellen: Dies ist keine schriftliche Aussage. Dies ist ein vertraulicher Bericht, den Sie von mir erzwingen, indem Sie mir mit Kriegsgericht und Erschießen drohen. Ich vertiefe diesen Bericht natürlich gern für Sie.

Ich habe die abbröckelnden Ziegelmauern Ihres Innenhofs betrachtet und versucht, mich zu erinnern. Ich kannte den Namen der Insel schon, als ich die Anzeige der Agentur für Gouvernanten las. Ich sehe mich in dem alten, gemütlichen Haus am See – im Eckzimmer, mein Vater kann noch in seinem Stuhl am Schreibtisch sitzen, und er erzählt von den abgelegenen und unzugänglichen Inseln, auf denen die Seevögel brüten.

Gemeinsam suchen wir die Namen dieser Inseln in den Weltmeeren, winzig kleiner Inseln, die wir auf den blauen Karten im Atlas nur schwer oder überhaupt nicht finden: In der Karibik zum Beispiel entdecken wir Petrel Island, Aves Island, Swan Island. Petrel, sagt mein Vater, bedeutet Sturmtaucher. Aves ist spanisch und heißt einfach Vogel. Wir suchen im Pazifik nach der Gefährlichen Insel und der Unfruchtbaren Insel, die vor Jahren die USA in einem »Guano Island Act« zu ihrem Eigentum erklärt haben. Auch die Isla de la Pasión steht auf der amerikanischen Liste, die Karfreitagsinsel, aber wir finden sie nicht. Dieser »Guano Island Act« ist eine Art Gesetz, trotzdem nennt er Inseln, die es gar nicht gibt: Von 48 Inseln auf der Liste existieren 21 nicht – Annes Insel zum Beispiel. Die USA haben sie mit genauen Positionsangaben zu ihrem Eigentum erklärt, aber niemand kann sie wiederfinden. Annes Insel – das klingt so wunderschön, und manchmal, im Garten am See, denke ich über diese Anne nach, wie sie wohl war, wessen Tochter, Schwester oder Frau, denn eine Frau darf nicht alleine um die Welt reisen wie jeder Mann.

Mir fällt noch etwas ein.

Mein Vater schlägt große dünne Bücher auf, die in grünes Leder mit Goldprägung gebunden sind, und gemeinsam sehen wir uns Abbildungen von Vögeln an, von kleinen Seeschwalben, die das ganze Jahr unterwegs sind, vom Nordpol zum Südpol und vom Südpol zum Nordpol. Die Seeschwalben beschäftigen mich, ich muss sie immer wieder ansehen, sie sind so fein und stark, und ich überlege, ob sie die gleiche Unruhe fühlen wie ich. Mein Vater erzählt von zwei Studenten, die auf einem einsamen Atoll monatelang Fische und Vögel beobachtet und beschrieben haben und nun anerkannte Wissenschaftler sind.

Da dachte ich zum ersten Mal: Die Natur studieren, das möchte ich auch. Wenigstens will ich Annes Insel einmal sehen. Oder Lillis Atoll.

Das dachte ich Jahre später wieder, als ich in den letzten Sommerferien der Königlichen Augustaschule meinen Bruder und seine Frau und das Baby in unserem alten Haus besuchte. Ich sah mir die Abbildungen von Vögeln und Fischen an, die Karten und Lexika meines Vaters, die Aufsätze in den alten Bänden der naturkundlichen Zeitschrift, die mein Bruder abbestellt hatte. Ich dachte: Ich lege ein Examen in Naturkunde ab, doch ich werde nicht Naturforscherin sein, ich werde niemals ausüben, was ich gelernt habe. Ich darf nur Lehrerin sein oder heiraten, und nicht einmal beides zugleich.

Das war kurz vor meinem Examen. Danach trat ich meine erste Stelle auf diesem Rittergut in Ostpreußen an, auf dem ich mit der Familie nur zu Tisch sitzen durfte, wenn keine Gäste da waren.

Als ich den Namen Isla de la Pasión in der Stellenbeschreibung der Agentur las, sah ich das Gesicht meines Vaters vor mir. Es gab die Insel des Leidens also.

Sie ist einer der unbekanntesten und einsamsten Orte auf Erden. Trotzdem lebte ein Rheinländer auf ihr, der eine Gouvernante für seine Tochter suchte. Auf dieser Insel konnte ich vielleicht doch das Leben der Vögel und Fische erforschen.

Was ich nicht ahnte: Alles, was auf dieser Insel geschah, geschah entweder zu schnell oder zu langsam.

Brief der Gefangenen von Eck an den Konsul, undatiert = Brief Nr. 2

Sehr geehrter Herr Konsul Coleman,

hier schicke ich Ihnen den fünften Teil meines Berichts. Ich schreibe nur unter zwei Bedingungen weiter: 1. Besuche bei Anna María Armand und 2. tägliche Spaziergänge.

Ich bitte Sie, heben Sie meinen Hausarrest auf!

Hochachtungsvoll
Marie Elisabeth von Eck

Brief der Gefangenen an den britischen Konsul Mr. Peter Coleman, ohne Anrede, ohne Unterschrift, undatiert. Vom Konsulat in die Lieferungen eingelegt = Brief Nr. 3

Warum bringt María mir von Ihnen so viele Zettel mit Fragen? Glauben Sie auch, wir hätten Victor Lavista zerstückelt? Wieso meinen Sie, dass ich Sie mit den Berichten in die Irre führe? Ich erinnere mich einfach nicht mehr gut an Victor Lavista. Ich brauche Zeit.

Laden Sie mich doch mal zu Ihrem Abendessen ein, und reden Sie mit mir. Sind Sie wirklich der Mann, der mich bei meiner Ankunft umarmte? Ist das eine Art, Briefe zu schreiben – ohne Anrede, ohne Gruß? Wo haben Sie das gelernt – in Cambridge ja wohl kaum.

Passen Sie ja auf mich auf, Herr Konsul. Ich durchsuche Ihr Büro und fliehe und schließe mich einer Räuberbande an, die Sie dann erpresst, oder ich ziehe mit Revolutionären durch Mexiko, und dann teile ich alles, was ich in Ihrem Büro ge-

sehen habe, den Deutschen mit oder der internationalen Presse. Eine Frau wie ich hat doch weit reichende Verbindungen! Wahrscheinlich kommt Zorro über die Mauer, in der Nacht.

Ich bitte Sie herzlich, Herr Konsul: Nehmen Sie doch einmal an, dass ich keine Spionin bin, keine Mörderin, nur eine erschöpfte einsame Frau.

Ich lebe still im zweiten Hof Ihres Hauses. Ich sehe nur Ihre Haushälterin María und das Dienstmädchen Ihrer Frau – sind Sie verheiratet? –, die mir Essen bringen und frische Wäsche und mein Zimmer ausfegen. Ich tue doch, was Sie verlangen: Ich schreibe auf, was geschehen ist.

Ich halte die Gefangenschaft nicht aus. Ich will Anna Armand sehen. Sie lebt doch im Haus nebenan, ist das denn so schwer zu verstehen. Ich verlange regelmäßige Besuche.

Ich verlange einen Spaziergang am Tag. Den bekommt jeder Zuchthaussträfling.

Auf der Insel hielt uns ein Wahnsinniger in Angst und Gefangenschaft, und nun, nach der Rettung, bin ich Ihnen ausgeliefert.

Lilli von Eck

Brief der Gefangenen an den Konsul, undatiert = Brief Nr. 4

Das kommt überhaupt nicht infrage. Ich gebe doch nicht über meine innersten Gedanken Rechenschaft, nur damit Sie einen Eingangsstempel draufknallen und sie in Ihren Konsulatsakten abheften und in irgendeinem Rollschrank zwecks späterer Verwendung gegen mich ablagern.

Stellen Sie mich doch vor Gericht! Dann werden Sie schon se-

hen, was von Ihrer Behauptung übrig bleibt, ich hätte das Atoll für deutsche U-Boot-Kapitäne ausspioniert.

Sie drohen mir schon wieder, dass die Militärrichter mich als Spionin erschießen lassen – drohen Sie nur, ich habe zwei Jahre vor einer Gewehrmündung gelebt.

Ich schreibe Ihnen keinen Bericht mehr. Ihnen fehlt jede Mitmenschlichkeit.

Vom Konsulat datiert: 5. November 1917 = Brief (?) Nr. 5

Ihre lächerliche Notiz schicke ich Ihnen zurück. Ich will sie nicht im Zimmer haben. Sie ist grausam und voller Gewalt.

Heften Sie sie doch in Ihren Akten ab.

Notiz
Konsul an Gefangene, 5. November 1917

Wenn Sie mir weiterhin Schwierigkeiten machen, kann ich Sie auch ins Gefängnis von Salina Cruz überstellen lassen. Bedenken Sie aber: Die Gefängnisse hier zu Lande sind überfüllt, die Menschen dort warten Monate und Jahre auf Prozesse, die nie kommen, und leben und sterben unter grausamsten Verhältnissen.

Ich glaube nicht, dass Sie in diesem Gefängnis Ihren Prozess erleben werden. Sie wurden eingeliefert, weil Sie unter Verdacht stehen, einen Soldaten getötet zu haben, einen Mann. Gefängniswärter und Mitgefangene sind Männer. Tirza MacPherson deutete an, Sie hätten den Lavista getötet, weil er ein Vergewaltiger sei. Dazu werden diese Männer nur die Achseln zucken. Wahrscheinlich wird es zu einer Massenvergewaltigung kommen, aus Rache, weil Sie eine Frau sind, die ihren Platz nicht kennt. Ich glaube nicht, dass Sie in diesem Gefängnis so lange am Leben bleiben können, bis Ihr Prozess beginnt.

Die Gefahr, als Spionin vor ein amerikanisches Militärgericht zu kommen und erschossen zu werden, ist nichts im Vergleich zu der Gefahr, in einem mexikanischen Gefängnis als Frau zu vegetieren, die unter dem Verdacht steht, einen Mann getötet zu haben, nur weil er sie vergewaltigt hat. Wir haben Krieg, meine Liebe, wir haben Revolution, und selbst, wenn wir an die Länder denken, in denen weder Krieg noch Revolution herrschen – was glauben Sie, wie viele Frauen auf der Welt täglich vergewaltigt werden?

Peter Coleman

Gefangene an Konsul, vom Konsulat datiert: 6. November 1917 = Brief Nr. 6

Ich verlange Besuche bei Señora Armand und tägliche Spaziergänge.

Marie Elisabeth von Eck

Gefangene an Konsul, vom Konsulat datiert: 7. November 1917 = Brief (?) Nr. 7

Ich verlange Besuche bei Señora Armand und tägliche Spaziergänge.

Vom Konsulat datiert: 8. November 1917 = Schreiben Nr. 8

Ich schreibe nichts, und ich esse nichts.
Ich verlange Besuche bei Señora Armand und tägliche Spaziergänge.

Vom Konsulat datiert: 11. November 1917 = Schreiben Nr. 9

Nein, ich esse nichts.
Ich verlange Besuche bei Señora Armand und tägliche Spaziergänge.

Vom Konsulat datiert: 14. November 1917 = Zettel Nr. 10

Ich will keinen Arzt.
Ich antworte Ihnen nicht mehr.

Gefangene Elisabeth von Eck an Konsul Peter Coleman vom Konsulat datiert: 19. November 1917 = Schreiben Nr. 11

Ich halte das Ergebnis der Verhandlungen fest, die Señor Edouardo Velasco für mich mit dem britischen Konsul Mr. Peter Coleman geführt hat, der auch die Interessen der USA in Salina Cruz vertritt:

1. Ich darf dreimal in der Woche nachmittags durch die kleine Verbindungstür zwischen den hinteren Wirtschaftshöfen in das Nachbarhaus gehen und dort bis zur Abenddämmerung bei Señora Anna María Armand bleiben.

2. Ich darf dreimal in der Woche einen Spaziergang machen, nach Einbruch der Dunkelheit, in Männerkleidung und in Begleitung eines Angestellten der Handelsfirma des Konsuls.

3. Ich arbeite täglich weiter an meinem Bericht über die Ereignisse auf der Insel.

Weiter möchte ich festhalten:

Der Grund für meinen Hausarrest liegt laut Señor Velasco allein darin, dass man einen Prozess gegen seine Tochter Anna María Armand wegen Mordes an dem Leuchtturmwärter Victor Lavista vermeiden möchte: Wenn die eingeweihten US-Amerikaner, Mexikaner und Briten offiziell zugeben, dass unter den Frauen, die die Besatzung der Portland *von der Insel rettete, auch eine Deutsche war, würde ich vor einem Sonder-Kriegsgericht wegen Spionage angeklagt, womit auch ein Mordprozess gegen Anna María Armand ins Rollen käme.*

Señor Velasco behauptet, dass Sie mich vor einem amerikanischen Internierungslager bewahren wollen. Diese indirekte erneute Drohung wäre nicht nötig gewesen, Herr Konsul. Oder stammt sie gar nicht von Ihnen, und Señor Velasco droht mir einfach mal so, vorbeugend?

Ich tue alles, um Anna zu schützen!

Weiter möchte ich anmerken:

Der Abendspaziergang, den Sie mir gestern überraschend gestatteten, war keineswegs eine Vorleistung von Ihnen, für die ich mich bedanken sollte, er war überfällig.

Trotzdem können Sie wissen, dass ich ihn genossen habe – die Kühle unter den großen Bäumen, der Duft der Yacaranda-Blüten, der Lampenschein, der aus den Häusern auf den Weg fiel. Leider konnte ich noch nicht weit gehen, weil ich so schwach geworden bin, und Ihr schweigsamer junger Mann musste mich bald zurückbringen.

Sind das Ihre Hosen, die ich anziehen musste? Nein, natürlich nicht, Sie haben sicher einen Bauch. Ihre Jacke sieht an mir wie ein Mantel aus. Schade, dass Tirza mich nicht sehen konnte, sie lacht so gern, und zurzeit haben wir ja nicht viel zu lachen. Wo haben Sie die Schuhe abgestaubt?

Ich brauche Papier, Herr Konsul, Tinte, Löschpapier, und vor allem mehr Orangensaft, wirklich frisch gepressten – ich habe drei Jahre Skorbut überlebt.

L. v. E.

Postskriptum. Die Adresse der Firma Billings, Eigentümerin des Schoners Diana, *ist mir wieder eingefallen: 312 California Street, San Francisco. Schreiben Sie der Firma und erkundigen Sie sich nach der einzigen Passagierin auf der letzten Fahrt des Schoners. Man wird meine Geschichte in allen Punkten bestätigen. Der Foxterrier der Töchter des Kapitäns hieß übrigens Troll. Der 1. Offizier Gunnar Halvorsen hat ihn auf einer früheren Fahrt in Seattle gekauft.*

Aktennotiz Konsul Coleman, 26. November 1917

Die Gefangene führt sich wieder vernünftig auf und isst nach Auskunft meiner Hauswirtschafterin María auch wieder regelmäßig.

Ich habe der Gefangenen drei Ausgänge in der Woche à 1 Stunde nach Einbruch der Dunkelheit zugestanden, weil ich weiter um ihre körperliche und geistige Stabilität besorgt bin.

Ich begleite sie selbst auf diesen Ausgängen und bin bewaffnet.

Die Gefangene weiß nicht, wer ich bin, sie würde sonst mit

ihren Forderungen und ihrer Persönlichkeit permanent Druck auf mich ausüben. Eine andere diskrete Bewachung steht dem Konsulat zurzeit nicht zur Verfügung.

P. C.

6. Lieferung der Gefangenen
Lilli von Eck

Victor Lavista war ein einfacher Soldat, der sich anfangs nur dadurch von anderen Soldaten unterschied, dass er schreiben konnte. Korporal López zum Beispiel konnte es nicht, und Leutnant Malacate machte das Klecksen der Stahlfeder so zornig, dass er sie nicht lange halten mochte. Victor aber schrieb flüssig und akkurat.

Das Schreiben veranlasste ihn, sich für eine bedeutsame Persönlichkeit zu halten. Die Soldaten hatten erst im Januar 1914 die vorherige Besatzung abgelöst. Sechs Wochen nach ihrer Rückkehr auf die Insel, mit dem Schiffbruch der *Diana,* begann Victor seine Schreibtätigkeit. Er fragte die Seeleute aus und notierte Passnummern, Ausbildung, Namen und Geburtsorte auch der Eltern, Anzahl der Geschwister, Art und Menge der geretteten Lebensmittel, der Kleidungsstücke, der Bücher, der Ferngläser, vorhandenes Bargeld. Er verschaffte sich überall Zutritt und hinterließ Unruhe und Empörung.

Er lief mit Listen über das Atoll und suchte die Soldaten und ihre Frauen in ihren Hütten auf. Er schrieb und bestimmte und verfügte und behauptete, er kenne Verordnungen, von denen der Korporal und der Leutnant nichts wüssten, weshalb alles nun so und nicht anders geschehen müsste.

Dem Hauptmann machte er sich unentbehrlich: Er führte die Bücher der Garnison. Leutnant Malacate, der Vertraute des Hauptmanns, kümmerte sich nicht um Victor. Doch Korporal López wurde zunehmend gereizt: Victor stach ihn mit Schreibarbeit aus, die López nicht kontrollieren konnte.

Niemand las, was Victor schrieb. Niemand brauchte es. Doch er hetzte Leute gegeneinander auf, redete mit diesem und jenem vertraulich und legte dar, worin er und sein Gegenüber einem abwesenden Dritten überlegen waren. Anfangs durchschaute ihn jeder, aber jeder sagte: Gut, dass wenigstens Victor sich kümmert, ohne ihn würden wir dies nicht finden, das nicht wissen, wer weiß, was daraus entstehen könnte. Mit der Zeit überzeugte er viele von seiner Wichtigkeit. Ich mochte Victor auch. Er sah gut aus, plauderte unterhaltsam, half mir mit Ratschlägen und versprach, einen fehlenden Gegenstand zu besorgen oder einen Ersatz dafür. Erst nach Wochen fiel mir auf, dass bei seinen Bemühungen nie etwas herauskam.

Hauptmann Armand lachte nur über Victor.

»Du bist negativ, Victor«, sagte er einmal gut gelaunt zu ihm, »ein negativer Charakter.«

»Was soll das sein?«, fragte Victor vorsichtig.

»Du siehst das Schlechte an jeder Sache, die Fehler an jedem Menschen, du entmutigst sogar die Natur. Das Wetter ist schlechter geworden, seitdem du dich so wichtig machst.«

»Negativ ist das Gegenteil von produktiv«, sagte Anna. Über diese Definition musste Victor später im kleinen Kreis immer wieder laut lachen.

»Wer ist denn hier produktiv?«, fragte er.

»Ich«, sagte der Hauptmann und stellte die dicken Füße in

eine Wasserschüssel. »Meine Aufgabe ist es, Fehler zu verzeihen.«

»Dios mio«, sagte Victor, als er uns das erzählte. »Er macht anderen Mut zum Leben! Was soll das heißen? Macht er mir Mut? Reicht das? Der Mann ist Hauptmann.«

Über Victor Lavista hat damals niemand länger nachgedacht, Herr Konsul. Ich berichte an dieser Stelle nur von ihm, weil Sie nach ihm gefragt haben. Commander Francis auf der *Portland* hielt ihn für ein gefährliches Raubtier, Dr. Snow hielt ihn für einen modernen Minotaurus. Victor war kein Monster und kein Minotaurus. Er wollte bewundert werden und hielt sich für wichtig, aber so waren andere auch. Die Soldatenfrauen zogen ihn sogar unbekümmert auf, weil er als Einziger keine Frau hatte, und gaben ihm Ratschläge, wie er bei seinem nächsten Urlaub eine finden könnte.

»Du musst einen toten Kolibri in der Hosentasche tragen«, sagte zum Beispiel die schöne, sanfte Sarita, die mit Korporal López lebte. »Männer, die das tun, sind sehr gesucht, und viele Frauen lieben sie.«

»Wenn du ein Mädchen verführen willst, musst du etwas Pulver von einem zerschlagenen Totenschädel in ein Glas Wasser streuen und es austrinken, dann wird sie verrückt nach dir«, sagte Tirza.

»Aber pass auf, wenn du zu viel nimmst, wirst du verrückt«, sagte Sarita.

Die Seeleute mochten Victor Lavista nicht. Sie hielten ihn für einen Faulpelz und Unruhestifter.

Dreiundzwanzig Männer lebten auf der Insel, und jeden Tag gab es Streit. Die Seeleute neideten den Soldaten die Frauen, und die Soldaten lachten, wenn die Seeleute arbeiten mussten. Aber am meisten Unfrieden stiftete mein Arbeitgeber Gustav

Schmitz. Das fiel mir zum ersten Mal auf, als die Besatzung der *Diana* sich ein Haus baute.

Baumstämme aus der Decksladung des Schoners lagen kreuz und quer am Strand, Redwood und Hemlocktannen, und das Meer spülte Schnittholz aus dem Laderaum an. Die Männer schleiften Stämme und Bretter über den Landrücken zur Lagunenseite und zogen die Hölzer mit dem einzigen Ruderboot der *Diana,* das den Schiffbruch unbeschädigt überstanden hatte, quer über die Lagune zur Siedlung. Gustav Schmitz weigerte sich, Halvorsen das Motorboot und Petroleum zu geben, und sagte, die Seeleute könnten nicht alle Vorräte der Insel für sich aufbrauchen. Die Arbeit war mühevoll und dauerte mehrere Tage.

Gunnar Halvorsen beaufsichtigte den Bau des Hauses, denn der Kapitän war nach dem Schiffbruch ein anderer Mann geworden. Jonasson saß oft lange allein für sich am Strand und sprach auch sonst kaum. Er verzieh sich den Schiffbruch nicht, und Greta machte sich große Sorgen um ihn. Halvorsen dagegen redete wie zuvor unaufhörlich. Er war stark und flink, konnte alles, fand für jedes Problem eine Lösung, hielt die Männer bei Laune. Schon sein bärenhafter Anblick ermutigte die Leute.

Die Seeleute legten ein Fundament aus Baumstämmen und glätteten sie an der oberen Seite mit der Axt. Auf das Fundament setzten sie ein Gerüst aus zugesägten Vierkanthölzern aus dem Laderaum, ein einfaches Fachwerk mit Ständern und Diagonalen, an das sie Bretter nagelten. Das Haus war klein für zwölf Schiffbrüchige, weil es nicht genug Holz gab – das meiste hatten die Strömungen um die Insel weggeschwemmt –, aber viel größer als die Hütten der Soldaten. Es bekam einen Hauptraum für die Männer und einen kleineren Raum für den Kapitän, Greta und die Mädchen. Zimmermann Svensson und seine

Helfer bauten Schlafkojen, Bänke und einen ordentlichen Tisch.

Victor führte Buch über jede Planke, und als Halvorsen den Koch zu ihm schickte und nach dem Grund fragen ließ, antwortete er: »Nur so.«

Als die Männer den Dachfirst setzten, brachten Edith und Mary ihnen einen Kranz aus einem Palmwedel, und Halvorsen hängte ihn an eine Stange. Der Kapitän hatte eine Flasche Tequila von Hauptmann Armand erhandelt oder geschenkt bekommen, und Edith goss jedem einen winzigen Schluck in seinen Löffel. Der Kapitän zog die Augenbrauen zusammen, legte den Kopf zurück und öffnete den Mund, aber er sagte nichts. Nach einer Weile stieß Hansen, der Zweite, Halvorsen an und Halvorsen sagte: »Zum Feiern haben wir wenig Grund. Wir wollen darauf trinken, dass bei dem großen Unglück keiner von uns das Leben verloren hat und dass wir glücklich von dieser Insel fortkommen. Und auf unseren Kapitän. Skål.«

Gustav Schmitz trat vor und sagte in die Stille: »Hiermit beschlagnahme ich die Holzladung der *Diana* im Namen der Pacific Guano Company.«

»Halt dich ran, Hansen, dass wir das Dach heute noch draufkriegen«, sagte Halvorsen. Die großen Norweger und Amerikaner nickten dem kleinen, runden Gustav zu und machten sich wieder an die Arbeit.

»Ich fordere Militär an«, schrie Gustav Schmitz.

Hauptmann Armand hob die Augen zum Himmel. »Gustavo«, sagte er.

»Ich muss an mein Fortkommen in der Firma denken«, sagte Schmitz. »Hauptmann Armand, ich fordere Sie hiermit offiziell auf, diesen Neubau für meine Gesellschaft zu beschlagnahmen.«

Der Hauptmann wurde ärgerlich: »Wenn ich hier etwas beschlagnahme, dann für Mexiko.«

»Es ist vollkommen unklar, wem diese Insel gehört, Mexiko oder Frankreich«, sagte Gustav Schmitz. »Klar ist dagegen, dass meine Gesellschaft sie gepachtet hat mit allen Naturprodukten, die anfallen. Das Holz aus der Ladung der *Diana* ist ein Naturprodukt, es liegt auf unserem Land und gehört nach Strandrecht uns. Ich schlage vor, dass der Kapitän das Holz für sein verschwenderisches Haus bezahlt. Vom Kaufbetrag überweise ich einen Teil auf das Londoner Konto, und wenn sich herausstellt, dass die Insel Mexiko gehört, bekommt Mexiko das Geld.«

»Ich will aber nichts beschlagnahmen«, sagte der Hauptmann. »Ich mag den Kapitän, und wir können mit den Baumstämmen nichts anfangen. Die verrotten hier nur.«

»Es geht ums Prinzip«, sagte Schmitz.

»Im Prinzip ist der Kapitän mein Gast«, sagte der Hauptmann.

Mein Arbeitgeber schrie mit rotem Gesicht Kapitän Jonasson hinterher: »Meine Firma weiß, weshalb sie mich auf der Insel gelassen hat. Denken Sie darüber nach, ehe Sie das nächste Mal zu mir kommen und mich um meine Vorräte anbetteln.«

Die Seeleute bauten ein Kochhaus, und Pekko, der kahle Koch, gab ihnen dabei geschäftig Anweisungen, schrie sie an, wenn sie ihn nicht verstehen wollten, und drohte, sie verhungern zu lassen, wenn sie über ihn lachten. Er sah jetzt Furcht erregend aus: Die Sonne hatte sein Gesicht und seine Glatze verbrannt, und seine wimpernlosen Augenränder waren rot und entzündet.

Pekko stammte aus Porvo in Finnland, er hieß Pekkolainen

oder so ähnlich, ich weiß es nicht mehr genau. Er sprach Finnisch, Russisch, Schwedisch, Englisch und Deutsch mit kernigen rollenden Konsonanten. Er hatte sich Respekt unter der Mannschaft verschafft, denn als der erste Matrose ihm Prügel androhte, weil das Essen ihm nicht schmeckte – das muss noch vor San Francisco gewesen sein –, schlug er ihn grün und blau, und Halvorsen musste einschreiten, weil er den Matrosen an Deck haben wollte und nicht im Krankenrevier. Pekko handelte jeden Sonnabend Tequila von Korporal López ein und betrank sich und sang dabei russische und finnische Lieder mit dunklem Bass, und obwohl die anderen zu lachen versuchten, wurden sie doch alle schwermütig.

Pekko schloss Freundschaft mit einer Rußseeschwalbe, die neben seinem Kochhaus am Rand der Lagune brütete. Seeschwalben nisten meist abgelegen hoch auf dem Felsen oder auf den Eierinseln, und der kahle Koch hielt diese für eine Botin des Schicksals, eine Freundin, die ihm auf dem abgelegenen Atoll Mut zusprach und für die er sorgen musste. Sie war ziemlich dunkel, hatte aufmerksame, glänzende Augen und eine weiße Kopfdecke und saß auf zwei Eiern in einer Mulde. Wenn jemand näher kam, stand sie auf und ging umher, manchmal flog sie auch ab und landete sofort wieder. Sie war ein lebhafter, anmutiger Vogel. Wenn Kapitän Jonasson unachtsam ihrem Nest zu nahe kam, flatterte sie plötzlich schreiend in der Luft, ihre Stimme war schrill und empört. Aber wenn Pekko zu ihr watschelte, blieb sie sitzen, und er führte lange Gespräche mit ihr.

Pekko fuhr bald jeden an, der sich ihr näherte, und als die Jungen schlüpften – dunkelbraune Daunen mit weißen Spitzen –, durfte niemand mehr auch nur in die Nähe des Kochhauses kommen, auch nicht Edith und Mary oder Greta und ich.

»Frauen schon gar nicht«, zischte Pekko wütend, »die machen sie verrückt. Dann laufen ihre Jungen aus dem Nest und verstecken sich, und sie findet sie nicht wieder.«

Es kam so weit, dass Halvorsen mit dem Koch sprechen musste. Ich wunderte mich über Pekko und seine Liebe zu einer kleinen Seeschwalbe, bis Halvorsen mir erzählte, dass Vögel den Männern auf hoher See Gesellschaft leisten. Die Rußseeschwalben folgen den Schiffen bei Nacht, und wer einsam Wache hält und tagelang nur die hohen Wellen gesehen hat, fühlt sich getröstet vom Anblick eines Vogels.

Die Seeleute waren an lange, ereignislose Seereisen gewöhnt, aber auf der Insel wurden sie unruhig und gereizt. Sie warteten auf das Versorgungsschiff und verdienten nichts. Sie wanderten zum Felsen und stiegen zum Leuchtfeuer hinauf und suchten den Horizont ab, doch der blieb leer. Manchmal wurde Halvorsen wütend und behämmerte das Klavier – Anna hatte ihm erlaubt, zu spielen, wann immer er Lust hatte. Die Töne stürzten über die Siedlung, trocken und metallisch, zerrissen und schrecklich.

Der Hauptmann legte dem Kapitän bei einem Herrenessen zu zweit nahe, er möge seinen Seeleuten verbieten, den Frauen der Soldaten nachzustellen. Die indianischen Soldaten waren jähzornig und mit dem Messer schnell bei der Hand. Aber die Seeleute liebten Messerkämpfe. Sie fanden im Geheimen statt, hinter dem Vogelfelsen, denn jeder meinte, das Kämpfen und das Wetten gingen den Hauptmann und den Kapitän nichts an.

Von Woche zu Woche wurde es heißer. Die Luft war sehr feucht und kühlte nachts kaum ab. Das Wasser in der Lagune maß immer dreißig Grad.

Halvorsen lehrte mich, große Fische zu fangen und sie zu töten. Damit rettete er mir das Leben – später, als er nicht mehr auf der Insel war. Ich denke gern an ihn, immer noch, obwohl er mich im Stich gelassen hat. Er hätte mich von der Insel holen müssen.

Wenn ich mit Gustav Schmitz von unserem täglichen Spaziergang zurückkehrte und noch eine Stunde Tageslicht übrig war, ging Halvorsen mit mir auf das Riff. Greta und die kleinen Mädchen kamen mit – Greta hatte mir von den vielen Mädchen am Oslofjord erzählt, die für Halvorsen Pullover strickten, und Edith und Mary wollten ihn vor mir beschützen. Alle drei waren eifersüchtig, und obwohl ich sie damit necken konnte, musste ich aufpassen, denn ich wollte ihre Freundschaft nicht verlieren.

Wir wateten bei auflaufendem Wasser halbwegs zu den Brechern hinaus, die sich am Rand der Riffplatte überschlugen. Greta, Edith und Mary blieben stehen, wenn das Wasser ihnen bis zum Bauch reichte, Halvorsen und ich gingen weiter. Wir kletterten jeder auf einen Stein und warteten auf die großen Fische. Wir beobachteten unsere Flutmarken und überlegten, jeder für sich, wann wir spätestens zum Strand zurückmussten, denn manchmal kamen Haie auf das Riff. Es war wie ein Wettstreit zwischen uns. Immer sah Halvorsen die großen Fische zuerst. Er schoss auf sie mit einem Revolver, und wenn sie verwundet waren, tötete er sie mit dem Speer. Er gab mir den Revolver nie, nur einen Speer, deshalb war ich nie so erfolgreich wie er.

Jedes Mal sahen wir Muränen, sie hatten einen wilden, funkelnden Blick in den Augen und guckten auf die nackten Beine. Sie saßen überall unter den Steinen auf dem Riff und griffen Leute an, die zu lange rumstanden, bissen einfach zu. Manchmal tötete Halvorsen eine, warf den Speer nach unten in den Sand und hielt fest, und es gab einen schrecklichen Kampf im

Wasser. Er brachte die Muräne – den Aal, sagte er – an den Strand und erstach sie mit dem Messer.

Aber egal, wie Pekko eine Muräne zubereitete, das Fleisch blieb zäh. Die Piraten haben sie gesalzen und geräuchert, behauptete Halvorsen, aber Pekko sagte, man dürfe den Gesetzlosen nicht alles glauben.

Lars Hansen, der lange Zweite, wärmte das Thema giftige Fische auf, und es beschäftigte alle wochenlang. Die Männer brachten Pekko Fische, die keiner kannte. Dann knobelten sie, wer als Erster probieren musste, und sprachen dem Todeskandidaten Mut zu, bis er kreidebleich war. Sie drängten sich um ihn und beobachteten genau, wie viele Bissen er nahm, und dann warteten sie, dass er starb, jedenfalls versicherten sie ihm das. Sie schlugen ihm auf den Rücken und erzählten furchtbare Geschichten, und die, die das letzte Mal am kleinlautesten waren beim Probieren, waren nun am lautesten.

»Ich glaube, der Fisch, den man meiden muss, ist der hellgelbe mit den blauen Flecken, und vielleicht der schwarze mit den hellblauen Streifen, sie sehen einfach verkehrt aus«, sagte Asmus, der freche Hilfsmatrose.

»Dieser hatte weiße Tupfen«, sagte der Todeskandidat zaghaft.

»Es gibt auch Fische, die zu bestimmten Jahreszeiten giftig sind und zu anderen nicht«, belehrte Hansen ihn.

Er kannte einen Fisch, der in gewissen Zeiten des Jahres den Verstand zeitweise lähme, und erzählte von einem Mann, der stundenlang glaubte, dass sein Kopf tiefer angewachsen sei als seine Füße. »Wie fühlst du dich?«

Es starb aber keiner, es gab nicht einmal eine Magenverstimmung.

Wir fingen Fische mit Speeren und mit Angeln – Fische mit großen silbernen Schuppen, manche Schuppen hatten einen rosigen Schimmer, andere einen blauen, einen grünen, und die Fische hatten große silberne Glotzaugen. Auf dem Riff gab es alles im Überfluss.

Wenn das Meer ruhig war, was selten vorkam, sahen wir die senkrechten Flossen von Haien, die draußen vor dem Riff jagten. Die Haie umkreisten das Atoll, als ob sie uns bewachten. Es war gefährlich, sich nahe an die Riffkante zu wagen, dorthin, wo der Abgrund senkrecht abstürzt in tausende von Metern Tiefe. Strömungen drohten einen bei ablaufend Wasser mit hinauszunehmen zu den Haien und zu den Seeschlangen, die in riesigen Schwärmen auf dem Wasser treiben und alles fressen, was zwischen sie gerät. Gunnar und der Kapitän hatten die Schwärme gesehen, als sie sich einmal mit dem Boot der *Diana* hinauswagten.

Leutnant Malacate zerschnitt dem Matrosen Eduardson in einem Messerkampf das Gesicht: Eduardson hatte Tirza MacPherson nachgestellt, Malacates Frau. Kapitän Jonasson ging zum Hauptmann, aber Armand faltete die fetten, behaarten Hände über seinem Bauch: »Ich habe Sie davor gewarnt. Leutnant Malacate kommt aus Chiapas, er ist ein großer Kämpfer. Ich kann höchstens eine Warnung hinzufügen: Er ist auch ein beliebter Vorgesetzter. Wenn ihm etwas zustößt, werden die anderen ihn rächen.« Armand hob die Schultern und drehte die Handflächen nach oben: »So sind sie, die Indianer.«

Der Hauptmann lud den Kapitän zum Abendessen ein, wieder einem kleinen Herrenessen zu zweit. Als sie bei Zigarren angelangt waren, schenkte Armand seinem Gast ein paar Kanister Petroleum. Jonasson ließ nun jeden Tag um Mitternacht das Leuchtfeuer für eine Viertelstunde anzünden, und die Seeleute konnten den Lichtschein sehen, wenn sie nachts vor ihr Haus traten.

Am Ende des Frühlings gingen die Rußseeschwalben auf Wanderschaft. Die kleine Schwalbe am Kochhaus war plötzlich fort. Pekko wurde unerträglich, und auch die anderen Männer waren noch unruhiger als sonst.

7. Lieferung der Gefangenen
Lilli von Eck

Fünfzehn Frauen lebten auf dem Atoll, Greta Jonasson und mich mitgezählt, und wenn man davon absieht, dass die Mutter meiner Schülerin Luisa noch zweimal versuchte, mich zu töten, verstanden wir uns gut.

Ich hatte plötzlich mit dem Magen zu tun. Ich musste nachts oft hinaus zu einem unangenehmen Ort am Strand, etwas entfernt von der Siedlung, wobei ich auf Krabben trat und mich im Dunkeln ekelte. Auch am Tag war ich leicht benommen und furchtsam. Mein Frühstück bestand aus ein paar Maisfladen und Kaffee, das konnte nicht ungesund sein, zum Mittagessen nach den Schulstunden gab Carlotta mir kalte Bohnen. Lange dachte ich, die Bohnen seien nicht bekömmlich, bis mir auffiel, dass das Abendessen oft etwas bitter schmeckte. Wir aßen häufig Fisch, den Gustav Schmitz angelte, und die Sauce, die Carlotta mir darüber gab, war bitter.

Ich wurde schwächer, tagsüber war ich elend, nachts lag ich schweißgebadet.

Dann, eines Abends, wir saßen wieder beim Essen unter der

Petroleumlampe, und Gustav Schmitz sprach von seiner großen Zukunft in der Guano-Gesellschaft, kam Tirza MacPherson eilig die Leiter hoch. Sie riss mir den Teller weg, warf ihn durch die offene Tür hinaus – wir hörten, wie er zerbrach – und gab Carlotta eine schallende Ohrfeige.

Carlotta kreischte und sprang auf, Gustav Schmitz brüllte, Luisa weinte. Ich hörte sie alle aus weiter Ferne – offenbar glitt ich unter den Tisch, denn ich kann mich daran erinnern, wie Tirza mich wieder vorzog.

Als ich das nächste Mal aufwachte, lag ich auf einer Matratze in einem fremden Haus. Die Tür stand offen, Sonnenschein glitzerte auf der Lagune. Das Haus hatte nur einen Raum. In der Mitte, gegenüber der Tür, lagen glänzende gelbe Maiskolben in einem Verschlag aus Kükendraht. Auf einem Tisch an der Wand standen Tonkrüge und Gläser mit getrockneten Kräutern. Töpfe mit grünen Pflanzen hingen vom Ziegeldach herab. Über einem zweiten Tisch mit zwei Hockern hing eine Petroleumlampe. In der Ecke neben der Tür gab es einen kleinen Küchenherd, das Ofenrohr war einfach abgeschnitten. In der linken Haushälfte lag eine Matratze auf dem Boden. Vom Dach hing eine Stange, auf der Röcke und Blusen und ein blauer Serape lagen, ein gewebter Umhang. Der Fußboden bestand aus Holzbrettern, und durch die Ritzen sah ich die Krabben, die unter dem Haus warteten.

Ich schlief wieder ein. Manchmal saß Greta neben mir, wenn ich aufwachte, aber meistens war Tirza bei mir. Sie legte dann ihr Nähzeug beiseite und spielte auf einer hellen Flöte seltsame Melodien, und meine Schmerzen vergingen. Sie war eine lange, schlanke Frau mit blauschwarzem Haar und blauen Augen, die Tochter eines Schotten und einer Yaqui-Indianerin aus dem Norden, und sehr schön.

Dann kam der Tag, an dem Tirza mir auf einen Hocker am

Tisch half. Anna María Armand setzte sich mir gegenüber. Nun erfuhr ich, was mir geschehen war.

Carlotta war zu Tirza gegangen und hatte sie um ein Mittel gegen Fieber gebeten. Tirza hatte ihr etwas Pulver von einem Pilz gegeben. Carlotta hatte gehört, dass fiebersenkende Pilze zu Halluzinationen führen können, zu Geistesverwirrungen, bösen Träumen, bis schließlich die Person, der man das Pulver heimlich ins Essen mischt, sich selbst von einem Felsen stürzt.

»Tirza ist eine Heilerin«, sagte Anna, »und Carlotta ist eine ungebildete Frau, und da glaubt sie eben an Zauberei. Es ist ganz egal, ob Sie das verstehen oder nicht. Wichtig ist, dass Carlotta Sie vergiften wollte.«

»Das müsste ich beweisen«, sagte ich verzagt.

»Beweisen? Carlotta streitet natürlich alles ab.«

»Ich habe einen Arbeitsvertrag. Wenn ich hier weggehe ohne guten Grund, muss ich meine Reise selbst bezahlen.«

Tirza bewegte sich wie ein junger Mann, wie ein Tänzer, kraftvoll und mit großer Anmut. Die Frauen auf der Insel hatten Respekt vor ihr. Die Yaqui-Indianer gelten als gefährlich, sie sind Nomaden und Jäger und können den Geist der Tiere und den Tod mit geheimnisvollen Tänzen beeinflussen.

Tirza lachte, als ich sie nach diesen Tänzen fragte, und sagte: »Im Norden kann es kalt sein. Deshalb haben die Mexikaner aus dem Süden einen Riesenrespekt vor den Leuten aus dem Norden. Sie finden sie hart, geradeheraus und unheimlich, wie die Kälte. Mein Vater trug Stiefel mit hohen Hacken und einen weichen Hut, und wenn er in eine Bar ging, flogen die Halbtüren nach rechts und links vor ihm auf, und Dampf kam aus seinem Mund.«

Ihr Vater war in Schottland geboren. Als ich sagte, mein Bruder Oswald sei in Schottland gereist, schrie sie auf vor Freude, und ich musste ihr alles über Schottland erzählen, was ich wusste. Sie war katholisch und fromm und betete zu Jesus und der Jungfrau María, wie Anna María Armand es von den Soldatenfrauen verlangte, aber mehr noch glaubte sie an die Kraft der alten Götter, an die der Mensch sich mit Musik und Tanz wendet.

Sie wollte so gerne ein Kind bekommen und hatte ein Kindermädchen mit auf die Insel gebracht: Rosa, ein stummes dunkelhäutiges Mädchen, neun oder zehn Jahre alt. Tirza kniete mehrmals am Tag vor einer Statue der Jungfrau María und bat um ein Kind. Die Jungfrau hatte goldenes Haar und trug einen Indio-Hut und einen Poncho.

Tirzas Mann hatte ihr die Jungfrau geschenkt. Leutnant Angel Malacate war ein sehr konzentrierter Mensch und sehr fähig. Sein Gesicht erinnerte an eine geschnitzte Handpuppe, er hatte eine große Nase und tiefe Falten auf der Stirn, obwohl er noch nicht alt war – dreißig, glaube ich, zehn Jahre älter als Tirza. Ich fühlte mich in seiner Gegenwart immer wie in meiner mündlichen Abschlussprüfung: Jedes Wort zählte. Ich fand das anstrengend. Wenn er sprach, wandte er sich seinem Gegenüber ganz zu, aber er lachte nie.

»Er hat mich gekauft«, sagte Tirza einmal.

Sie ist als Baby mit ihrer Mutter von der Armee des Diktators Diaz gejagt worden. Für die beiden Ohren eines Yaqui bekam ein Soldat eine Prämie von 65 Pesos, und wenn ein Soldat Yaqui-Frauen an Haciendas verkaufte, kriegte er 50 Pesos pro Kopf. Auch Tirza und ihre Mutter sind als Kriegsbeute an eine Hacienda verkauft worden. Die Mutter starb, als Tirza zehn war. Niemand auf dem großen Gut kümmerte sich um sie, sie drückte sich vor der Herrschaftsküche herum und stahl Abfälle, wie es auch viele Erwachsene taten. Ein Aufseher erwischte sie und verprügelte sie mit seiner Reitpeitsche, bis sie ohnmächtig wurde. Als sie wieder zu sich kam, war der Hof voller Pferde und Soldaten. Tirza sah zu den Soldaten hoch, die um sie herumstanden, und einer sagte: »Was ist denn hier los?«

»Nur ein diebisches Miststück«, sagte der Aufseher und stieß mit dem Fuß nach ihr. Der Stiefel traf sie nicht, denn der Soldat stürzte sich auf den Aufseher und riss ihn um. Aber ehe Malacate dem Aufseher das Genick brechen konnte, kam der Leutnant mit dem Besitzer der Hacienda hinzu. Der Leutnant schrie Malacate an, und Malacate ließ den Aufseher los. Der Besitzer sagte: »Du solltest um Besseres kämpfen als um eine Indianerin. Sie ist nichts wert.«

»Was kostet sie?«, sagte Malacate.

»Keine Ahnung«, sagte der Besitzer. »Sie ist eine Yaqui. Die habe ich mal für fünfzig Pesos das Stück gekauft. Aber die da nicht. Die war ein Fohlen, die lief so mit. Die kostete nichts.«

Tirza lag immer noch auf der Erde und wünschte sich, dass der Mann, der den Aufseher töten wollte, sie kaufte.

»Ich kaufe sie für fünfzig Pesos«, sagte der Mann.

Der Besitzer lachte und schlug ihm auf die Schulter. »Hast du schon mal fünfzig Pesos gesehen?«

»Hier hast du deine fünfzig Pesos zurück, Malacate«, sagte der Leutnant. »Aber fünfzig ist zu viel für das Mädchen. Das ist der Preis für eine erwachsene Frau. Die da ist klein und schlecht ernährt und verprügelt, wer weiß, wie lange sie auf unserem Marsch mithält und für dich sorgen kann. Zwanzig sind mehr als genug. Ein Freundschaftsangebot der Armee an einen reichen Haciendero.«

Der Haciendero hatte Angst, dass die Soldaten sein Gut plünderten, und so bekam Malacate das Mädchen für zwanzig Pesos, die sein Leutnant ihm lieh. Der Leutnant hieß Feliciano Armand, und es dauerte acht Jahre, bis Malacate ihm das Geld zurückzahlen konnte.

»Das Geld habe ich auf der nächsten Hacienda gestohlen, auf

die wir kamen«, erzählte Tirza. »Aber da war der Leutnant schon unterwegs nach Japan, und wir haben ihn erst in diesem Winter in Mexiko-Stadt wiedergefunden.«

Leutnant Malacate war Hauptmann Armand ergeben, und diese Ergebenheit wirkte wie eine Auszeichnung für den Hauptmann. Wenn ich die beiden zusammen sah, hatte ich ein Gefühl von Gefahr und von Großzügigkeit. Die Freundschaft von Malacate gab dem dicken, fahrigen Hauptmann, der sich seine Stiefel morgens und mittags von den García-Söhnen vorantragen ließ, eine Aura von Geheimnis und Bedeutung.

Malacate war in der Nähe von San Cristóbal de Las Casas geboren, sagte Tirza, in den wilden Bergen von Chiapas, wo Calla und Amaryllis an den Bächen blühen und die Frauen bunte Bänder in den glänzenden schwarzen Zöpfen tragen. Dort in den Bergen kann es noch kälter sein als auf den Prärien und an den Flussläufen des Nordens.

Tirza und ihr Mann waren hochfahrend und stolz, und ich musste immer auf der Hut sein, denn sie waren schnell beleidigt. Von Zeit zu Zeit kam eine große Traurigkeit über Tirza, und dann hörte und sah sie niemanden.

Tirza zog mich in den Kreis der Frauen, die jeden Nachmittag *la capitana* besuchten, die Frau des Hauptmanns. Sie saßen im Schatten unter Annas Haus, tranken Wasser mit Limonensaft und hörten auf das Rauschen der Brandung. Tirza kam, Sarita, die schöne Frau von Korporal López, und Carmen Rosales, die Mutter von Robert und Martín García.

Maripepa und ich waren die Einzigen, die keinen Mann hatten. Das brachte die Frauen immer wieder auf das beliebteste von allen Themen: heiraten. Das Thema war unerschöpflich – heiraten an sich, nicht heiraten, früh heiraten, zu spät heiraten, verheiratet sein als Mann, als Frau. Victor Lavista hatte keine

Frau, die für ihn wusch und flickte und kochte und hinter ihm stand, wenn er aß, und die schöne Sarita pries ihm Maripepa als gute Partie an. Maripepa legte die Hand vor den Mund und kicherte.

Ein ebenso unerschöpfliches Thema wie das Heiraten war die Liebe, und hier besonders die romantische Liebe Anna María Armands zum Hauptmann. Meist brachten die Frauen sie dazu, von ihren beiden glanzvollen Jahren mit ihm in Mexiko-Stadt zu erzählen, und ich kannte die Stadt bald so, als wäre ich selbst da gewesen. Anna zeigte ein Foto von ihrem Sohn Feliciano als Caballero. Auf dem Platz an der Kirche San Domingo, wo seit den Tagen der Inquisition die Schreiber sitzen, gibt es einen Fotografen mit einem schwarzen Aufnahmekasten auf hohen Beinen und zwei Holzpferden, einem großen Pferd für Erwachsene und einem kleinen Pferd für Kinder. Der Fotograf verleiht auch eine schwarze Jacke mit Silberbesatz und einen schwarzen Sombrero für kleine Jungen.

»Ich sehne mich nach Mexiko-Stadt«, sagte Anna, »und wenn ich dort bin, sehne ich mich auf meine Insel.«

Ich lernte auch Orizaba im Staat Veracruz kennen, wo Anna aufgewachsen ist, eine weiße Stadt unter einem schneebedeckten Vulkan, deren Straßen und Plätze an Sonntagabenden voller Musik sind.

»Jeder singt und tanzt bei uns in Mexiko«, sagte Carmen Rosales, und Sarita sagte: »Wir üben, unsere Röcke so zu schwingen, dass wir eines Tages nichts mehr darunter zu tragen brauchen.«

»Ich durfte nie tanzen«, sagte Anna dann, »mein Vater ist streng.«

Der reiche Kaufmann Velasco gab seine Tochter zu den katholischen Nonnen in die Schule. Als Anna die Nonnen verließ, war sie genau das, was ich auch gewesen bin: eine höhere Tochter, die über alles ein bisschen und über nichts richtig Bescheid weiß. Mit sechzehn verlobte sie sich mit Leutnant Feliciano Armand, dem einzigen Sohn einer französischen Familie in Orizaba, Freunden ihrer Eltern.

Er war gerade aus Japan zurückgekommen, ein schlanker, schneidiger Offizier, den sein Oberst wegen seines Aussehens und seiner Manieren zur Teilnahme an einem offiziellen Freundschaftsbesuch ausgewählt hatte. Die mexikanischen Offiziere waren mit dem Zug nach San Francisco gefahren und von dort mit dem Schiff nach Honolulu und Yokohama. Nach der Reise erhielt Feliciano Armand den Titel Gouverneur der Isla de la Pasión und baute sein erstes Haus auf dem Atoll.

Anna zeigte uns ein Foto, auf dem sie achtzehn Jahre alt war. Sie trug schon Mittelscheitel und Knoten und beugte den Kopf sehnsüchtig über eine weiße Lilie, die sie in beiden Händen hielt. Ich bin sicher, im Schaufenster des Fotografen hingen Fotos aller Bürgertöchter von Orizaba in gleicher Pose.

»Das schönste Mädchen der Stadt«, sagte Maripepa, als sie mir das Foto weiterreichte. Ich drehte es um. »I never forget you and I love you with all my soul. Anna María, Orizaba 14. Juni 1908«, stand da.

Sie durfte den Mann heiraten, den sie liebte, und er versprach ihr eine Insel. Seine Insel war klein, aber unerreichbar für ihren Vater, ihre Tanten und Cousinen und die Mutter ihres Mannes. In Orizaba wäre sie nur eine junge Ehefrau am Ende der sozialen Familienleiter geworden, auf dem Atoll wurde sie *la capitana*, die Frau des Gouverneurs, und was sie wollte, geschah.

Anna María Velasco und Feliciano Armand heirateten im Juli 1908. Einen Monat später fuhr sie mit ihm auf die Insel. Nach einem Jahr kam ihr Sohn Feliciano zur Welt, an dem Tag, an dem das Versorgungsschiff das Klavier brachte und die Haie einen Seemann fraßen – jede Geschichte wurde auf der Insel viele Male erzählt. Zwei Jahre später bekam sie ihre Tochter Alicia. Im selben Jahr 1911 begann in Mexiko die Revolution gegen die Diktatur des Militärs, und der Demokrat Madero wurde Staatspräsident. Im Dezember berief man Feliciano Armand von der Insel ab, und die Armands reisten nach Mexiko-Stadt. Dort wurde ihre Tochter Lydia geboren.

Ich kann mir Anna gut in der Stadt vorstellen. Die Aussichten ihres Mannes waren nach der Machtverschiebung ungewiss, und sie kämpfte für ihn in Salons und auf Bällen. Wenn sie sich mit ihren Brillanten zeigte, veränderten die Menschen ihr Verhalten. »Verhalten ist wie eine Melodie auf dem Klavier«, sagte sie, »je nachdem, welchen Ton ich als ersten anschlage, so wird das Stück.« Ihr einziger Kummer in den Vorzimmern der Macht: Sie bekam eine rote Nase, wenn sie aufgeregt war.

General Huerta, der oberste Kommandeur der Bundesarmee, setzte den demokratischen Präsidenten Madero im Februar 1913 ab und ließ ihn töten, und Feliciano Armand erhielt einige Monate später erneut den Befehl, das Atoll für Mexiko zu verteidigen. Und so kehrten die Armands mit drei Kindern und dem Dienstmädchen Maripepa auf ihre Insel zurück.

Diese wunderschöne Geschichte ihrer Liebe, die wahres Glück auf einer einsamen Insel findet, nahm ich Anna nicht ab. Irgendeinen verborgenen Grund musste es geben, weshalb die Armands seit vielen Jahren auf dem Atoll saßen. Trotzdem hörte ich Anna immer wieder gerne zu, denn das war unser Hauptzeitvertreib in diesen Wochen: Geschichten erzählen. Am liebsten hörte ich Geschichten aus der Nonnenschule, einem ehemaligen Palast mit hohen, abgedunkelten Sälen und Pfauenfedern in persischen Vasen. Die kleinen Kinder hörten am liebsten, wie es war, als ihre Mama noch so klein war wie sie, und drängten sich an sie, während sie davon erzählte. Maripepa wartete darauf, dass sie in die Geschichte der Armands eintrat, was immer erst gegen Ende eines Nachmittags geschah. Sie hatte das schlafende Baby Lydia auf dem Schoß, und ihre Augen leuchteten auf, wenn ihr Name fiel.

Maripepa heißt eigentlich María Josepha. Sie ist eine Verwandte von Anna, eine entfernte Nichte oder die uneheliche Tochter eines Vetters, jedenfalls muss sie zum Haushalt der Velascos gehört haben. Sie selbst gibt sich als Annas Cousine aus, wenn Anna nicht dabei ist, aus einem verarmten Familienzweig. Als Annas Mutter starb und der Vater aus Geschäftsgründen nach Salina Cruz an die Pazifikküste zog, ging sie mit Anna. Maripepa war neunzehn, als ich auf die Insel kam, und die personifizierte Ehrbarkeit. Sie ahmte Anna in allem nach und konnte ihr Vorbild dabei weit überholen und unendlich fein und vornehm werden. Der Hauptmann zog sie dann auf und nannte sie Maritornes, Küchendragoner, oder Marimacho, Mannweib. Er lachte, wenn sie sich ärgerte, und wenn sie wütend wurde und ihm wild widersprach, nannte er sie Marisabidilla, vorwitziger Blaustrumpf.

Ich mochte sie damals nicht. Ich traute ihr nicht. Das hat sich seitdem sehr geändert. Maripepa war die Tapferste von uns allen.

»Die Geschichte dieser Anna Armand ist einfach zu schön und zu wenig militärisch«, sagte auch Greta Jonasson.

»Hauptmann ist ein ziemlich hoher Rang«, sagte Pekko, der haarlose Koch. »Wieso hat der Mann seit acht Jahren, zugegeben mit einer Unterbrechung, ein Kommando auf einer kleinen Vogelinsel, die so weit entfernt von allen Schifffahrtsstraßen liegt?«

Die Gesellschaft auf dem Atoll kam uns immer absonderlicher vor.

»Du kannst hier nicht bleiben«, sagte Greta. »Du musst diese Insel mit uns verlassen.«

Greta Jonasson war meine beste Freundin geworden, vielleicht die beste, die ich jemals hatte. Mit keiner anderen habe ich so viele seltsame Sachen erlebt wie mit ihr. Niemand kann lachen wie Greta. Wenn sie wüsste, wie schlecht es mir jetzt geht und dass ich als Spionin erschossen werden soll, würde sie mich nicht in Ihrem Hinterhof sitzen lassen, Herr Konsul.

Greta verstand Deutsch, und manchmal sprach ich Deutsch mit ihr, und sie antwortete auf Norwegisch, und wir erinnerten uns an ein reicheres Leben als das auf dem kahlen Atoll. Greta sagte, ihr Norwegisch sei nicht mehr so gut wie das von Halvorsen, der in Norwegen geboren ist. Sie ist in Amerika zur Welt gekommen, in Oakland, wo sie auch mit Kapitän Jonasson lebte, wenn er Urlaub hatte. An Bord fügte sie sich ihrem Mann, aber zu Hause ließ sie sich in nichts hineinreden. »Das muss er immer wieder neu lernen«, sagte sie, »er ist harthörig. Da bekommen die Nachbarn manches mit, was nicht für ihre Ohren bestimmt ist.«

Greta war mager geworden. Sie beklagte sich nie, und es dauerte lange, bis ich merkte, wie sehr sie litt. Ich merkte es eigentlich erst, als sie immer wieder sagte: »Nie könnte ich hier leben. Nie.«

Ich glaube aber nicht, dass ich Ihnen mehr von Greta Jonasson erzählen sollte, Herr Konsul, denn sie spielte keine Rolle in der furchtbaren Geschichte, die Sie von mir hören wollen. Wenn Greta noch auf der Insel gewesen wäre, als die Geschichte begann – sie hätte Victor Lavista gleich erschossen, und es hätte gar keine Geschichte gegeben.

Carlottas Giftattacke machte meinen Alltag schwierig. Sobald ich gesund war, musste ich Tirzas Haus wieder verlassen. Ich hätte gern selbst für mich gesorgt, aber ohne eigenen Haushalt und ohne eigene Lebensmittel war das unmöglich.

Früh am Morgen begannen meine Probleme ganz lächerlich mit dem Waschwasser. Carlotta stellte es mir nicht mehr vor die Tür. Ich wollte selbst zur Zisterne gehen, aber Carlotta weigerte sich, mir einen Krug zu geben. Also lieh ich mir einen von Tirza und holte Wasser. Die Folge: ein Riesenkrach mit Gustav Schmitz und endlose Gespräche. Der Hauptmann und Schmitz waren sich einig: Die Gouvernante der Betriebsleiterstochter und Schullehrerin der Soldatenkinder durfte sich ihr Waschwasser nicht selbst holen. Wenn sie es doch tat, beleidigte sie die Pacific Phosphate Company und die mexikanische Armee zugleich.

Von nun an stellte Carlotta mir mit Krach und Getöse den Wasserkrug vor die Tür, aber genauso oft vergaß sie es. Immer wieder musste Gustav Schmitz eingreifen, und es kam meinetwegen zu großen Auseinandersetzungen im Haus. Ich spürte bald, dass er mir die Schuld an dem ewigen Unfrieden gab.

Nach dem Schulunterricht wartete das nächste Problem auf mich: meine Wäsche. Anfangs hatte Carlotta für mich gewaschen, nun wusch ich meine Sachen wie die Soldatenfrauen auf den Steinen am Lagunenufer. Wieder waren die Pacific Phosphate Company und die Bundesarmee von Mexiko beleidigt. Diesmal griffen die Frauen ein. Carmen Rosales, die Mutter von Roberto und Martín, holte sich, während ich Schule hatte, meine Wäsche aus meinem Verschlag und wusch sie. Als ich protestierte, sagte sie: »Statt Schulgeld.« Anna sagte, ich solle das annehmen. Ich war empört, dass meine schmutzige Wäsche Gesprächsthema auf der Insel geworden war. Das bisschen Unterwäsche, das ich aus dem Schiffbruch gerettet hatte, erweckte höchste Aufmerksamkeit bei Männern und Frauen. Die einfachsten hygienischen Vorkehrungen einer Dame waren für mich kaum zu meistern – ich kann Ihnen gegenüber, da werden Sie mir zustimmen, Herr Konsul, nicht näher darauf eingehen.

Das schwierigste Problem blieb mein Essen. Kost und Logis waren Teil meines Gehaltes, aber ich mochte nicht mehr bei Carlotta essen, ich traute ihr nicht mehr. Doch einkaufen konnte ich nicht, Vorräte hatte ich nicht, und wenn ich einen Fisch fing, was vorkam, konnte ich ihn mir weder braten noch kochen. Selbst die sanfte Sarita sagte, bei Carlotta würde sie nichts anrühren. Sie wollte mir Tortillas geben, aber das lehnte ich ab: Die Soldatenfamilien hatten selbst kaum zu essen. Es war alles abgezählt auf dem Atoll.

Ich bat Gustav Schmitz, die Lebensmittel, die er für mich vorgesehen hatte, dem Koch Pekko zu geben. Schmitz wurde wütend, sein Bauch zitterte, und er spuckte beim Sprechen. Selbst eine Frau wie die Königin Luise, sagte er, hätte sich in schwierigsten Verhältnissen zu bescheiden gewusst.

Kapitän Jonasson sagte, wo es für zwölf langt, langt es auch für dreizehn. Greta sagte, aber nicht auf die Dauer, sie seien schon knapp, wenn das Wetter stürmisch war und niemand fischen konnte. Also aß ich doch meistens bei Gustav Schmitz und Carlotta und ging erst nach dem Essen hinüber zu Greta.

Das war auch so ein Problem: Was machte ich abends? Wenn das Versorgungsschiff Greta und Edith und Mary abgeholt hatte, würde mir nur mein Zimmer bleiben. Mein Zimmer war aber bloß ein Verschlag mit einem Bett und drei Haken an der Wand. Gunnar Halvorsen zimmerte mir eine Kiste, die war nun Schrank und Tisch für mich. Mit allergrößter Überredungskunst brachte ich Gustav Schmitz dazu, mir eine Petroleumlampe zu geben. Carlotta sagte Abend für Abend, ich würde ihr noch das Dach über dem Kopf anzünden, und Schmitz sagte Abend für Abend: »Und passen Sie auch schön auf die Lampe auf!«

Er lieh mir Bücher. Darin war er großzügig. Er hatte Romane, naturwissenschaftliche Lehrbücher, historische Werke, alte Journale und Groschenromane in Deutsch, Englisch, Spanisch und Französisch, die Angestellte der Gesellschaft vor Jahren auf der Insel gelassen hatten. »In Mexiko heißt es: Wer Bücher verleiht, ist ein Narr, aber wer geliehene Bücher zurückgibt, ein Idiot«, sagte der Hauptmann, der keinen Anlass ausließ, seinen Freund Gustave zu ärgern. Doch Schmitz grunzte nur geringschätzig, und ich konnte mir weiter so viele Bücher holen, wie ich wollte.

Eines Abends, wir waren fast fertig mit dem Essen, kam wieder Tirza MacPherson die Krabbenleiter hoch ins Haus gestürzt. Mit zwei Schritten war sie vor dem Wandbrett, auf dem Carlottas billiges Kruzifix aus Messing stand, und griff nach der gerahmten Fotografie, die Carlottas verstorbenen Bruder zeigte. Tirza öffnete den Rahmen und zog eine zweite Fotografie hervor, die hinter der ersten verborgen gewesen war. Sie hielt sie hoch: Es war mein Bild, das ich auf Wunsch der Guano-Company meinem Briefwechsel beigelegt hatte.

»Carlotta betet Señorita Marililli tot«, sagte Tirza.

Carlotta hatte mein Foto hinter das Foto des Verstorbenen gesteckt und mit ihren Gebeten um seine Seligkeit zweimal am Tag meinen Tod herbeigefleht.

Nun gestand ich es mir ein: Diese Gouvernantenstelle war auch nichts für mich. Außerdem hatte ich mir mehr Gesellschaft auf der Insel vorgestellt – eine größere Familie, eine Firma, deren Schiffe kamen und gingen, ein Kontor mit Angestellten, die Frauen und Kinder hatten, vielleicht einen kleinen Laden, ein Postamt, Gottesdienste, einen Arzt, Menschen, die das Milieu kannten, aus dem ich kam, wenigstens so ungefähr.

Selbst Anna María Armand, die ich bewunderte, war so ganz anders als meine Freundinnen aus der Schule und vom Lehrerinnenseminar. Sie weigerte sich zum Beispiel, Englisch zu sprechen. »Weil ich es nicht perfekt kann«, sagte sie, »ich mache nur, was ich perfekt kann.« Erst dachte ich, sie sei schüchtern, dann dachte ich: Sie kann gar kein Englisch, und nun dachte ich: Was für eine Provinzlerin. Ich wollte mit weltoffenen Leuten leben, wie ich sie in der Pension meiner Tante in Dresden kennen gelernt hatte.

Wenigstens ein eigenes Zimmer brauchte ich, mit Schreibtisch, Stuhl und Leselampe. Ich konnte meine Abende nicht jahrelang vor einer Holzkiste verbringen. Alles auf dem Atoll war zu karg, zu arm, und mein Gepäck war mit der *Diana* verloren, meine Röcke und Blusen, meine Schuhe, Hautöl, Zahncreme, Puder, mein Briefpapier.

Ich beschloss, das Herz tat mir weh dabei, die Insel mit dem Versorgungsschiff zu verlassen. Das Problem meiner Reisekosten konnte ich vielleicht mit meinen beiden Herren in San Francisco besprechen, wenn ich meinen zweijährigen Arbeitsvertrag löste. Schließlich hatte die Company auch eine Mitschuld, weil sie die Vermittlungsagentur über die Verhältnisse auf der Insel unzutreffend informiert hatte.

8. Lieferung der Gefangenen
Lilli von Eck

Die beiden kleinen Kapitänstöchter erkrankten Anfang Mai. Das Wetter war schön, wenn auch nicht beständig, mit Sonnenschein und hohem blauen Himmel. Niemand wusste, woran Edith und Mary litten.

Sie hatten kein Fieber. Sie lagen mit blassen Gesichtern auf dem trockenen Tang in ihren Holzkojen und jammerten.

Mitte Mai bezog der Himmel sich. Jeden Tag stürzten wilde Regengüsse auf uns herab, trommelten auf die Blechdächer, platschten an die Hauswände. Wir saßen in den Häusern, in die Tageslicht nur durch die Türen kam, die Hängematten unter den Häusern waren eingerollt, die Leitern eingezogen, Sturzbäche gruben sich in den Boden. Der Wind blies mit Sturmstärke aus Südwest und nahm täglich zu.

Greta wachte bei ihren Töchtern, sie ließ sich kaum einmal von ihrem Mann oder von mir ablösen. Edith und Mary wurden immer schwächer. Merkwürdige trockene Knötchen bedeckten ihre Haut, sie kratzten sich bis aufs Blut und klagten viel. Wir rätselten verzweifelt, was sie haben könnten – eine Infektionskrankheit, eine Vergiftung, vielleicht nur Mangelerscheinungen und Erschöpfung wegen der einseitigen Ernährung. Gemüse und Obst gab es schon lange nicht mehr.

Anna Armand besuchte Greta Jonasson und sagte, Tirza MacPherson sei eine sehr gute Heilerin.

Der Kapitän lachte verächtlich: »Die Indianerhexe?« Die Falten, die bei ihm von den Augen zum Kinn und von den Nasenflügeln zum Mund liefen, hatten sich tief eingegraben.

»Bei uns in Mexiko glauben nur einfache Leute an Zauberer«, sagte Anna herablassend. »Tirza ist eine Heilerin, das ist etwas ganz anderes.«

Aber der Kapitän blieb starrköpfig. Doch einmal, als er zum Felsen ging, wo immer noch Tag und Nacht zwei Wachen Ausschau hielten, schickte Greta heimlich Pekko, den Koch, zu Tirza und ließ sie bitten, die Kinder zu besuchen.

Tirza befühlte die kleinen Hände, den Puls, die heißen Stirnen, ließ sich von Edith und Mary die Zunge zeigen. Einmal brachte sie die kleinen Mädchen zum Lachen.

Aber draußen vor der Tür, im Regen, zog sie die Schultern hoch und schüttelte den Kopf.

Sie ging zu ihrem Haus und sah ihren Vorrat an Heilkräutern durch und kam mit einer Hand voll Teeblätter zu Gerda zurück.

»Ich kann sie nicht heilen«, sagte sie. »Aber der Tee nimmt ihnen die Unruhe, und sie können schlafen und sich ausruhen.«

Greta schluchzte tief, und Tirza streichelte ihr die Hand. Greta sah hager und elend aus.

»Der Tee hilft Ihnen auch«, sagte Tirza. Greta lächelte verzagt.

»Her damit«, sagte der kahle Koch und nahm Tirza die Teeblätter ab. »Wir probieren alles aus. Wenn es denn hilft, schlachte ich auch ein Huhn vom Hauptmann und tropfe das Blut bei Vollmond auf die Schwelle.«

Vielleicht litten Edith und Mary unter der Insel, weil ihre Mama es dort nicht mehr aushielt. Greta verzweifelte über dem Warten auf ein Schiff. Sie war längst nicht mehr schlagfertig und schnippisch, sie war fahrig und schreckhaft.

»Wenn ich wüsste, an welchem Tag das Versorgungsschiff kommt, würde mir das Warten weniger ausmachen«, sagte sie. »Dabei ist die Ungewissheit noch nicht mal das Schlimmste. Das Schlimmste ist, nichts selbst in der Hand zu haben.«

Sie wütete in Gedanken gegen ihren Gott, der sie seit drei Monaten auf dem Atoll gefangen hielt, und gegen ihren Mann, der immer trauriger und schweigsamer wurde und nichts unternahm.

In der Hütte der *Diana* wagten die Leute abends kaum noch etwas zu sagen. Sie saßen still am Tisch, und hin und wieder seufzten sie, weil sie glaubten, das würde ihrem Kapitän helfen.

Das war Ende Mai, draußen strömte der Regen.

An einem Abend, Greta hatte mich bei den kleinen Mädchen abgelöst und ich blieb noch etwas am großen Tisch sitzen, weil ich es in meinem Verschlag bei Carlotta nicht aushielt, schlug Kapitän Jonasson plötzlich mit der flachen Hand auf den Tisch.

»Wer geht?«, sagte er.

»Vier Freiwillige, es ist sehr gefährlich«, sagte Gunnar Halvorsen sofort. »Hansen, Svensson, Eduardson, Asmus. Hansen kriegt das Kommando.«

Die Männer nickten, und das war das.

Sie hatten noch ein Boot, das Großboot des Schoners, die beiden kleineren Boote hatte das Meer beim Schiffbruch zerschlagen. Das Großboot hieß nur groß, mir kam es klein und schwerfällig vor, jedenfalls gemessen an den Brechern, die unablässig und von allen Seiten zugleich gegen das Atoll schäumten. Das Boot hatte nur noch ein dreieckiges Hilfssegel, und wenn der Wind ungünstig stand, mussten die Männer rudern. Acapulco war 700 Seemeilen entfernt.

Halvorsen rüstete das Boot sorgfältig aus. Er bestellte Tortillas und Vogeleier bei den Soldatenfrauen. Victor Lavista schoss Enten für ihn und lieferte sie gerupft und ausgenommen, und die Seeleute angelten und räucherten Fische, was Pekko misstrauisch beaufsichtigte.

Manchmal wurde Gunnar wütend und brüllte herum: Eine Muräne hatte ihm beim Fischen auf dem Riff ins Bein gebissen, die Wunde eiterte, und deshalb musste er auf der Insel bleiben. Er versuchte, gegen alle Verabredung trotzdem noch in die Rettungsmannschaft zu kommen, aber Jonasson sagte, wenn er nicht Vernunft annehme, gehe keiner, und was daraus entstünde, müsse Halvorsen selbst verantworten.

Schließlich hatte Halvorsen Lebensmittel für zwölf Tage zusammen, hatte Trinkwasser, Seekarte, Kompass, Sextant, Fernglas und die Ruder im Boot verstaut. Der Sextant gehörte Jonasson, er war ein Geschenk seines Vaters zum Steuermannsexamen.

Die vier Freiwilligen sagten, sie wollten noch einmal die kleinen Mädchen sehen.

Sie standen in der Tür des Raumes, in dem Edith und Mary lagen, drehten ihre Mützen in den großen Händen und sagten: »Dann gehen wir jetzt.«

Edith richtete sich auf. »Asmus, deine Mütze ist zerrissen«, sagte sie mit ihrer metallischen Kleinmädchenstimme. »Nimm lieber meine, ich will nicht, dass du einen Sonnenstich kriegst.«

»Die ist doch zu schade«, sagte Asmus.

»Widersprich nicht dauernd«, sagte Edith. »Du rettest jetzt mein Leben. Da kann ich dir doch mal eine kleine Mütze geben.«

»Is' gut, Miss Edith«, sagte Asmus. Die Mütze war rotgelb geringelt.

Mary hatte einen Schal für Hansen – Edith: »Stell dich bloß nicht so an, Hansen, der ist ganz alt« –, ein Taschentuch für Eduardson – »damit du nicht immer so hochziehst und die anderen verrückt machst« – und einen Bleistift für Svensson – »wenn die Sonne aufgeht, machst du einen Strich auf die Bordwand, dann weißt du, wie viele Tage vergangen sind.«

»Gleich flennen alle«, sagte Kapitän Jonasson und schob die Männer zur Tür hinaus.

»Es kann gar nichts schief gehen«, sagte Halvorsen eine Stunde später auf der anderen Seite der Lagune zu den Männern. »Es reicht, wenn ihr das Festland trefft. Fragt, wo ihr seid, und lasst euch nicht von den Revolutionären fangen. Auch nicht von schönen Mädchen. Und dann geht ihr nach Nord oder nach Süd, je nachdem, jedenfalls nach Acapulco. Alle anderen Orte sind zu klein, lasst euch nicht bequatschen. Und nun los, ich will euch bald wiedersehen. Mach's gut, Hansen, und vergiss ja nicht, was ich dir beigebracht habe.«

»Er macht das schon«, sagte Kapitän Jonasson.

»Er ist ein Fluskopp«, sagte Halvorsen.

»Du hast doch gehört: Ich mach das schon«, sagte Hansen ärgerlich.

Wir standen alle am Strand. Hauptmann Armand trug seine prächtige dunkelblaue Uniform mit den roten Aufschlägen und hatte seine Füße in die Stiefel gezwängt. »Das rechne ich ihm hoch an«, hatte Jonasson bei seinem Anblick gesagt.

Das Großboot legte ab – nicht weit von der Stelle, an der die *Diana* auf das Riff gelaufen war. Von dem Schoner war nichts mehr zu sehen, die Stürme hatten das Wrack zerschlagen, die Seen es davongeschwemmt. Als das Boot durch die Brandung ging, durch drei Reihen von weiß schäumenden Brechern, bekreuzigte Anna sich, und Maripepa senkte den Kopf über den gefalteten Händen. Der Hauptmann und Leutnant Malacate grüßten militärisch.

Das war am 4. Juni 1914.

Wir sprachen jeden Tag von ihnen. Wir sahen zum Himmel, wir prüften die Windrichtung. Nachts standen wir auf und horchten auf die Brandung.

Am dritten Tag schlief der Wind ein.

»Nun müssen sie rudern«, sagte Halvorsen. »Wenn sie nur keinen Gegenwind kriegen.«

Vom siebten Abend an brannte das Leuchtfeuer die ganze Nacht, Hauptmann Armand hatte Mitleid mit Kapitän Jonasson und gab ihm noch etwas Petroleum. Der Lichtschein flackerte über die Lagune und die Insel. Fast jede Nacht blies der Wind das Licht aus.

Die Soldaten hielten das Leuchtfeuer für eine Verschwendung von Petroleum. Sie lächelten den Seeleuten, wann immer man sich sah, und das war oft im Lauf eines Tages, weise und mitfühlend zu – es wird nichts nützen, sagte ihr Lächeln.

Dieses Lächeln machte die Seeleute wild. Kapitän Jonasson musste ihnen jetzt täglich einschärfen, dass er keine Prügeleien mit den Soldaten haben wolle. Er musste insbesondere Halvorsen ermahnen.

»Ich spreche mit Hauptmann Armand«, sagte der Kapitän wütend zu Greta.

»Tu das, Jonas«, sagte sie.

Dann ließ er es aber doch, weil er nicht wusste, wie er sich über mitfühlendes Lächeln beklagen könnte.

»Das Lächeln zeigt das Lebensgefühl der Mexikaner«, sagte Anna, als ich mit ihr darüber sprach. »Ein Mexikaner glaubt nicht, dass irgendetwas von ihm abhängt.«

Anna hörte, dass die kranken kleinen Mädchen morgens und abends für die vier Männer beteten, die nach Acapulco ruderten. Sie nahm eine Kerze und ging mit ihren Kindern zur Hütte der Seeleute, und so beteten alle gemeinsam.

Gunnar Halvorsen und ich wollten uns nie mehr trennen. Wir wollten heiraten. Ich würde mit ihm von dieser Insel fortgehen, und die Guano-Gesellschaft würde meine Reisekosten nicht zurückverlangen, wenn ich berichtete, wie Carlotta Schmitz mich behandelte. Halvorsen wollte endlich sein Kapitänsexamen in San Francisco ablegen und danach noch ein oder zwei Reisen als Kapitän machen. Ich würde in San Francisco als Lehrerin arbeiten und auf meine Aussteuer sparen, und vielleicht würde ich ihn auf einer Reise begleiten. Dann wollte er mit mir nach Norden gehen, nach Seattle, und dort kleine Fahrten im Peugeot Sund übernehmen, nach Anacortes und Victoria. Wir würden in einem Haus aus Zedernholz am Wasser leben und Kinder und einen großen Hund haben. Vielleicht würden wir auch nach Europa zurückkehren und uns am Oslofjord ein weißes Haus in einem Obstgarten kaufen.

Ich kann mich nicht mehr an sein Gesicht erinnern. Ich sehe seine Augen nicht vor mir. Vielleicht stürzte ich mich nur in Verliebtheit und Verlobung, weil dies der einfachste Ausweg aus meinen Schwierigkeiten war. Als Verlobte konnte ich die Anstellung bei Gustav Schmitz vorzeitig aufgeben und doch erhobenen Hauptes meinem Bruder gegenübertreten – nicht als Gescheiterte, sondern als Frau, die das Klassenziel aller Frauen erreicht hatte, die Heirat, die er sich für mich schon immer wünschte. Aber ich liebte Gunnar, ich liebe ihn vielleicht noch. Ich bin sicher, damals liebte er mich auch. Jetzt hat er mich vergessen. Manchmal glaube ich, er ist tot.

Selbst in unseren glücklichen Stunden machte er sich Sorgen um die vier Männer im Großboot. Wir saßen am Strand immer an der Stelle, von der sie abgelegt hatten, und sahen Richtung Acapulco. Er guckte besorgt zum Himmel und nahm sein Fernglas und prüfte den Zug der Wolken. Immer wieder überlegte er plötzlich laut, wo Hansen, Svensson, Eduardson und Asmus jetzt sein könnten, ob sie segelten oder ruderten, ob ihr Trinkwasser reichte, ihr Essen verdarb. Er rechnete mir mit seiner warmen, rauen Stimme wieder und wieder vor, wie viel Seemeilen vier Ruderer in vierundzwanzig Stunden schaffen – bei Wind und Strömung aus dieser und jener Richtung, von dieser und jener Stärke.

In diesen Tagen kam Pekko zu mir, der haarlose Koch aus Porvo. Ihn quälte ein deutsches Gedicht, das jüdische Nachbarn seiner Eltern ihm beigebracht hatten, als er noch ein kleiner Junge war. Er erinnerte sich nur noch an zwei Zeilen, und auch die bekam er nicht mehr richtig zusammen. Ich kannte das Gedicht. Es steht im Wohnzimmer meines Elternhauses auf einer Kachel im Ofen, in der Handschrift meines Vaters. Lange vor meiner Geburt hat mein Vater es für meine Mutter auf die Kachel geschrieben und die Kachel brennen und in den Ofen mauern lassen.

Pekko bat mich, das Gedicht für ihn aufzuschreiben. Er hatte von Victor ein Stück Papier und einen Bleistift erbettelt, und so setzte ich mich an den Tisch in der *Diana*-Hütte und schrieb:

Ich bin ich weiß nicht wer.
Ich komme ich weiß nicht woher.
Ich gehe ich weiß nicht wohin.
Mich wundert, dass ich so fröhlich bin.

Gunnar Halvorsen kannte das Gedicht auch, viele Menschen kennen es. Trotzdem ist die Sache mit Pekko und dem Gedicht wichtig, Herr Konsul, vergessen Sie sie nicht. Das Gedicht wird Ihnen bestätigen, wer ich bin.

9. Lieferung der Gefangenen Lilli von Eck

Der kleine, runde Gustav Schmitz, mein freundlicher Arbeitgeber, bekam das Inselfieber. Wir sahen ihn oft von fern allein über das Atoll gehen. Er fuchtelte mit den Händen, verbeugte sich, zeigte zum Horizont – eine seltsame kleine Silhouette auf dem dünnen Landstrich zwischen Wasser und Himmel.

Wenn er von seinen einsamen Gängen zurückkam, erzählte er lebhaft von Leuten, die er getroffen und mit denen er sich unterhalten hatte. Er sah Männer, die schon lange nicht mehr auf der Insel lebten. Er sah Herrn Grossmann, seinen Vorgänger, mit seinem großen schwarzen Hund, aber am häufigsten sah er diesen Herrn Larsen, seinen alten Kumpel. Von ihm erzählte Schmitz am liebsten und warf dabei Vergangenheit und Gegenwart durcheinander. Uns kam es bald so vor, als hätten wir Herrn Larsen selbst gekannt.

Sie hatten ganz allein auf der Insel gelebt und Guano in Säcke geschaufelt und sich ausgerechnet, wann sie reich sein und wie große Herren leben würden. Dann war eines Tages Herr Brander mit einem Segelschiff aus Sydney gekommen, ihr Vorgesetzter in der Pacific Phosphate Company, die damals noch Pacific Islands Company hieß.

»Larsen soll auf Ocean Island arbeiten«, sagte Herr Brander.

»Und ich?«, sagte Gustav Schmitz.

»Ocean Island hat sicherlich nicht den Wert dieses Atolls«, sagte Herr Brander. »Sie, Herr Schmitz, werden noch ganz groß rauskommen. Larsen ist bald wieder hier.«

Aber Larsen war immer noch auf Ocean Island, wo sie den Guano nun mit Baggern auf Förderbänder kippten und in die Laderäume der Schiffe fuhren.

»Auf Nauru werden sie noch mehr herausholen«, sagte Herr Schmitz und fing an zu weinen. Nauru ist die Nachbarinsel von Ocean Island.

Larsen hatte das Atoll verlassen, und Hauptmann Armand und die Soldaten waren gekommen, das hatte ich schon oft gehört. Aber auf dem Atoll gab es seitdem keinen Guano-Abbau mehr. Gustav Schmitz hatte mich mit seinen Guano-Geschichten und seinen glänzenden Zukunftsaussichten lange an der Nase herumgeführt, doch einmal, nach einem der Kräche mit Carlotta, hatte ich Hauptmann Armand gefragt. Ich war in sein Bürohaus gegangen, wo er mit offenem Kragen am Schreibtisch saß, die nackten Füße auf dem leeren Papierkorb, und sich mit Leutnant Malacate unterhielt, der an der Wand lehnte. Armand hatte die Schultern gehoben und gelächelt: »Ich habe in meinem ganzen Leben noch kein Guano-Schiff gesehen. Señor Schmitz ist hier nur als Beweis, dass die Gesellschaft die Konzession hält. Und ich bin hier als Beweis, dass die Insel Mexiko gehört.« Er lachte. »Wir sind zwei Beweise, und manchmal treten wir gegeneinander an. Seien Sie nicht streng mit ihm. Er ist ein guter Mensch, Fräulein Goldgelb.« Señorita Rubia – so nannte der Hauptmann mich.

Manchmal stand Gustav Schmitz um drei Uhr morgens auf und schaufelte in der Lagerhalle beim Schein einer Lampe Guano und sang dabei deutsche Volkslieder. Luisa und ich brachten ihm sein Frühstück. Regen fiel durch die Löcher des Dachs und tropfte von der rostigen kleinen Schienenbahn. Er erkundigte sich nach Carlotta, und wenn sie noch schlief, lächelte er zufrieden und sagte: »Die Königin Luise erhob sich auch erst gegen Mittag.«

Einmal lud er alle Bewohner der Insel an einem Nachmittag in die Halle ein. Die meisten kamen. Er hielt einen Vortrag über Guano-Verschiffung, sprach abwechselnd Englisch und Spanisch.

»Es ist einfach schlecht, wenn Guano nass wird«, sagte er. »Wir auf dieser Insel bringen Guano in Ruderbooten zum Schiff. Aber wenn er nass ist, können wir ihn in San Francisco nicht verkaufen.«

Dann stellte er uns seine Pläne vor: eine Seilbahn hinaus aufs Riff – in der Halle Förderbänder, die die Kipploren der Seilbahn automatisch beladen – die Loren fahren am Seil hinaus, das draußen am Riff über Pylonen läuft – die Loren kippen über dem geöffneten Laderaum des Schiffs. Schmitz verwickelte Halvorsen in eine lange Diskussion über das Beladen von Schiffen. An dieser Stelle gingen die meisten nach Hause, aber Hauptmann Armand diskutierte weiter mit Halvorsen und Schmitz. Armand gehörte zu einer Pioniereinheit. Mit Eifer stürzten die drei Männer sich in die Konstruktion eines supermodernen Ladekais.

Plötzlich legte Schmitz den rechten Zeigefinger an die Lippen: »Pst!« Alle schwiegen, und er flüsterte: »Der Wind hört mit. Man kann dem Wind nicht trauen. Er dreht sich um die Insel, dreht sich, dreht sich und fliegt davon. Die Vögel verschwinden, und Stille fällt vom Himmel. Man kann sich nur im Felsen verstecken.«

»Armes Schwein«, murmelte Halvorsen enttäuscht.

Schmitz nickte dem Hauptmann zu: »Armes Schwein.« Aber wir wussten nicht, wen er meinte.

Der große Krach zwischen dem Hauptmann und meinem Arbeitgeber war am 16. Juni.

Die Sonne ging prachtvoll auf an diesem Tag. Rosafarbene und grüne Lichtbündel schaukelten auf dem Wasser der Lagune. Auf der Meerseite des Atolls stachen die Rückenflossen der Haie schwarz aus den Wogen hinter der weißen Brandung. Seevögel schossen durch die klare Luft.

Der Kapitän und Halvorsen waren gerade vom Fischen zurückgekehrt, Pekko machte Feuer im Kochhaus, und Greta stand mit mir vor der Hütte und streckte sich. Ich hatte noch etwas Zeit, ehe die Schule begann. Greta sah Gustav Schmitz neugierig entgegen, als er sich näherte.

»Er geht, als ob er seinen dicken Bauch vor sich her schiebt«, flüsterte sie mir zu.

»Ich möchte Kapitän Jonasson sprechen«, sagte Schmitz höflich und kniff die gelben Augen in der Sonne zusammen.

Der Kapitän kam aus der Hütte.

»Für das Holz, aus dem Sie diese Hütte gebaut haben, schulden Sie meiner Gesellschaft dreiundsechzigtausend Dollar und siebenunddreißig Cent«, sagte Schmitz. »Wenn Sie bitte nachrechnen wollen.« Er hielt Jonasson ein Blatt Papier hin, das mit Zahlen bedeckt war.

Der Kapitän griff nach dem Papier, riss es zweimal durch und warf es hoch in die Luft. Ein Sturmvogel schnappte sich einen der Fetzen.

»Ich habe Ihre Reaktion vorausgesehen«, sagte Gustav Schmitz und zog einen Revolver aus der Hosentasche.

»Jonas!«, kreischte Greta.

»Dreiundsechzigtausend Dollar und siebenunddreißig Cent. Und zwar sofort«, sagte Schmitz, »cash und keine Abzüge.«

»Die hab ich gar nicht«, sagte der Kapitän wegwerfend. »Und wenn ich sie hätte, würde ich sie Ihnen bestimmt nicht geben.«

Gunnar Halvorsen schlich sich von hinten an Schmitz heran. Schmitz muss es uns an den Augen abgelesen haben. Halvorsen war nur noch zwei Meter entfernt, als Schmitz sich umdrehte und ohne Zögern schoss.

Die Kugel traf Halvorsen am linken Oberarm.

Kapitän Jonasson und Pekko, der Koch, stürzten sich auf Schmitz und rissen ihn zu Boden. Jonasson nahm ihm den Revolver weg und gab ihm rechts und links eine Ohrfeige. Schmitz versuchte, rückwärts davonzukriechen. Pekko sprang ihm nach und setzte ihm sein Hackmesser an die Kehle. Schmitz wurde ohnmächtig.

»Sieh an, unser Smutje«, sagte der Kapitän anerkennend. Pekko grinste verlegen, und sein haarloser Kopf wurde rot.

Gunnar Halvorsen stand noch auf seinen Füßen. Er stöhnte vor Wut und Schmerz und hielt sich den Arm. Blut durchtränkte den Hemdärmel und tropfte von der Hand auf den Boden.

Ich stand hilflos neben Halvorsen und zitterte. Ich zögerte, meinen Unterrock zu zerreißen, damit ich die Wunde meines Verlobten verbinden konnte. So gehörte es sich zwar, aber ich hatte nur den einen.

»Den Arm hoch, Halvorsen«, sagte Jonasson. »Gib mir ein kleines Messer, Pekko.«

Greta kam mit einem Stück Stoff aus der Hütte.

»Noch nicht, Mädchen«, sagte Jonasson. »Setz dich, Halvorsen. Einfach auf den Boden. Und Sie, Fröken, halten seinen Arm fest.« Ich konnte Norwegisch inzwischen ganz gut verstehen. »Greta, pack mit an. Schrei, so laut du kannst, Halvorsen, das Vogelzeug ist doch lauter als du.«

Der Kapitän holte die Kugel mit einem Küchenmesser aus dem Arm. Halvorsen brüllte, und seine Stimme erschreckte mich mehr als das Blut.

Schmitz kam zu sich, und sofort sprang Pekko mit dem großen Hackmesser an seine Kehle.

»Erst ausbluten lassen, Mädchen, dann kannst du ihn verbinden.«

»Halt den Mund, Jonas Jonasson, das weiß ich doch alleine«, sagte Greta.

Jonasson gab ihr einen Klaps auf die Schulter.

Halvorsen lag jetzt lang auf der Erde und stöhnte und wimmerte.

»Nun ist genug, Gunnar«, sagte Greta. »Da kriegt man ja Gänsehaut. Es nützt dir auch nichts, denn Schnaps haben wir keinen mehr. Und wenn, dann würde ich ihn deiner Verlobten geben. Guck mal, wie sie mit dir leidet.«

Victor Lavista stand plötzlich mitten unter uns und hob den Revolver auf, den der Kapitän achtlos fallen gelassen hatte. Hauptmann Armand kam barfuß, dick und schnaufend, diesmal ohne Vorläufer, der ihm die Stiefel trug. Der Hauptmann blieb schwer atmend vor Gustav Schmitz stehen, der sich aufsetzte.

»Ich werde mich bei Ihrem Oberst über Sie beschweren«, sagte Schmitz.

Der Hauptmann befahl Victor, meinen Arbeitgeber in das Gefängnis der Soldaten zu bringen, den kleinen, vergitterten Raum neben dem Büro. Der Kapitän bot an, Pekko mitzuschicken, aber Armand schüttelte den Kopf: »Victor kann das allein.«

Der Hauptmann war tief bekümmert. »Er ist krank«, sagte er

immer wieder, zog die Schultern hoch und öffnete die Handflächen nach oben, »mein Gustavo ist krank.«

Am Abend brachte er Gustav Schmitz selbst nach Hause zu Carlotta.

Aber die Äußerungen meines Arbeitgebers über den Hauptmann waren von nun an bitter. Schmitz sagte, Armand sei feige. »Sie verstecken sich bei mir«, rief er dem Hauptmann zu, wenn er nach der Siesta seinen Spaziergang mit Anna machte.

Vormittags stellte Schmitz sich vor das Büro, in dem der Hauptmann wie immer bei offener Tür am Schreibtisch saß, und rief: »Die Zukunft liegt bei den Revolutionären!«, oder: »Ihr Präsident Huerta ist ein Säufer, der haut noch mit der Armeekasse ab und lässt Sie den Revolutionären zum Fraß.«

An dieser Stelle pflegte der Hauptmann sich aus seinem Stuhl zu wuchten. Er kam nach draußen in die heiße Sonne und klopfte Schmitz mit einer dicken Hand beruhigend auf die Schulter: »Meine Soldaten und ich sind Angehörige der Staatsarmee und dienen dem obersten militärischen Befehlshaber und Präsidenten von Mexiko, wer immer das ist.«

»Was wäre aus Ihnen geworden ohne mich?«, sagte Schmitz. »Hier sind Sie Gouverneur, ich bezahle und ernähre Sie, auf dem Festland wären Sie jetzt im Militärgefängnis oder längst erschossen. Wer ist denn Ihr wahrer Freund? Bin ich jemals weggelaufen?«

Dem Hauptmann stiegen Tränen in die Augen, und er musste sich abwenden.

»Wir sind mit Gustavo immer gut ausgekommen«, sagte Anna später zu mir, und ihre Nase leuchtete. »Es ist so schade, dass er krank ist. Er und Carlotta waren zu lange auf der Insel. Sie brauchen Ferien auf dem Festland.«

Zu mir war Gustav Schmitz freundlich wie immer. Als ich ihm von meiner Verlobung mit dem Ersten Offizier der *Diana* erzählte, gratulierte er mir wohlwollend. »Es steht Ihnen frei, sofort mit dem nächsten Schiff abzureisen«, sagte er. »Es tut mir Leid, wenn Sie von unserer Insel enttäuscht sind. Ich dachte, ich biete einer Gouvernante das Paradies.«

»Ich bin nicht enttäuscht«, sagte ich, »ich habe mich verliebt.«

Greta hatte unsicher reagiert, als ich ihr von Halvorsen und mir erzählte.

»Da wird wohl manche am Oslofjord sich die Augen ausweinen«, sagte sie. Wir saßen mit Edith und Mary auf der Bank vor der Hüttentür in der Sonne, die kleinen Mädchen waren schmal und blass. Halvorsen unterhielt sich mit Pekko am Kochhaus. Edith rief zu ihm hinüber: »Stimmt es, dass du Lilli heiraten willst?«

»Heute gehen ihre Vorräte zu Ende«, antwortete er.

Edith legte die Arme um Gretas Hals. Greta hatte Tränen in den Augen und legte einen Arm um Mary. Ich dachte, dass diese drei mir meine Verlobung in einer solchen Zeit vielleicht nicht verzeihen würden.

Das war am 19. Juni 1914.

Ich glaube, Gunnar dachte nur noch an die Männer auf dem Meer. Er machte sich Vorwürfe, dass er nicht doch mitgefahren war. »Sie sind jünger und stärker als ich, aber ich habe Ruhe und mehr Verstand«, sagte er zu Kapitän Jonasson.

»Mach dich nicht verrückt, Halvorsen«, sagte der Kapitän und seufzte tief.

Die Schusswunde im Oberarm entzündete sich und eiterte, Halvorsen ging es jeden Tag schlechter, er konnte nicht mehr zum Felsen gehen, nicht angeln, nicht Klavier spielen. Seine raue, warme Stimme verstummte. Er saß beim ersten Tageslicht vor der Hütte und sah durch das Fernglas des Kapitäns zur Wache auf dem Felsen, bis es nachmittags anfing zu regnen. Er zwang sich, nur zur halben Stunde hinzusehen, damit die Zeit verging. Es war, als würde er von Tag zu Tag kleiner.

Anna und ich spielten vierhändig am Abend, wenn der Regen nachließ. Es regnete viel in diesen schrecklichen Tagen, in denen wir nicht wussten, ob Hansen und die anderen Männer im Ruderboot noch lebten. Der Wasserspiegel der Lagune stieg.

Nacht für Nacht flackerte der Schein des Leuchtfeuers über die Insel, setzte aus, brannte weiter. Für die Seeleute Henrikson und Brown, die das Feuer wieder und wieder reparierten, war es längst ein lebender Geist geworden, den sie hassten.

In der *Diana*-Hütte war alles gepackt. Auch ich hatte mir in meinem Verschlag meine Sachen zurechtgelegt. Viele waren es nicht, es würde keine zwei Minuten dauern, sie in die Reisetasche zu werfen – ein paar Schulbücher, einen Rock, den Tirza mir aus einem zerfetzten Segel der *Diana* genäht hatte, Blusen, etwas Wäsche, Kamm, Zahnbürste, ein paar Zeichnungen von Vögeln.

Der 24. Juni war der Hochzeitstag von Feliciano Armand und Anna María Velasco. Sie waren nun sechs Jahre miteinander verheiratet. »Ich wünsche Ihnen, dass Sie mit Ihrem Halvorsen so glücklich werden, wie ich es mit dem Hauptmann bin«, sagte Anna, als wir gratulierten.

Gustav Schmitz nickte: »Ich bin geradezu erleichtert, dass Sie heiraten werden. Machen Sie sich keine Sorgen mehr wegen Ihrer Reisekosten. Sie steigen nicht vorzeitig aus dem Vertrag aus, sondern ich. Der Hauptmann und ich haben uns in den letzten Tagen lange unterhalten. Wir sind wieder Freunde.« Er sah Hilfe suchend zu Armand, und Armand sagte: »Gustavo und seine Familie werden uns mit dem nächsten Schiff verlassen. Er fühlt sich krank. Er braucht ein paar Monate Erholung.«

Gustav Schmitz bot mir an, in Acapulco bei ihm und Carlotta zu wohnen, bis die Angelegenheiten der *Diana*-Besatzung geregelt waren und ich mit Halvorsen nach Norden reisen konnte.

Mehr weiß ich aus dieser Zeit nicht zu berichten.

Zwei Tage später, am 26. Juni, morgens um elf Uhr, gab Hughie Brown Flaggensignale vom Felsen. Ein Schiff hielt Kurs auf das Atoll.

10. Lieferung der Gefangenen
Lilli von Eck

Ein graues Kriegsschiff lag hinter den Reihen der weißen, lärmenden Brecher. Dichter dunkler Rauch quoll in den Himmel und zerflog im Wind. Aus drei Geschütztürmen ragten lange Kanonenrohre.

Kapitän Jonasson sah durch sein großes Fernglas: »Das ist die *Savannah,* ein amerikanischer Kreuzer.«

»Die suchen ruhiges Wasser«, sagte Gustav Schmitz.

Der Kapitän des Kriegsschiffs hatte sich für den südlichen Landeplatz des Atolls entschieden, vor der alten Guano-Pier, ganz in der Nähe der Militärsiedlung. Er schien ein Mann schneller Entschlüsse zu sein: Der Anker fiel, die Kette lief aus.

»Der Anker wird da nicht halten, das wird schnell tief«, sagte Schmitz.

»Eine teuflische Insel«, sagte Jonasson.

Auf dem Kriegsschiff ließen weiß gekleidete Matrosen ein Boot zu Wasser.

»Die laden Collis aus«, sagte mein Arbeitgeber nach einer Weile.

»Ich sehe meine Leute nicht«, sagte Jonasson.

Das Boot legte vom Kreuzer ab und hielt auf uns zu.

Alle Bewohner des Atolls standen am Strand. Anna trug das gelbe Seidenkleid mit Brillantkamm und weißem Sonnenschirm, wie beim Schiffbruch der *Diana,* und der Hauptmann seine schöne dunkelblaue Paradeuniform, hohe schwarze Stiefel, das rot gefütterte Cape und den Säbel. Maripepa, im dunklen Sonntagskleid mit weißem Kragen und weißen Manschetten, hatte Lydia auf dem Arm, Victor Lavista hielt Feliciano an der Hand – Victor hatte sich im Haushalt des Hauptmanns inzwischen unentbehrlich gemacht. Vögel schrien in großer Aufregung und stiegen über uns auf und nieder, und Anna spannte ihren Schirm auf.

Die Brandung war heftig, das Boot musste durch drei Reihen von Brechern gehen, immer wieder verschwand es, einmal dachten wir, es taucht nicht mehr auf. Das Boot war viereckig und ganz flach, es sah aus wie der Deckel einer Schachtel. Leutnant Malacate und Korporal López wateten auf das Riff hinaus und winkten die Marinesoldaten in eine kleine Fahrrinne. Schließlich lief das Boot mit heulendem Außenbordmotor auf den Strand. Wir rannten alle hin. Die Uniformen der vier Marinesoldaten trieften vor Nässe, und die Männer standen im Boot bis zu den Knien im Wasser. Alle vier trugen schwere Gürtel mit Pistolenhalftern. Zwei hielten Gewehre auf uns gerichtet. »Stop!«, riefen sie. »Stop!«

Wir verstummten und blieben stehen.

»Anna María!« Der Hauptmann reichte seiner Frau den Arm. Leutnant Malacate schrie einen Befehl, und die mexikanischen Soldaten stellten sich auf und salutierten. Der Hauptmann und Anna schritten die Reihe entlang auf die Gewehre zu. Die Brillanten in Annas Haar funkelten in einem Sonnenstrahl.

Der Unteroffizier grüßte den Hauptmann, die beiden Soldaten hängten sich die Gewehre über die Schultern und kletterten aus dem Boot.

Die Marinesoldaten sahen sehr jung aus, viel jünger als die hageren Männer auf dem Atoll, das kam wohl, weil die Amerikaner so wohl genährt waren. Sie staunten laut über die Tölpel mit den blauen Füßen und schenkten den Kindern Schokolade. Dann begannen sie, die Collis auszuladen – Lebensmittelkisten der Guano-Gesellschaft, sagte Gustav Schmitz. Die Amerikaner sagten, die Seeleute der *Diana* hätten Acapulco erreicht, aber nicht alle.

Die *Savannah* war vormittags gekommen, und wir standen den ganzen Nachmittag am Strand. Hauptmann Armand wollte zum Kreuzer hinausfahren und mit dem Kommandanten sprechen. Leutnant Malacate ließ deshalb die mexikanischen Soldaten das große Ruderboot des Militärs zur Seeseite des Atolls tragen. Kapitän Jonasson sagte, mit diesem Ruderboot kämen selbst die kräftigsten Männer nicht durch die Brandung.

Der amerikanische Unteroffizier, der das kleine Marineboot führte, ließ Flaggensignale geben: Seine Offiziere sollten ein größeres Boot schicken und das Boot des Hauptmanns durch die Brandung schleppen lassen.

Nach einer Weile setzten die Männer auf dem Kreuzer tatsächlich ein größeres Boot aus. Sie beluden es mit Collis – ich konnte das im Fernglas erkennen, weil Halvorsen mir sagte, was ich sah. Dann stiegen Leute zu, und das Boot kämpfte sich durch die Brandung. In diesem Boot waren Hansen, Svensson und Eduardson. Sie trugen amerikanische Matrosenhemden, und wir erkannten sie zuerst nicht. Asmus war nicht dabei.

Ich weiß nicht viel über das, was die vier Männer im Ruderboot auf ihrer Fahrt nach Acapulco erlebten. Ich hörte, was drei von ihnen in Aufregung und Eile am Nachmittag ihrer Rückkehr Kapitän Jonasson und Gunnar Halvorsen am Strand berichteten, aber ich achtete wenig auf Zusammenhänge und fragte nichts. Ich dachte, die Männer würden später sowieso alles wieder und wieder erzählen.

Sie hatten siebzehn Tage bis Acapulco gebraucht. Drei Tage nach ihrer Abfahrt sprang der Südwestwind auf Nordwest und drehte über Nord auf Ost, und von da an mussten sie rudern, denn mit ihrem Hilfssegel konnten sie nicht gegen den Wind kreuzen. Haie umkreisten sie, die Sonne brannte auf sie herab. Ihre Augen entzündeten sich, und ihre Haut hing in Fetzen.

Hansen rationierte zuerst das Trinkwasser, dann das Essen. Irgendwann bekam Asmus das Delirium. Er stand auf – er wirkte dabei ganz vernünftig – und sagte: »Da ist Land. Ich geh jetzt nach Hause.« Sie hielten ihn fest, das Gerangel brachte das Boot in Gefahr, es schwankte heftig. Plötzlich verhielt Asmus sich ganz ruhig. Sie waren erschöpft und schliefen ein. Als sie aufwachten, war er weg. Seine rotgelb geringelte Mütze lag auf der Ducht.

Die letzten drei Tage hatten sie weder Wasser noch Nahrung.

Früh am Morgen des 21. Juni kamen sie in Acapulco an. Ihr Boot trieb in der Bucht, die Berge ringsum waren braun und kahl. Fischer kamen längsseits und gaben ihnen Wasser und Tortillas. Aber danach wollte keiner etwas mit ihnen zu tun haben. Sie fanden den Hafenmeister nicht, und die Büros der Behörden waren geschlossen. Niemand wollte sie anhören oder konnte ihnen helfen.

In der Bucht lag ein nordamerikanisches Kriegsschiff vor Anker, der Kreuzer USS *Savannah.* Hansen hatte einen amerikanischen Pass, und die *Diana* war ein amerikanisches Schiff. Mühselig ruderten die drei Männer ihr Boot wieder hinaus in die Bucht und legten längsseits der *Savannah* an. Nachmittags um 15.00 Uhr gingen sie an Bord des Kriegsschiffs.

Der Commander hieß George Washington Willis. Er war beeindruckt von der langen Ruderreise und bewunderte Hansens seemännische Leistung.

»Ich musste übertreiben«, sagte Hansen verlegen zu Halvorsen. »Außerdem musste ich sagen, alles auf der Insel nagt am Hungertuch, um die überhaupt zu bewegen, etwas zu tun.«

Die *Savannah*, 3100 Tonnen, Kreuzer 3. Klasse, zehn Kanonen, gehörte zur Pazifik-Flotte und patrouillierte während der mexikanischen Revolution vor Mittelamerika. Aufgabe der Besatzung war es, Leben und Interessen amerikanischer Bürger zu schützen. Hansen erzählte dem Commander, dass die Lebensmittelvorräte nur noch für siebzehn Tage reichten, als er das Atoll verließ, und dass fünfzig Menschen vom heutigen Tage an nichts mehr zu essen hätten. Aber er musste über eine Stunde reden und war schon ganz verzagt, als George Washington Willis endlich sagte: »Ich halte die Lage für dringend.«

Nun ging alles schnell. Der Commander schickte einen Offizier an Land, der dem Stellvertreter des amerikanischen Konsuls – das war der britische Konsul, genau wie hier in Salina Cruz – das Schicksal der *Diana*-Besatzung mitteilte und anschließend die Agenten der Pacific Phosphate Company benachrichtigte. Der Commander selbst ließ sich zu seinem Admiral übersetzen und kam mit der Erlaubnis zurück, sofort zum Atoll auszulaufen. Die Agenten schickten zweihundert Collis mit Lebensmitteln für Gustav Schmitz und die mexikanische Garnison zur *Savannah* hinaus.

Am nächsten Morgen, am 22. Juni um 9.30 Uhr, nahm der Kreuzer Kurs auf die Insel. Commander Willis wollte sie am Nachmittag des 24. Juni erreichen. Doch starke Gegenströmungen hemmten die Fahrt, die Hitze im Kesselraum stieg, und da Willis gar nicht gefiel, was Hansen ihm über das unzuverlässige Leuchtfeuer auf dem Vogelfelsen erzählen musste, ließ er die Geschwindigkeit seines Schiffes herabsetzen. Ihm war es zu gefährlich, die Insel im Dunkeln zu erreichen.

Der Morgenhimmel des 25. war wolkenverhangen. Der Commander wusste nicht genau, auf welcher Breite er stand. Mittags gelang es ihm, die Höhe der Sonne zu nehmen und seinen Standort zu berechnen. Er fuhr bis zum Längengrad der Insel weiter und änderte dann den Kurs nach Süden. Doch als die *Savannah* in Sichtweite der Insel sein musste, setzten starke Winde ein, und dickes Wetter kam auf. Hansen stand an der Reling und hielt Ausschau, aber das Atoll blieb verborgen.

»Man sieht die verfluchte Insel erst, wenn man praktisch draufsitzt«, sagte er zu uns.

Als es dunkel wurde, ließ der Commander beidrehen. Am nächsten Morgen war das Wetter schön, doch wieder konnten sie die Insel nicht sehen. Fünf Stunden lang suchten sie das Seegebiet ab. Um elf Uhr standen sie endlich vor der Insel.

»Du bist mir schon einer, Lars Hansen«, sagte Halvorsen immer wieder, »du bist mir schon einer.«

»Aber Asmus«, sagte Hansen. »Der war einfach weg. Einfach weg.«

»Gräm dich nicht länger, mein Junge«, sagte Kapitän Jonasson und legte ihm die Hand schwer auf die Schulter. »Am Ende weiß keiner, was im anderen vorgeht.«

Die amerikanischen Seesoldaten entluden Proviantkisten und stapelten sie auf dem Strand, und Victor Lavista stand daneben, zählte und schrieb. Als das Boot leer war und Victor bis 137 gezählt hatte, nahmen die Amerikaner das Boot des Hauptmanns ins Schlepptau. Der eifrige Victor wollte ihn begleiten, aber Hauptmann Armand zog Korporal López vor. Leutnant Malacate sollte den Hauptmann während seiner Abwesenheit vertreten.

Wir waren überrascht, dass der Hauptmann nach kurzer Zeit schon von der *Savannah* zurückkehrte. Er kletterte aus dem Boot und ging zu Gustav Schmitz, der neben seiner Frau Carlotta und der kleinen Luisa und einem großen Berg Gepäck stand.

»Der Commander nimmt Sie und Ihre Familie und die Señorita Lilli mit«, sagte Armand. »Er hat mir auch angeboten, mich und die Garnison und alle Frauen und Kinder mit nach Acapulco zu nehmen.«

»Vielleicht sollten Sie dieses Angebot annehmen, mein Freund«, sagte Gustav Schmitz.

»Sie wissen, dass ich das nicht kann«, sagte der Hauptmann.

Anna, die mit Leutnant Malacate und Victor Lavista hinzugekommen war, schob ihre Hand unter seinen Arm. Armand erzählte, was er von Willis erfahren hatte: Seit April 1914 blockierten die USA die wichtigsten Häfen an der Pazifikküste Mexikos, die Revolutionskämpfe spalteten und lähmten das Land, die Revolutionäre errangen einen Sieg nach dem anderen über die Regierungstruppen Huertas. Nach Willis' neuesten Nachrichten marschierten nun Revolutionsarmeen auf die Hauptstadt zu – aus dem Norden kamen Pancho Villa, Álvaro Obregon, Pablo Gonzales, aus dem Südwesten Emiliano Zapata. Das Bataillon, dem Hauptmann Armand angehörte, hatte Acapulco verlassen. Es gab keine Regierungstruppen mehr in der Stadt. Sie waren in das Gebirge gezogen, um aufständische Indianer zu bekämpfen. Das Versorgungsschiff hatte der Commander nicht gesehen.

»Für mich ist es gleich, ob die Revolutionäre in Acapulco sind oder mein Bataillon. Ich darf diese Insel ohne Befehl nicht verlassen.«

»Gott schütze Sie«, sagte Gustav Schmitz ernst.

Der Hauptmann sagte: »Mein Oberst lässt mich nicht im Stich.«

Die Garnison hatte noch Vorräte für drei Monate – getrocknetes Fleisch, getrocknete Bohnen und Mais. Dazu kamen die Vorräte, die die *Savannah* mitgebracht hatte und die nun auf dem Strand lagen. Die Lebensmittel, meinte der Hauptmann, würden mindestens für fünf Monate reichen.

Die Marinesoldaten nahmen zuerst die Kranken der *Diana* an Bord: die kleinen Mädchen Edith und Mary mit Greta und Gunnar Halvorsen, dessen Arm dick und entzündet war und der Fieber hatte. Kapitän Jonasson war besorgt und wollte, dass die Kranken schnell zum Schiffsarzt der *Savannah* kamen. Die Seeleute Svensson, Henrikson, Eduardson und Brown stiegen zu, Pekko, der Koch, der zweite Maat Lars Hansen. Dann rief Kapitän Jonasson mich. Aber meine Schulkinder waren gerade mit kleinen Geschenken für mich gekommen, mit besonders schönen Muscheln und Palmblattkörbchen voller ausgeblasener Vogeleier, und wollten mir ein Abschiedslied singen. Korporal López hielt seine Ziehharmonika schon vor dem Bauch, und der Soldat García stimmte seine Gitarre. Ich konnte die Kinder und ihre Eltern nicht einfach stehen lassen und rief: »Ich komme mit dem nächsten Boot, mit Herrn Schmitz!« Kapitän Jonasson hob die Hand und nickte und stieg ein.

Ich war gerührt über die Geschenke, das Abschiedslied und das Gedicht, das Roberto García aufsagte, und die Eltern versuchten bescheiden, ihren Stolz zu verbergen. Alle Mütter und Väter reichten mir die Hand, jede Hand war schlaff, und ich hielt sie verlegen.

Das Boot kam recht schnell wieder.

»Der Commander will, dass wir Dampf machen«, sagte der Unteroffizier, »er weiß nicht, wie lange der Anker hält.«

Die Leute der *Savannah* verstauten die zahlreichen Gepäckstücke der Familie Schmitz und meine Reisetasche. Von Tirza, Sarita und Maripepa hatte ich mich schon verabschiedet, nun verabschiedete ich mich von Anna und dem Hauptmann. Ich fühlte mich leicht und froh. »Auf Wiedersehen, Fräulein Goldgelb«, sagte der Hauptmann zu mir, und zu Luisa: »Auf Wiedersehen, Zitronenstrauch.«

Die *Savannah* gab ein dröhnendes Warnsignal. Das Boot soll schnell zurückkommen, sagte der amerikanische Unteroffizier, und seine Männer drängten – los, los, der Anker hält nicht, der alte Pott treibt.

Das Einsteigen begann: Schmitz, Luisa, Carlotta, ich. Als Carlotta endlich im Boot war, ich stand noch im Wasser, wandte sie sich plötzlich um, Schmitz und Luisa saßen schon auf dem Gepäck im Boot, und schrie mich an. Sie schrie, wenn diese Gouvernante mitkommt, dann stürzt sie sich ins Wasser, aber zuerst stürzt sie die Gouvernante zu den Haien – »ich stürze mich ins Meer, sie ist schuld, dass mein Mann krank ist«, so ging das eine ganze Zeit.

Die Amerikaner brüllten – schnell, schnell.

Ich drehte mich zum Hauptmann um, ich brauchte Hilfe. Der zog die Schultern hoch, breitete die Arme aus und schüttelte den Kopf. Plötzlich schrie Victor Lavista und zeigte aufs Wasser hinaus. Das Boot hatte abgelegt, war zehn, zwanzig Meter entfernt und kämpfte sich durch die erste Brandungswelle.

Ich schrie und winkte, keiner im Boot sah mich. Die *Savannah* stieß dicke dunkle Rauchwolken aus, der Anker hing schon am Bug. Das Boot ging längsseits, die Leute kletterten die Gangway hoch, der Kreuzer drehte, noch ehe das Boot ganz oben war, und dampfte davon.

»Die haben noch 63 Kisten mit Lebensmitteln für uns«, sagte Victor.

»Und meine Reisetasche«, sagte ich.

Die *Savannah* verließ das Atoll um sechs Uhr abends Richtung Acapulco.

Ich sah zu, wie das Schiff kleiner wurde, wie seine Lichter angingen und verschwanden. Die *Savannah* versank in der Nacht. So sah es für uns aus. In Wirklichkeit waren wir es, die in Dunkelheit versanken.

Brief der Gefangenen Lilli von Eck an den britischen Konsul Mr. Peter Coleman, undatiert = Brief Nr. 12

Sehr geehrter Herr Konsul,

hier liefere ich Ihnen einen weiteren Abschnitt meines Berichts. Ihre Haushälterin wird die Seiten in Ihr Büro legen.

Ich bitte Sie höflich, mich nun aus der Gefangenschaft zu entlassen.

In einem früheren Abschnitt des Berichts habe ich Ihnen gezeigt, wie ich unbemerkt von den Behörden und dennoch ohne die Hilfe eines deutschen U-Boots auf das Atoll kommen konnte. In dieser Lieferung schildere ich Ihnen, wie ich gegen meinen Willen auf dem Atoll bleiben musste. Noch einmal wird klar: Ich bin keine Spionin.

Kein U-Boot hat die angebliche deutsche Spitzen-Agentin abgeholt – drei Jahre lang ist keins gekommen, ist das nicht Beweis genug?

Ich habe meinen Teil unserer Vereinbarung erfüllt. Aber ich durfte Anna María Armand immer noch nicht besuchen.

Ihr junger Mann, der bei meinen Abendspaziergängen so scharf auf mich aufpasst, meint, Annas Vater erlaube nicht, dass ich sie sehe. Aber Señor Velasco hat doch selbst die Vereinbarung – mein Bericht gegen Spaziergänge und Besuche – mit Ihnen ausgehandelt!

Wenn ich an die kleine Pforte in der Mauer zwischen Ihrem Grundstück und dem Velasco-Grundstück klopfe, findet er jedes Mal eine andere Ausrede. Er will nicht mehr, dass ich Anna besuche. Ich verstehe das nicht.

Gestern kam Maripepa an die Pforte, Señor Velasco hielt noch Siesta, konnte aber jeden Augenblick aufstehen, und sie schlüpf-

te in Ihren hinteren Hof. Da standen wir zwischen Maultieren und Eseln.

Roberto, Martín und die stumme Rosa hat Señor Velasco ins Waisenhaus gegeben, sagt Maripepa, Annas Kinder sind bei einer Tante in einer anderen Stadt. Er meint, Anna habe einen schlechten Einfluss auf die Kinder, denn sie widersprechen ihm dauernd.

Ich sage: Maripepa, kannst du nicht nach Acapulco reisen? Vielleicht ist Gustav Schmitz dort? Vielleicht ist er wieder gesund?

Und Ihr Verlobter?, sagt Maripepa. Das kann noch eine schöne Geschichte werden. Lieben Sie ihn?

Was fällt dir denn ein, sage ich. Liebe ich ihn? Wo war er denn all die Jahre? Ich weiß gar nicht mehr, wie er aussieht. Gustav Schmitz muss dem Konsul bestätigen, dass ich ich bin. Sonst muss ich in Gefangenschaft sitzen, bis der Krieg in Europa aus ist, und wann wird das sein, Maripepa, und wahrscheinlich erschießen sie mich vorher.

Da standen wir im Staub und heulten.

Ich bitte Sie höflich, bei Señor Velasco auf der Erfüllung der Vereinbarung zu bestehen.

Ich fühle mich so verlassen.

Ihr junger Mann sagt, ich brauche einen Leumund. Kennt jemand Sie?, fragt er mich immer wieder. Die Männer auf der Portland *kennen mich, antworte ich dann. Die sind irgendwo im Pazifik und jagen Deutsche, sagt er. Der Leutnant soll den Leuchtturmwärter ermordet haben, sagen wichtige Leute in Salina Cruz, deshalb sind Sie ja jetzt so in der Klemme, er oder Sie, wer hat's getan? Da würde nur Aussage gegen Aussage stehen, diese Männer können Ihnen nicht helfen.*

Diese Männer haben uns gerettet, unter Lebensgefahr. Es ist doch nicht möglich, dass der Leutnant dafür einem solchen Verdacht ausgesetzt wird. Herr Konsul, er ist unschuldig! Ich schwöre es Ihnen. Aber Anna, Tirza, Maripepa und ich, wir sind auch unschuldig. Der Kommandant der Portland *hat gleich gesagt, dass keiner das verstehen wird. Damals konnten wir ihm nicht glauben.*

Haben Sie an die Firma Billings geschrieben und sich dort nach mir erkundigt? Irgendjemand muss sich doch an mich erinnern. Wo sind die Leute der Diana *geblieben? Fragen Sie nach Kapitän Jonasson und seiner Frau Greta, geborene Rustad. Fragen Sie nicht nach Gunnar Halvorsen, das wäre mir nicht recht.*

Hier ist noch einmal die Adresse von Billings: San Francisco, 312 California Street.

Bitte, Herr Konsul, ich bitte Sie höflichst, schreiben Sie.

Hochachtungsvoll
Ihre Elisabeth von Eck

Brief der Gefangenen von Eck an Konsul P. Coleman, undatiert = Brief Nr. 13

Hochverehrter Herr Konsul, dear Sir,

Ihr junger Mann sagt, Sie könnten jetzt nichts für mich tun, weil Señor Velasco verreist sei. Aber Sie können doch Anna Armand besuchen – bitte, besuchen Sie Anna und erzählen Sie ihr von mir.

Haben Sie meinen Bericht eigentlich erhalten, haben Sie ihn gelesen? Es wäre nur korrekt, wenn Sie mir mal den Empfang bestätigten. Für einen Konsul sind Sie doch recht ungehobelt.

Ich nehme den »Sir« zurück.

Kommt es Ihnen nicht auch seltsam vor, dass Sie und ich im selben Haus leben und ich Sie nie sehen darf? Ich wüsste gerne den Grund.

Sie kümmern sich nicht um Ihre Zusagen. Sie heften meinen

Bericht ungelesen in Ihren Akten ab. Sie glauben, ich stecke alles weg, solange ich in Ihrem herrlichen Innenhof gefangen bin und nicht in das staatliche Gefängnis muss, wo die anderen Gefangenen mich töten werden, weil ich eine Frau bin, die gekämpft hat. Ihr junger Mann ist mit mir am Gefängnis spazieren gegangen – nicht einmal, nein, erstaunlich oft kommen wir dort vorbei. Haben Sie das angeordnet? Ja, ich gebe es zu, mir wird jedes Mal schlecht vor Angst, wenn ich das Tor und die Mauern mit den Eisenspitzen sehe und die Schreiber auf dem Platz davor, die Verteidigungsreden verfassen. Abends sind dort viele Leute, sie führen rüde Reden, fuchteln mit Taschenlampen herum, manche sind betrunken, spucken, rotzen, kotzen, die Frauen schreien. Die Wachposten haben aufgepflanzte Bajonette, aber wenn sie vorbei sind, werfen die Leute Pakete über die Mauer. Hinter den Mauern grölen und pfeifen die Gefangenen, aber am schlimmsten war der Abend, an dem sie sangen. Da waren alle vor den Mauern ganz still, und viele bekreuzigten sich. Ihr junger Mann sagte, am nächsten Morgen würde jemand hingerichtet. Plötzlich krachten Schüsse hinter den Mauern, die Leute auf dem Platz drohten mit den Fäusten, wir gingen schnell weg.

Sie müssen mich schon sehr fürchten, wenn Sie mir das Gefängnis so oft zeigen lassen.

Ihr junger Mann ist freundlich. Ich nenne ihn »junger Mann«, weil ich seinen Namen nicht weiß und auch nicht, was er bei Ihnen im Konsulat oder in Ihrer Firma zu tun hat. Dabei ist er genauso alt wie ich, jedenfalls nicht sehr viel älter.

Ich nenne ihn jetzt Alf – Alfie. Oder Alfred?

Alfie vertraue ich im gewissen Maß. Sie sollten mehr auf Ihren jungen Mann hören, Herr Konsul.

Gestern überraschte uns ein Regenguss, und Alfie lud mich zu Camarones con Mojo de Ajo ein – Garnelen in Knoblauchsauce, Herr Konsul. Das wusste sogar Alfie, obwohl er sonst kein Spa-

nisch spricht. Ich habe ihm gesagt, auch Engländer könnten Sprachen lernen, aber er sagt, nicht, wenn sie es nicht nötig hätten. Das Restaurant ist nur ein Schuppen unter einem Ciba-Baum, aber mir hat es großartig gefallen. In den Astgabeln des Baumes blühen Orchideen, ich konnte sie im Schein der Tranfunzel nicht richtig erkennen. Die Knoblauchsauce war heftig – es ist egal, wie ich stinke, ich bin allein, aber Alfie hat doch Publikumsverkehr, oder?

Sie antworten mir ja doch nicht.

Alfred sagt, Sie wären trotzdem ganz nett, und ich sollte Ihnen vertrauen. Er sagt, Sie würden für mich tun, was in Ihrer Macht stünde. Ich glaube, Sie kümmert nur Ihr Ölgeschäft mit den Amerikanern.

Wann lassen Sie mich frei?

Die Straßenhändlerinnen bieten jetzt Ananas und Mandarinen an, Zwiebeln, Tomaten, Zinnien, Bohnen aller Größen und Arten – lila, rot, weiß oder cremegelb, blaugrün. Auf dem Atoll gab es kein Obst, kein Gemüse, keine Blumen.

Sie könnten mich mal zum Abendessen einladen. Allerdings habe ich kein anständiges Kleid. Gibt es einen Schneider in Salina Cruz? Und einen Zahnarzt? Ich schäme mich für meine Zahnlücken. Die kommen vom Skorbut. María hat mir neulich einen Spiegel gebracht – fürchterlich. Ich war mal eine hübsche Frau, aber das werden Sie mir auch nicht glauben. Zuerst möchte ich Pozzole essen – Pozzole aus Mais mit Schweinefleisch. Wussten Sie, dass man sich von Mais allein nicht ernähren kann? Das hat mir der Schiffsarzt auf der Portland *erklärt. Mais enthält weniger Eiweiß als Weizen, und es fehlen ihm notwendige Nährstoffe. Der Doktor sagte, wenn die Bohnen länger vorgehalten hätten und der Pulque, wären vielleicht weniger Leute auf dem Atoll gestorben. Ich mochte Pulque nie – das ist Agavensaft, der in Kürbisflaschen gärt –, er schmeckt säuerlich und riecht nach faulen Äpfeln. Der Doktor sagt, mehr Mais, mehr Bohnen und mehr Pulque, und alle hätten überlebt. Ihre Köchin soll viel frisches Gemüse zur Pozzole geben und fein geschnittenen Salat darüber streuen und Radieschen dazu servieren.*

Wann entlassen Sie mich?

Ich sehne mich nach Dresden, nach dem Herbstlaub im Großen Garten, nach dem schwarzen Wasser, das am Elbufer neben dem Spazierweg strömt. Ich sehne mich nach dem kalten Frühstückszimmer im Lehrerinnenseminar in Berlin, nach dem ersten Schluck heißen Kaffee, nach dem Musikzimmer, in dem wir an zehn Klavieren zugleich übten. Ich sehne mich nach den Gefühlen, die ich an diesen Orten gehabt habe.

L. v. E.

Brief der Gefangenen Elisabeth von Eck an Konsul Peter Coleman = Brief Nr. 14

Sehr geehrter Herr Konsul,

Ihr junger Mann sagt, ich soll Ihnen noch einmal genau aufschreiben, was im Sommer 1914 mit den Vorgesetzten von Gustav Schmitz und Hauptmann Armand geschah. Er sagt, Sie wüssten zwar das meiste, aber meine Akte müsste vollständig sein. Ich ergänze also das, was ich damals wusste, mit dem, was ich nach unserer Rettung erfahren habe.

Die Vorgesetzten von Gustav Schmitz sind ja wohl die obersten Chefs der Pacific Phosphate Company, bei der ich auch angestellt bin. Diese Herren haben nach der Abreise von Gustav Schmitz offensichtlich entschieden, das Atoll aufzugeben, denn sie schickten niemanden, um den Vorrat an Guano weiter zu be-

wacken. Sie teilten der Regierung von Mexiko allerdings nicht mit, dass sie die Konzession aufgeben und für die Bewohner der Insel nicht mehr sorgen würden – jedenfalls hat Señor Velasco bei den Versuchen, seine Tochter vom Atoll zu holen, nichts davon gehört. Die Firma war sehr mit sich selbst beschäftigt, heute droht ihr durch den Krieg in Europa sogar der Bankrott.

Hauptmann Armand hat Gustav Schmitz aufs Festland beordert und damit die Katastrophen auf der Insel eingeleitet. Trotzdem trifft den Hauptmann keine Schuld. Er konnte weder wissen, dass im August 1914 in Europa ein Krieg beginnen würde, noch, dass die Revolutionäre den mexikanischen Präsidenten Huerta absetzen würden und in der Folge das Versorgungsschiff ausblieb. Man vergaß uns einfach – das dachten wir lange. Aber so war es nicht. Señor Velasco hat es mir einmal erzählt. Damit komme ich zum höchsten Vorgesetzten von Hauptmann Armand, dem Staatspräsidenten General Huerta.

Victoriano Huerta verlor die Macht fast zwei Monate, nachdem die Savannah *abgefahren war, im August 1914. Er raffte seine Reichtümer und floh nach Europa. Die Revolutionäre griffen Mexiko-Stadt an – Ende August waren sie alle in der Hauptstadt: Zapata, Obregon, Villa, Carranza. Sie ließen sich im Präsidentenpalast fotografieren – Patronengurte kreuz und quer, Sombreros, Schnauzbärte. Zapata trug nur Schwarz und Silber.*

Dann fingen die Revolutionäre an, sich gegenseitig zu bekämpfen. Jeder wollte alle Macht für sich. Am Ende setzte sich General Carranza durch, und das war schlecht für uns. Wann immer jemand seinen Militärs oder Beamten sagte, dass auf dem Atoll Menschen lebten und Vorräte brauchten, war die Antwort: Sie sind Huertistas, lass sie sterben.

Ihr junger Mann sagt, Spionagevorwürfe gegen mich würden Sie jetzt wohl ausräumen können, aber nicht Verdächtigungen,

Victor Lavista ermordet zu haben. Ich müsse Ihnen genau berichten, wie es zu seinem Tod kam. Ich würde weiter gefangen bleiben.

Nachts liege ich wach und grübele. Ich sehe Sterne in der offenen Tür zum Hof, höre ein Lachen hinter der Mauer, manchmal ein Weinen. Ich liege verlassen in der Dunkelheit.

Sind Sie wirklich der Mann, den ich auf dem Deck des Kanonenboots sah, der mit dem blonden Backenbart und dem englischen Lavendelwasser? Maripepa sagt, Sie waren das gar nicht auf der Portland. *Maripepa sagt, Sie sind Kaufmann und haben ein kleines Büro, in dem nur Mexikaner arbeiten. Wer ist dann aber Ihr junger Mann Alfred?*

Hochachtungsvoll
Lilli von Eck

P. S. Wann kann ich Anna besuchen – haben Sie endlich mit Señor Velasco gesprochen?

Können Sie sich denn nicht vorstellen, wie ich lebe? Immer nur warten, warten, warten. Von Ihnen und María und Ihrem jungen Mann abhängen. Immer nett und höflich sein müssen, auch wenn ich schreien möchte, kreischen.

Ich lebe ohne Uhr, ohne Kalender – unzivilisiert, und kann deshalb meine Briefe auch nicht mit einem Datum versehen.

Ich habe es satt, zu meinem Gefängniswärter nett und höflich sein zu müssen.

SATT

11. Lieferung der Gefangenen
Lilli von Eck

Unser Elend begann allmählich, und anfangs bemerkten wir es kaum.

Drei Tage nach Abfahrt des Kreuzers hatte der kleine Feliciano Armand Geburtstag: Am 29. Juni 1914 wurde er fünf Jahre alt. Anna zündete eine Kerze an und betete für das Seelenheil des Soldaten, der am Tag von Felicianos Geburt beim Anlanden des Klaviers von Haien gefressen wurde. Sie hatte das Madonnenbild mit weißen Winden geschmückt. Winden auf der Insel galten als Glück bringendes Zeichen, denn sie blühten nicht jedes Jahr.

Wir waren sechsundzwanzig Erwachsene und über ein Dutzend Kinder und hatten Vorräte für fünf Monate. Hauptmann Armand hielt uns für gut verproviantiert bis zur Ankunft des Versorgungsschiffs, an der er nicht zweifelte. Seit Jahren gibt es Aufstände in Mexiko, sagte er, das darf man nicht überschätzen, die Bundesarmee wird mit allen fertig, mit aufständischen Indianern und mit Revolutionären. Der Hauptmann dachte in langen Zeiträumen. Seine Ablösung stand in zwei oder drei Jahren an. Wenn er auf der Insel lebte, war sie der Mittelpunkt der Welt, und er fühlte sich sicher.

In diesem ersten Juli auf dem Atoll lebte ich in großer Verlassenheit. Bislang hatte ich geglaubt, ich hätte als Lehrerin enge Kontakte zu den Leuten. Nun merkte ich, dass ich in ihren Augen zur Besatzung der *Diana* gehört hatte. Doch die Menschen, mit denen ich die Tage und Abende verbracht hatte, waren fort. Ich gehörte zu niemandem.

Ich wohnte im Haus des Betriebsleiters. Ich behielt mein Schlafzimmer in dem kleinen Anbau, aber meist hielt ich mich in der Küche auf, die zugleich Wohnzimmer war. Dort standen die Regale mit den Büchern. Ich las viel, aber ich konnte mich nicht konzentrieren. Die Texte erschienen mir bedeutungslos. Ich war immer allein, niemand hatte etwas mit mir zu schaffen, meine Gedanken interessierten keinen. Anna gab die Rolle der kultivierten Frau des Gouverneurs auf, als die Norweger und Amerikaner, die sie mit ihrer Bildung beeindrucken wollte, weg waren, sie hängte sie beiseite wie ihr gelbes Seidenkleid.

Vormittags hielt ich Schulstunden, jetzt in Gustavs Haus. Die Kinder kamen unregelmäßig. Der Soldat García, der Vater der kleinen Stiefelträger Roberto und Martín, sagte: Wozu sollen sie lesen lernen, es gibt hier bloß europäische Bücher. Doch Sarita brachte ihre Tochter Juana immer zur Schule, und wenn ich Geografie unterrichtete, blieb Sarita noch ein Weilchen und hörte zu. Ich ertappte mich dabei, dass ich jeden Morgen den Unterricht mit Geografie begann, nur damit Sarita vielleicht blieb.

Nachmittags streifte ich über die Insel. Es gab nichts, was ich nicht schon kannte. Ich sah der Brandung zu: wie die Wellen sich aufbauten, wie sie sich an der Kante des Riffs überschlugen, wie sie über das Flach zum Strand liefen – weiche Schlagsahne. Die Luft war heiß und schwül, jeden Tag regnete es heftig und lange. Die Palmwedel standen straff im Wind, die Sicht verschlechterte sich, bis man kaum ein paar Meter weit sehen konnte, schwere Tropfen prasselten auf die Lagune, Blasen sprangen hoch.

Abends war ich allein. Um sechs wurde es dunkel. Ich versuchte, vorher mit allem fertig zu sein, denn ich hatte nur einen kleinen Petroleumvorrat für die Lampe. Ich aß – Fisch, Maisbrei – und sah dem Sonnenuntergang zu und dem Aufziehen der Nacht. Ich saß oben auf der Leiter, unten standen die Krabben im Halbkreis und klickten mit den Scheren. Wolkenberge rollten über den Himmel, ich sah Türme und Städte, Streitrösser und Schlachten. Dann war es zwölf Stunden lang dunkel.

Ich versuchte, mich anzupassen, aber zwölf Stunden kann ein gesunder Mensch nicht jede Nacht schlafen. Oft saß ich im Dunkeln in der offenen Tür, hörte die Geräusche der Familien in den Hütten, ferne Gespräche, Lachen und Weinen. Dann lag ich allein in der Dunkelheit. Ich stand meist später in der Nacht noch einmal auf, saß wieder auf der Schwelle und lauschte den Stimmen der Vögel, ihrem Jammern, ihrem Gackern, dem empörten Streiten. Manchmal blitzte es über dem Meer. Ein paarmal hielt ich das Blitzen für ein Signal von Silverio Meza, der beim erloschenen Leuchtfeuer nach Schiffen Ausschau hielt, und rannte schreiend zum Haus des Hauptmanns. Maripepa führte mich dann zurück. Sie legte mir den Arm um die Schultern, und einmal, als ich immer weiter weinen musste, brachte sie mich zu Bett. Sie schob das Bett so zur Tür, dass ich den Himmel sehen konnte, und deckte mich mit Carlottas altem Tischtuch zu – eine andere Decke hatte ich nicht – und küsste mich, als wäre ich ein kleines Kind.

Ich dachte immer an Gunnar. Seine Umarmungen fehlten

mir, seine Wärme, seine Zuversicht und Findigkeit. Ich dachte auch viel an meinen ersten Verlobten, den ein Baum erschlagen hat. Jeder Tag kostete ungeheure Kraft.

Wo würden Halvorsen und ich uns wiedertreffen – dieses Problem verfolgte mich bis in den Schlaf. Die Besatzung der *Diana* würde wohl nach San Francisco gehen, und dort würde es zu einer Seeamtsverhandlung kommen. Ob die Firma Billings Kapitän Jonasson und die Offiziere wieder beschäftigen würde, war sehr die Frage. Halvorsen war ein armer Seemann, er hatte kein Geld, um ein Schiff zu chartern und mich von der Insel zu holen. Wenn er aber doch ein Schiff charterte oder nach der Seeamtsverhandlung wieder auf einem Holzfrachter nach Peru fahren und einen Abstecher zum Atoll machen würde – was ganz außerhalb jeder Wahrscheinlichkeit lag –, dann hätte das Versorgungsschiff mich längst mitgenommen, und er wüsste nicht, wohin. Dann wäre er hoch verschuldet, und wir würden uns nie wiederfinden. Jede Lösung des Problems, die mir einfiel, endete in einem Durcheinander. Manchmal, im Halbschlaf, sah ich ihn wieder am Boden liegen, mit der blutenden Schusswunde im linken Arm. Manchmal überwand er in meinen Gedanken die Blutvergiftung, manchmal auch nicht. Manchmal kehrte er nach Norwegen zurück, zu den Mädchen am Oslofjord, die ihm Pullover strickten, manchmal wartete er auf mich in Acapulco und verpasste mich im entscheidenden Augenblick, und der Kreis der sinnlosen und quälenden Gedanken begann von vorne. Carlotta hatte mir einen bösen Streich gespielt.

Ende Juli wurde ich krank, lag tagelang im Bett und weinte und überlegte, was mein Bruder Oswald sagen würde, und hatte Mordgedanken gegen Carlotta.

Mordgedanken – das hätte ich nicht schreiben sollen. Nun steht es da.

Eines Tages stapfte Tirza meine Leiter hoch, hinter ihr die stumme schwarze Rosa mit einem dampfenden Suppentopf.

»Ich kriege ein Kind«, schrie Tirza, »ein Kind, ein Kind! Stehen Sie auf, Señorita Marililli! Essen Sie meine Suppe.«

»Ich habe nichts anzuziehen«, sagte ich.

»Nichts anzuziehen? Deshalb liegen Sie im Bett? Wie lange soll denn das so weitergehen?«

Der Juli war vorüber, und der August begann. Alles hatte sich verändert. Anna suchte mir eine Bluse und etwas Wäsche heraus, und Tirza nähte mir einen neuen Rock aus den zerrissenen Segeln der *Diana.* Die Segel lagen im Hauptmagazin. Draußen am Magazin saßen Wachsoldaten auf ihren Fersen. Sie lachten mich freundlich an und machten Witze über ein Leben, in dem die Menschen nur besaßen, was sie am Leibe trugen. Drinnen im Magazin bewachte Victor Lavista die Vorräte. Er hörte sich Tirzas Wortschwall an und grinste freundschaftlich: »Junge oder Mädchen?« Dann warf er sich seinen Umhang elegant über die Schulter – es war nur eine Wolldecke – und gab ihr, was sie verlangte.

Sarita und Juana kamen in mein Haus und halfen Tirza beim Nähen, und eines Tages kam Victor. Er hatte ein paar Schuhe für mich, Ledersohlen mit Schnüren eigentlich nur, doch hochwillkommen. Von da an kam er öfter. Er brachte uns zum Lachen und weihte uns in den neuesten und wichtigsten Klatsch ein, und wir mochten ihn gut leiden. Manchmal fegte eine Regenwand über die Lagune auf mein Haus zu, Schauer hüllten uns ein und versperrten die Sicht, und ich kochte Tee aus Kräutern, die Tirza mitgebracht hatte. Tirzas Freude über ihre Schwangerschaft steckte an, und ich habe diesen August 1914 als hellen Monat in Erinnerung. Einmal zündete ich sogar die Petroleumlampe an.

Das war an dem Abend, an dem der Rock fertig wurde. Victor hatte eine Mundharmonika in der Schreibtischschublade des Betriebsleiters gefunden. Die Töne lockten einige Frauen an, ihre Männer folgten mit den Kindern, und bald war mein Haus voll. Die Soldaten und ihre Frauen sangen und tanzten, der Hauptmann kam, barfuß, mit Anna, Victor spielte, der Hauptmann ließ Pulque holen, jemand brachte Trommeln, und spät in der Nacht tanzte Tirza einen wilden Tanz der Yaqui, den sie von ihrer indianischen Mutter gelernt hatte.

An diesem Abend hörte ich zum ersten Mal, dass der Hauptmann und Leutnant Malacate über das Versorgungsschiff sprachen. »Von nun an kann es täglich kommen«, sagte der Hauptmann. »Wenn nur kein Orkan es aufhält«, sagte Malacate.

Wir hatten oft Sturm aus Südwest, die Palmen bogen sich, die Brecher schäumten und donnerten, und ich bildete mir ein, dass die Erde unter meinen Füßen zitterte. Wenn die Regengüsse vorüber waren, lag die Insel dampfend in der Sonne, und die Krabben huschten aus ihren Löchern hervor.

Die Vögel, die im Frühling fortgeflogen waren, kehrten zurück, und die ersten Seeschwalben brüteten. Ich begann, mich mit Vogelbeobachtung zu beschäftigen, so wie mein Vater es mich gelehrt hatte. Ich dachte mir eine Methode aus, mit der ich die Vögel jeder Art zählen konnte, aber die Zahlen, auf die ich kam, waren so enorm, dass ich der Methode misstraute. Ich sammelte Federn und Eier, ich zeichnete Vogeljunge in einen Notizblock der Armee, den ich von Victor erbettelte, ich suchte mir Vogelfamilien aus, über die ich ein Journal führte. Papier und Bleistift waren große Probleme für mich, denn der Armeevorrat ging allmählich zu Ende. Ich beschrieb alte Wandkalender der Guano-Company.

Plötzlich war ich von großer Eile getrieben. Das Versorgungsschiff konnte jeden Tag eintreffen, und dann würde ich die Insel mit ihm verlassen. Vorher wollte ich möglichst viel Material sammeln für einen naturkundlichen Aufsatz über Fauna und Flora auf einem vulkanischen Atoll im Nord-Pazifik.

Die Seeschwalben mit ihren langen Schwingen und dem gegabelten Schwanz fesselten mich besonders. Sie sind klein und sehr stark, sie fischen im Sturzflug, und ihr Schrei ist voller Herausforderung und Lebensfreude. Die dunklen Seeschwalben brüten überwiegend im Felsen und die hellen auf den Eierinseln, sieben niedrigen Korallenbänken im Nordwesten der Lagune. Die Vögel im Felsen sind immer laut und angriffslustig, sie legen nur ein Ei, das sie mit schrillen Schreien verteidigen, und obwohl damals die Hauptbrutzeit noch gar nicht begonnen hatte, kam ich immer vollkommen erschöpft vom Krach aus dem Felsen und seinen Gängen zu Sarita zurück, die im Kanu auf mich wartete. Die Vögel auf den Eierinseln, zu denen Sarita mich auch paddelte, verhalten sich am Boden ganz ruhig, nur wenn Sarita und Maripepa Eier einsammelten, flatterten sie in großer Zahl über unseren Köpfen und schrien hell und scharf und empört. Dann gibt es noch eine ganz weiße Seeschwalbenart auf dem Atoll, die ihr Ei mitten auf ein Palmblatt legt – jedenfalls hat Sarita mir das erzählt. Ich wollte herausfinden, warum es nicht herunterrollt, und beobachtete die schönen Vögel Tag für Tag, aber ich entdeckte kein Ei auf einem Palmblatt.

Mitte September ließ der Hauptmann zum ersten Mal die Wochenrationen der Soldaten verkleinern. Leutnant Malacate überwachte wie immer die Ausgabe von Mais und getrockneten Bohnen. Korporal López und zwei Mann öffneten die Säcke, füllten die Litermaße und leerten sie in die Töpfe und Säckchen der Frauen. Carmen Rosales, die Mutter der kleinen

Stiefelträger, war vor mir an der Reihe. Sie blieb wartend stehen, als der Mann mit dem Litermaß ihr nichts mehr gab.

»Sonst habe ich mehr bekommen«, sagte sie fragend und zeigte López ihren halb leeren Topf. »Heute kriegst du eben weniger«, sagte der barsch.

Die Frauen murmelten erstaunt.

»Der Hauptmann rationiert die Lebensmittel, Señora«, sagte Leutnant Malacate höflich, und sein Holzschnittgesicht blieb unbewegt. »Dies ist die Menge, die bis auf weiteres jeder Familie zusteht. Gibt es einen Grund, weshalb Sie mehr brauchen als die anderen?«

Carmen Rosales sah den Leutnant mit gerunzelter Stirn an.

»Ich brauche nicht mehr als die anderen«, sagte sie. »Aber ich habe zwei Söhne, Roberto und Martín. Sie sind neun und sechs Jahre alt. Sie müssen wachsen.«

Alle lachten – sanftmütig und freundlich, wie sie es zu tun pflegten, wenn sie vor einer Zwickmühle standen.

»Lass ihr noch ein Maß geben«, sagte Malacate zu López. »Ich werde mit dem Hauptmann über die Kinder reden.«

Victor Lavista, der wie immer daneben stand, sagte ganz eifrig: »Ich schreibe für den Hauptmann auf, wer mehr bekommt.«

»Was willst du denn schon wieder aufschreiben?«, brüllte Malacate. »Wenn das Versorgungsschiff kommt, interessiert's keinen, wer was bekommen hat, und wenn wir dann alle tot sind, erst recht nicht.«

Wir konnten uns nicht erklären, weshalb Victor alles aufschrieb, Pläne entwarf, Notizen verglich, rechnete. Er bot seine Aufzeichnungen immer wieder dem Hauptmann an, drängte sie ihm mit tausend Argumenten auf, als ob der Hauptmann sich eines Tages vor einer höheren Instanz rechtfertigen müsste. Leutnant Malacate fand Victor unmöglich, doch der Hauptmann lachte nur: »Er ölt meiner Frau die Klaviersaiten. Willst du das tun, Leutnant?«

Die Lebensmittelrationierung bewirkte, dass wir Ende September immer antriebsloser wurden. Die Kinder mochten in der Schule nur noch singen und konnten sich nicht mehr konzentrieren. Tirza brachte ihnen hin und wieder etwas gekochten Fisch in die Stunde, über den sie manchmal ihre Kräuter streute, manchmal, was sie an Grün auf dem Atoll gesammelt hatte. Sie hatte einen runden kleinen Bauch und war hager geworden, aber sie machte sich keine Sorgen. Indianer sind Hunger gewöhnt, sagte sie. Jeder von uns hat mindestens eine Hungersnot überlebt. Würden wir sonst so aussehen, alt vor der Zeit, zahnlos?

Die Abende verbrachte ich jetzt im Haus des Hauptmanns. Malacate und Tirza, López und Sarita und manchmal auch der Soldat García und seine Frau Carmen kamen bei Einbruch der Dunkelheit in die Küche der Armands. Jeder Vater, jede Mutter wiegte ein Kind auf dem Schoß und legte es, wenn es müde und schwer wurde, hinter sich auf den Stuhl, wo es einschlief. Die Erwachsenen unterhielten sich, manchmal spielten sie Karten, manchmal las Anna aus einem spanischen Roman vor.

Am Leuchtturm auf dem Felsen hielten immer zwei Mann nach einem Schiff Ausschau. Das Versorgungsschiff war zum Hauptthema unseres Denkens und unserer Unterhaltungen geworden.

»Ich konnte mein Kommando nicht ohne Befehl verlassen«, sagte der Hauptmann.

»Nein, das konntest du nicht«, sagte Anna.

»Ich hätte damit die Zukunft meines Sohnes gefährdet«, sagte der Hauptmann.

»Wir sollten nicht darüber reden«, sagte Anna.

Ein paar Tage später verringerte der Hauptmann die Rationen weiter.

Im Oktober regnete es so viel, dass der Wasserspiegel der Lagune anstieg wie nie zuvor. Tagsüber blieb der Himmel dunkel, Gischtstreifen trieben über die Lagune und losgerissene Pflanzen, das Wasser war schwarz und undurchsichtig. Der Wind kam oft aus Südwest und nahm zu, dann drehte er auf Süd, Böen und schwerer Regen fielen über uns her. Um Mitternacht hatte er Sturmstärke. Morgens sah es aus, als ob die Lagune aus ihrem Vulkankrater sprudele. Der Felsen schien im Regen zu zittern, und ich fürchtete mich.

Nun war das Essen wirklich knapp. Wir hatten immer unsere Vorräte – ich bekam zusätzlich zu Mais und Bohnen der Soldatenration auch getrocknetes Fleisch, Saucen, Konservendosen aus dem Vorratslager der Offiziere – mit Fischen, Vögeln und Eiern ergänzt. Doch im Sturm konnte niemand auf das Riff an der Seeseite des Atolls hinausgehen. Die Stürme hielten uns tagelang in unseren Häusern und Hütten fest. Sobald das Wetter sich etwas beruhigte, paddelten einige Frauen über die Lagune zu den Eierinseln. Doch diese Inseln sind so niedrig, dass bei Sturm die Wellen der Lagune die Eier wegschwemmen.

Einmal schoss Victor ein Schwein mit dem Mauser-Gewehr des Hauptmanns. Ich weiß nicht, ob ich es schon erzählt habe: Die Schweine waren vor Jahren mit einem Schiff aus Polynesien gekommen. Sie waren schwarz und behaart, sehr mager und gewitzt und konnten von den Krabben leben. Victor brachte das tote Schwein in die Küche der Armands. Fleisch hatte es nicht, Maripepa kochte Knochen und Sehnen zwei Tage lang.

Die Soldaten beteiligten sich nicht an der Lebensmittelbeschaffung. Doch einmal ging der Hauptmann ihnen mit gutem Beispiel voran, Anna hatte ihm keine Ruhe gelassen. Er machte eine große Sache daraus, wir sahen alle zu. Zuerst ging er ächzend zum Strand – die García-Jungs mit den Stiefeln vorneweg, Leutnant Malacate mit dem Speer und Korporal López mit dem Kescher hinterher. Am Strand half Anna dem Hauptmann aus der Uniformjacke. Er begann, seine Hosenbeine hochzukrempeln, fand das aber zu mühsam und rief Maripepa. Während sie sich auf Knien mühte, hüpfte er umher, lachte und quiekte, weil sie ihn angeblich kitzelte, und trieb es so weit, dass wir alle lachen mussten. Dann nahm er Malacate den Speer aus der Hand, sagte laut »betet für mich, ich kann nicht schwimmen« – die Zuschauer sogen scharf die Luft ein – und watete auf seinen dicken nackten Beinen schaukelnd auf das Riff und ins Meer hinaus, bis das Wasser ihm an den Bauch reichte. Korporal López folgte ihm mit dem Kescher.

Dann geschah etwas, was mich überraschte. Der Hauptmann kletterte auf einen Felsen, scheuchte López mit der Hand zurück zum Strand und hob den Speer. Er rührte sich nicht und wartete, wie eine Statue stand er da. Plötzlich stieß er mit dem Speer zu, blitzschnell, und holte einen großen silbernen Fisch heraus. Er stieß dem zappelnden Fisch ein Messer ins Genick und schrie nach Malacate und López.

Er ließ sich vom Felsen helfen und watete zum Strand zurück. Malacate folgte mit dem Speer und López mit dem Kescher und dem Fisch. Der Hauptmann tat so, als ob er bibberte und zitterte, während Anna und Maripepa ihn abtrockneten und ihm beim Anziehen halfen, und erzählte in abgehackten Sätzen von gigantischen schwarzen Rochen, die er gerade gesehen haben wollte, Tintenfischen, Kraken und Haien. Die Soldaten lachten pflichtschuldig, aber sie lachten mit ganz hohen

Stimmen, und ich wusste nicht, ob das Beispiel ihres Hauptmanns sie ermutigte oder entsetzte.

Im November waren die Vorräte aufgebraucht. Der Regen ließ nach, und Tölpel und Sturmtaucher kehrten in großen Scharen auf die Insel zurück.

Sie kreisten mit Geschrei über unseren Köpfen, und ich ging nur noch mit Schirm spazieren. Es wurde schwierig, seinen Weg im Sand und zwischen Schotter und Steinen zu finden, denn die Vögel saßen dicht an dicht auf ihren Eiern. In der Dämmerung kamen die fischenden Vögel in großen Schwärmen zurück, und die Vögel auf den Eiern schrien, heulten und klagten, damit sie ja abgelöst wurden. Jede Nacht war voller Aufruhr, Vögel verließen die Insel, andere kamen vom Meer herein. Aber bei Sonnenaufgang flog die eine Hälfte der Vögel wieder fort, und die andere auf den Eiern wurde still.

Die Fregattvögel nisteten oben auf dem Strand, wo große Felsen vom toten Riff abgebrochen waren – Riesenvögel mit einer Flügelspannweite von Mannslänge und leuchtend roten Schnäbeln. Sie hackten nach den Krabben, und nun gab es immer Krabben, die nur eine Klaue oder nur ein Auge hatten.

Am meisten überwältigte mich die riesige Zahl der Tölpel. Es gibt Tölpel mit blauen Füßen, mit roten Füßen, mit gelben Füßen. Die meisten haben schokoladenbraune Federn, einen weißen Bauch und ein weißes Gesicht. Ihr Nest ist eine Beule im Sand. Sie ziehen nur einen Vogel auf. Das Küken kommt nackt und dunkelhäutig aus dem Ei, eine Woche später hat es plusterige weiße Daunen und sieht doppelt so groß aus wie seine Eltern. Dick und unbewegt und mit riesigen anklagenden Augen wartet es auf Nahrung. Beide Eltern rackern sich für ihr Riesenkind beim Fischen ab: In zwanzig, dreißig Meter Höhe falten sie die Flügel zusammen und rasen, Kopf voran, senkrecht ins Wasser. Ein toller Anblick, Herr Konsul. Das Küken bekommt den hochgewürgten Fisch aus dem Schlund – es stößt seinen Kopf in die Kehle von Mutter oder Vater und hackt und wühlt mit seinem Schnabel gierig darin herum. Aber die Eltern wirken ganz zufrieden, wenn sie bei ihrem Jungen sind. Sie quaken, gackern, grunzen, pfeifen, sie sind streitsüchtig und picken nach ihren Nachbarn. Doch wenn ein Mensch sich ihnen nähert, bleiben sie stehen und gucken – ich möchte sagen: Sie gucken dämlich. Gunnar Halvorsen sagte, ihr Seemannsname sei Bobo, das ist spanisch und heißt Dummkopf, und Bobo nannten auch die Kinder sie. Die Bobos lassen sich leicht fangen, man kann sie einfach vom Nest heben, sie krächzen nur und wehren sich nicht. Aber sie schmecken fischig, und niemand mag sie essen.

Von den Bobos lebten wir.

Der Dezember wurde heiß und schwül. Die Soldaten plagten sich mit Rheumatismus. Sie hatten keine Uniformen mehr und bekleideten sich mit Segeltuchstücken. Ihre Sombreros zerfielen, ihre Gewehre rosteten.

Sie saßen so vor dem Büro des Hauptmanns, dass sie ihn durch die offene Tür an seinem Schreibtisch sehen konnten. Seine Stiefel standen immer noch im Türrahmen, aber er ließ sie nicht mehr vor sich her tragen, sie blieben auch nachts dort. Die Soldaten unterhielten sich leise, und wenn ich mit Anna vorüberging, lächelten und grüßten sie freundlich wie immer. Aber manchmal waren sie verlegen. Dann hatten sie über Geister gesprochen, sagte Anna. In Mexiko gibt es viele Geister, sagte sie, in den Träumen und im wirklichen Leben. Annas Mutter hatte geträumt, wie ihr ihre verstorbene Kinderfrau einen Ort zeigte, an dem ein Schatz vergraben ist. Anna war fest von der Existenz des Schatzes überzeugt, obwohl niemand nachgegraben hat. Sie beschäftigte sich besonders mit Himmelserscheinungen. Ganz viele Leute, sagte sie, haben schon Heilige gesehen, nur sie nicht.

Auch die Frauen waren jetzt sehr schwach. Sie gingen wohl zu den Zisternen, um mit ihren Krügen Regenwasser zu schöpfen, aber die meisten konnten sich den Krug nicht mehr auf den Kopf setzen, um ihn nach Hause zu tragen. Sie schleppten ihn zu zweit zwischen sich. Dafür mussten sie öfter gehen, und die Anstrengung blieb groß.

Weihnachten verbrachten wir in Angst. Tage vorher hatte Anna versucht, uns aufzuheitern, und von früheren Weihnachtsfeiern auf dem Atoll erzählt: große Essen, Gesellschaftsspiele, Geschenke, Musik und Tanz, und dann, um Mitternacht, die Weihnachtsmesse, die der Hauptmann hielt. Niemand hatte mehr Kraft zum Feiern. Die Kinder lagen in ihren Betten, und viele Erwachsene waren so krank, dass sie nicht mehr zum Haus des Hauptmanns kommen konnten. Traurig und still saßen die Offiziere und ihre Familien beieinander.

Die Kranken hatten Blutergüsse und Wunden an den Armen und Beinen.

»Die Männer schlagen die Frauen«, sagte Anna.

»Die Männer haben selbst Flecken«, sagte Tirza.

Sarita sagte: »Eine misshandelte Ehefrau kann ihren Ehemann lenken, indem sie etwas Toloache in seinen Kaffee gibt.« Toloache muss eine Stechapfelart sein, deren Blätter und Blüten giftig sind. »Das machen die Frauen in Tepoztlán, deren Männer sie zu viel schlagen. Ich weiß es von meiner Mutter. Eine kleine Menge schon macht den Mann zahm und leicht lenkbar. Aber wenn man ihm zu viel gibt, wird er wahnsinnig.«

»Wir haben doch keinen Kaffee mehr«, sagte Maripepa, die wie immer das Nebensächliche zuerst erfasste.

»Dies sind keine Blutergüsse von Schlägen«, sagte Tirza. »Dies ist etwas anderes.«

In den Tagen nach Weihnachten besuchten Anna, Tirza und ich die Kranken in ihren Häusern, und Tirza ließ sich Blutergüsse und Wunden, rote Streifen und Punkte in der Haut und geschwollenes Zahnfleisch zeigen.

»Was haben wir verbrochen?«, fragten die Kranken. Viele Soldaten stammten aus dem Hochland von Mexiko, und dort glaubt man, dass man krank wird, weil jemand einem etwas Schlechtes wünscht: Götter, Ahnen, Verwandte, Freunde – irgendwen hat der Kranke vernachlässigt oder gekränkt.

Auch Carmen Rosales, die Mutter der kleinen Stiefelträger, fragte Tirza: »Was habe ich Schlechtes getan?«

Tirza sagte: »Du hast nichts getan. Es gibt auch Krankheit, die durch Angst hervorgerufen wird.«

Der Soldat Mauro Salinas im nächsten Haus meinte, der Schwefel in der Lagune sei der Grund für die Krankheit, die ihn und seine Familie befallen hatte.

»Es ist Skorbut«, sagte Anna eines Abends.

Die Tür zum Salon, in dem schon so lange niemand mehr Klavier gespielt hatte, stand offen, und sie las dem Hauptmann aus ihrem Doktorbuch vor: Nach vier bis sechs Wochen bei völligem Fehlen von Vitamin C in der Nahrung entstehende Mangelkrankheit – Hautblässe, Mattigkeit, Apathie –, erhöhte Brüchigkeit der kleinen Adern, Blutungen in der Haut. Erste Anzeichen: Blutungen und Schwellungen des Zahnfleisches. Später Ausfallen der Zähne, Herzklopfen, Kurzatmigkeit, Wundwerden an Armen und Beinen und allgemeine Hinfälligkeit.

»Unsinn«, sagte der Hauptmann. »Lies mir die Symptome irgendeiner Krankheit vor, und ich werde sie an mir entdecken.«

»Carmen Rosales hat außerdem Fieber«, sagte Anna. »Von Fieber steht hier nichts.«

Carmen Rosales starb als Erste. Dann starb Silverio Rodriguez Meza, der Leuchtturmwärter, der immer lächelte. Korporal López hatte ihn noch lebend am Fuß des Felsens gefunden. Meza hatte große blaue Flecken auf den Beinen und der Brust, sein Zahnfleisch war entzündet, und er hatte Zähne verloren. Er konnte noch sprechen. Ich bin nicht krank, sagte er. Plötzlich habe sein Körper sich schlecht gefühlt, und er sei vom Felsen gestürzt. Ein paar Minuten später starb er, berichtete Korporal López. Der Korporal hatte zwei Mann als Wache gegen die Krabben beim Leichnam zurückgelassen.

»Warum sich etwas vormachen«, sagte Anna zum Hauptmann. »Silverio ist nicht vom Felsen gefallen. Er ist am Skorbut gestorben.« Sie las ihm wieder aus dem Doktorbuch vor: Der Tod tritt schnell ein als Folge einer Anstrengung oder eines Schocks. »Er ist zum Feuer hinaufgeklettert und hat nach Schiffen gesehen, und als er die Ablösung kommen sah, kletterte er wieder hinunter über all diese Leitern und durch die Gänge mit den aufgebrachten Vögeln. Das war zu viel für ihn, und er starb.«

Soldaten schlugen zwei tiefe Löcher in den Korallenboden im Osten des Felsens für Carmen Rosales und Silverio Meza. Jeder Erwachsene, der noch gehen konnte, kam zur Beerdigung. Der Hauptmann las die Gebete, die Pelikane strichen über die Wellen. Die Soldaten schütteten die Gräber zu, und wir kondolierten dem Soldaten García, Carmens Mann, und ihren beiden Söhnen Roberto und Martín. Die Soldaten rollten Blöcke aus toten Korallen auf die Gräber und stellten Kreuze aus dem Holz der *Diana* auf. Die Kreuze stehen nicht mehr dort. Die Krabben haben sie gefressen.

Als Silverio Meza starb, machte der Hauptmann Victor Lavista zum Leuchtturmwärter am Felsen. Das war ein Zeichen großen Vertrauens. Der Panamakanal musste jetzt fertig gestellt und eröffnet worden sein und eine neue Seeschifffahrtsstraße die Schiffe an unserem Atoll vorbeiführen. Wenn Victor ein Schiff sah, sollte er drei Schüsse abgeben.

12. *Lieferung der Gefangenen*
Lilli von Eck

Viele waren krank, und viele lagen im Sterben, und die Gesunden wurden immer schwächer und konnten nicht mehr genügend Vögel und Fische fangen und Trinkwasser holen. Der Soldat Jesus Neri und seine Frau Pilar starben, Agustín Irra, Mauro Salinas, Dionisio Juárez – ich weiß die Namen nicht mehr – Pedro Carbajal, Constancio Mejia – und die Frauen, die ihnen gefolgt waren, Benita, Consuelo, Doloritas – und meine Schüler Miguel, Mario, León – und Maricela und Juana, Saritas Tochter. Wir legten die Toten in die Einbäume und paddelten sie langsam über die Lagune.

Der Friedhof am Felsen wuchs. Wir hackten Gruben in den Guano, damit die Krabben die Toten nicht fanden. Wir hämmerten Kreuze aus dem Holz der *Diana* und schnitzten die Namen der Toten hinein und stellten die Kreuze auf die Gräber.

Am 20. Januar 1915 hatte Tirza eine Tochter bekommen, ein kräftiges, gesundes Kind mit schwarzen Haaren und einer großen Stimme. Leutnant Malacate hatte bei der Geburt geholfen, was mich sehr verwunderte. Als wir zu Tirza durften, hielt der Leutnant ihre Hand. Sie nannten das Kind Guadalupe, ich glaube, nach der Mutter des Leutnants. Als Anna es auf den Arm nahm, brach sie in Tränen aus. Anna war schwanger.

Mit jedem Begräbnis wuchs die Verzweiflung des Hauptmanns. Er lief am Strand auf und ab, und wenn Anna ihn holte, sahen wir, dass er geweint hatte. Er machte sich Vorwürfe, weil er die Soldaten und ihre Familien nicht mit der *Savannah* weggeschickt hatte.

Dann wurde Victor krank. Anna ließ ihn in ihr Haus bringen und auf ein Notbett im Salon legen, und Maripepa pflegte ihn, und manchmal half ich ihr. Die kleinen Kinder der Armands standen schüchtern in der Salontür und flüsterten: Was hat er denn, wann wird er wieder gesund?

Ich hatte schon damals eine Abneigung gegen Victor. Ich mochte seinen Geruch nicht. Er schwitzte stark, aber der Schweiß war es nicht, denn Maripepa wusch ihn. Victor hatte einen ganz eigentümlichen Körpergeruch, der nun stärker wurde. Ich kann diesen Geruch nicht beschreiben, aber mir wird schlecht, wenn ich mich zu erinnern versuche. Hager und dunkel lag Victor auf der mit Tang gestopften Matratze im Salon, er wirkte einsam und traurig, und wenn jemand anderes als Anna mit ihm sprach, drehte er den Kopf zur Wand. Ich dachte, er würde auch sterben, und hatte ein schlechtes Gewissen, weil ich ihn nicht mochte.

Der Hauptmann konnte nachts nicht mehr schlafen. Er verließ das Haus, verschwand in den Geräuschen der Vögel, ihrem Gackern, Schreien, Pfeifen, im Aufruhr der Nacht. Einmal, ich hatte eine Wache bei Victor übernommen und saß am Küchentisch, die Tür zum Salon war angelehnt, kam Anna aus ihrem Schlafzimmer herunter.

»Der Hauptmann glaubt, dass die Leute sterben müssen, weil

er sich für das Bleiben entschlossen hat«, sagte Anna. »Er sagt, er hat in seinem Leben zwei große Fehler gemacht: Einmal ist er weggelaufen, und einmal ist er nicht weggelaufen.«

In dieser Nacht erzählte sie mir die Geschichte des Hauptmanns zum ersten Mal. Sie sprach später noch mehrfach von den Ereignissen, und jedes Mal veränderte sie die Vergangenheit ein bisschen.

Der Hauptmann ist der Sohn eines Fuhrunternehmers in Orizaba, der aus Frankreich nach Mexiko ausgewandert war. Seine Mutter kommt aus Bordeaux. Er ist der einzige Sohn und sehr verwöhnt.

Mit achtzehn Jahren spricht Feliciano Armand Französisch, Spanisch und etwas Englisch. Er ist sorglos, ziellos. Er hilft dem Papa im Geschäft, doch bald heißt es, Feliciano habe keinen Sinn für Zahlen. Die Eltern sind ehrgeizig für ihren einzigen Sohn, und da der Vater Armand einen Bruder hat, der einen Oberst kennt, glauben sie, ein Aufstieg in der Armee sei ihm sicher. Feliciano will seinen Eltern gefallen – vielleicht ist er auch zu schwach oder zu gleichgültig, um ihnen zu widersprechen. Er tritt in ein Kavallerie-Regiment ein, am 8. Juli 1901, mit 22 Jahren, und wird nach der üblichen Zeit zum Wachtmeister befördert.

»Er litt«, sagte Anna.

Er lebt in der Kaserne mit indianischen Soldaten. Beauftragte der Armee haben sie auf großen Haciendas gekauft oder auf den Landstraßen eingefangen und in den Dienst gezwungen. Er leidet unter der Ungerechtigkeit, die sie erdulden müssen, unter der Härte seines neuen Lebens, der Langeweile. Er meldet sich zu einem Offizierslehrgang, aber er findet dort keine Freunde, er verschließt sich, seine Noten werden schlecht. An einem Sonntag nimmt er sein Gepäck und verschwindet in der großen

Stadt Mexiko. Das ist im Frühjahr 1902. Einen Monat später findet die Polizei ihn. Er lässt sich ohne Widerstand verhaften. Als Deserteur kommt er vor ein Kriegsgericht, das ihm seinen Rang aberkennt und ihn zu 160 Tagen Gefängnis verurteilt. Er kommt ins Militärgefängnis von Santiago Tlaltelolco.

»Direkt in die Hölle«, sagte Anna.

Nach 160 Tagen wird er mit anderen entlassen. Seine Gruppe geht zu Fuß zum Bahnhof, nimmt einen Zug über Puebla nach Veracrúz. Feliciano kommt in das Mexiko der Sümpfe und des Fiebers. Er dient als einfacher Soldat im 23. Bataillon von Veracrúz. Nach einiger Zeit steigt er zum Korporal auf, wird wieder Wachtmeister. Im Kriegszug gegen die Yaqui in Sonora ist er Unterleutnant der Infanterie, im Kriegszug gegen die Maya in Yucatán wird er für seine Führung ausgezeichnet. Sein General heißt Victoriano Huerta – der spätere Staatspräsident. Huerta teilt das Land Yucatán unter fünfzig seiner Freunde auf. Feliciano Armand äußert sich zu nichts mehr. Ein Jahr später teilt man ihn dem Bataillon des Oberst Avelardo Avalos in Acapulco zu. Der Oberst will ihn auf ein Atoll schicken, auf die winzige Spitze eines unterseeischen Vulkans weit vor der Küste.

Feliciano will nicht auf diese Vogelinsel, die keiner kennt, er will die Armee verlassen. Er fährt nach Mexiko-Stadt ins Kriegsministerium. Dort antwortet man ihm, er möge ein Gesuch stellen, man habe aber wenig Hoffnung für ihn. Er kehrt nach Acapulco zurück. Der Oberst reicht sein Gesuch nicht weiter und schickt ihn mit einigen Männern auf das Atoll. Das war im November 1905.

Gustav Schmitz ist damals schon auf der Insel. Der Unterleutnant sieht sich um. Das Atoll gefällt ihm. Hier kann er mit den Soldaten so leben, wie er es für richtig hält. Er gibt dem Versorgungsschiff einen Brief an den Oberst mit: Er braucht Holzbretter und Ziegel aus luftgetrocknetem Lehm und Blechplatten, damit die Soldaten Häuser bauen können.

Das Versorgungsschiff bringt Holz, Ziegel und Blechplatten, einen Brief des Oberst und einen Stellvertreter: Feliciano soll nach Acapulco kommen, der Oberst will ihn nach Japan zu einem Freundschaftsbesuch mitnehmen. Im Frühling 1906 sind die mexikanischen Offiziere aus Japan zurück. Feliciano Armand wird befördert, erhält den Titel »Gouverneur der Insel« und verlobt sich mit Alicia María Velasco aus Orizaba. Der Oberst kommt selbst auf das Atoll und lässt seine Pioniere das Leuchtfeuer auf dem Felsen bauen.

»Armand sah so gut aus«, sagte Anna. »Tunika, Säbel, flotter Schnurrbart. Damals war er noch schlank, und er schrieb Gedichte. Er sagte zu mir: Ich schenke dir eine Insel.«

Zwei Jahre später zieht sie zu ihm auf das Atoll. Sie bleiben vier Jahre, dann wird er nach Mexiko-Stadt versetzt.

»Dort war unser Leben glanzvoll«, sagte Alicia. »Seine Familie hat Verbindungen, und meine hat Geld. Aber er wollte zurück auf die Insel, und ich redete es ihm nicht aus. Es war besser für ihn. Auf der Insel war er glücklich.«

Zum Schluss sagte sie: »Er hat doch nur seinen Befehl befolgt, als er das amerikanische Schiff ohne uns wegfahren ließ.« Und ich sagte: »Er kann nichts dafür, dass so viele sterben.« Aber ich wusste nicht, ob ich das auch meinte.

Der Hauptmann lief draußen durch die laute Dunkelheit, wir hörten die Schreie der Seevögel, das unablässige Rauschen der Brandung.

Am nächsten Morgen war der Regen vorbei. Die Insel dampfte, und der Himmel war blau und leer wie der Horizont. Irgendwann in der Nacht war der Hauptmann gekommen.

Er versank tagelang in wirre Düsternis. Jeder ging mit seinen

Fragen und Sorgen zur Frau des Hauptmanns, und sie entschied.

Den Grund für das große Sterben kannten wir nicht. Anna blieb dabei: Es war Skorbut. Das passte am besten zur Beschreibung aus dem Doktorbuch.

Tirza suchte die Insel nach Pflanzen ab. Doch sie fand kaum grüne Blättchen, die Krabben fraßen alles. Die Wasserpflanzen in der Lagune, in der kein Fisch leben konnte, waren uns unheimlich. Wenn wir zu den Eierinseln paddelten, was immer länger dauerte, weil wir schwächer wurden, blieben die Kanus in den Wipfeln des dichten Unterwasser-Waldes stecken. Große Blätter an langen Stängeln schwammen auf dem Wasser. Wir hatten Angst, sie zu essen, sie galten als giftig. Tirza kochte Blätter mit etwas Regenwasser aus der Zisterne, und Frauen und Kinder aßen davon, als Anna es ihnen befahl, aber die Männer weigerten sich.

Anna schickte Maripepa nach Kokosnüssen, ließ sie aufhacken und gab Victor und den Kindern von dem Fleisch. Die Kinder blieben gesund, und Victor ging es besser.

Dr. Snow, der Schiffsarzt der *Portland,* der nach unserer Rettung bei uns allen leichten Skorbut fand, glaubte nicht, dass die Nüsse unser Leben retteten. Er sagte, Skorbut sei eine Krankheit, die man bekomme, wenn einem ein Stoff fehle, Vitamin C, so wie es im Doktorbuch stand, aber von diesem Vitamin C sei nur ganz wenig in den Nüssen. Er meinte, die Verstorbenen hätten vermutlich auch Skorbut gehabt, seien aber an einem Fieber gestorben. Die oberen Dienstgrade und ihre Frauen und Kinder hatten ihr Leben lang besseres Essen bekommen, sagte er, und konnten dem Fieber deshalb leichter widerstehen als die einfachen Soldaten.

Ich kann hinzufügen: Die Frauen, die mit den Soldaten lebten, waren am schlechtesten ernährt, denn sie aßen erst, wenn ihre Männer sich bedient hatten und satt waren. Ich glaube, manche starben auch, weil der Hauptmann die Hoffnung auf Rettung verlor.

Anna zerteilte von nun an jeden Sonntagmorgen, solange wir auf der Insel waren, eine Kokosnuss. Sieben Kokospalmen wachsen jetzt auf der Insel, ein Angestellter der Guano-Gesellschaft muss sie gepflanzt und mit Blech vor den Krabben geschützt haben. Sie gab jedem seinen Anteil nach dem gemeinsamen Gebet – ein Stückchen Nussfleisch und einen Schluck Kokosmilch, wie beim Abendmahl, Brot und Wein. Viele Männer gaben ihr Nussstückchen den Kindern.

Am 28. Februar 1915 starb der Soldat Pedro Almazán. Danach starb niemand mehr. Victor Lavista wurde gesund und kehrte in die Hütte am Felsen zurück.

Fünf Männer, fünf Frauen und sieben Kinder hatten das große Sterben überlebt: Hauptmann Armand, Leutnant Malacate, Korporal López, die Soldaten García und Lavista; dann Anna María Armand, ihr Dienstmädchen Maripepa, Tirza MacPherson, Sarita – die Frau des Korporals – und ich; Annas Kinder Feliciano, Alicia und Lydia, Tirzas Tochter Guadalupe, das stumme Kindermädchen Rosa und Roberto und Martín, die Söhne von García, die früher dem Hauptmann die Stiefel getragen hatten. Auf dem Friedhof standen zwanzig Kreuze.

Ich war nun genau ein Jahr auf der Insel.

13. Lieferung der Gefangenen
Lilli von Eck

Der Hauptmann ließ sich Tisch und Stuhl auf das Dach seines Büros bringen und neben dem Flaggenmast ein Fernrohr auf ein Stativ schrauben. Er saß dort oben von Sonnenaufgang bis Sonnenuntergang und suchte den Horizont nach einem Schiff ab. Wir hatten mehrere Fehlalarme.

Ich führte im Frühjahr 1915 ein strenges, arbeitsames Leben. Nur so gelang es mir, die Kontrolle über mich zu behalten. Früh am Morgen kümmerte ich mich um meine Nahrungsmittel, ich fischte mit dem Netz oder fing einen Tölpel. Vormittags ging ich mit einem Opernglas, das ich im Schreibtisch von Gustav Schmitz gefunden hatte, und einem Notizheft über das Atoll, beobachtete die Vögel und das Wetter und nach Möglichkeit auch die Fische, was aber schwierig war und daher nur wenige zuverlässige Angaben brachte. Nachmittags wertete ich meine Notizen aus und schrieb bis zum Einbruch der Dunkelheit an meinem Journal, der Grundlage für meinen geplanten Aufsatz über die Fauna und Flora des Atolls. Danach ging ich zu den Armands.

Ich suchte den Horizont ebenfalls nach einem Schiff ab, doch hin und wieder vergaß ich es – ich sammelte Naturbeobachtungen, und diese Arbeit fesselte mich immer mehr. Aber der Hauptmann und Anna sprachen jeden Abend von dem Schiff, das endlich kommen musste, und manchmal rechnete der Hauptmann durch, ob er die Tat des Zweiten Offiziers der *Diana* wiederholen und nach Acapulco segeln oder rudern könnte.

Anna war sehr dünn geworden und weinte oft, was gar nicht zu ihr zu passen schien. Wir alle machten uns Sorgen um sie und das Baby, das sie erwartete. Je näher der Termin der Geburt kam – sie wusste ihn nicht genau –, desto unruhiger wurde der Hauptmann.

Er nannte mich nie mehr Rubia und sagte nie mehr Maritornes zu Maripepa. Er hatte seinen Bauch verloren, die Uniform schlotterte um seinen Körper, sein Gesicht war hager und faltig, der Schnurrbart struppig. Seine Soldaten versuchten, ihn mit kleinen Bemerkungen aufzuheitern, aber wo er früher laut gelacht hätte, stieß er nun höchstens einen Schnaufer durch die Nase aus – er hörte gar nicht richtig zu. Malacate schüttelte den Kopf, und López und García klagten mit hohen, singenden Stimmen: Es steht traurig um unseren Hauptmann.

Im Mai verließen zehntausende von Vögeln nach der Mauser das Atoll. Sie flogen weit in den Norden, wo sie den Sommer auf dem Meer verbrachten. Ihr Aufbruch verstörte mich. Ich zeichnete die Rußseeschwalben, die den Seeleuten bei ihren einsamen Nachtwachen manchmal Gesellschaft leisten, und dachte an Gunnar Halvorsen und unsere Pläne. Ich hatte Sehnsucht nach Greta. Wenn ich nicht aufpasste, dachte ich auch daran, wie Carlotta mich gehindert hatte, in das Boot zu steigen, und ich wurde bitter. Ich sah wieder, wie die *Savannah* in der Nacht verschwand. Ich lebte nun selbst einsam auf hoher See, bald sechzehn Monate schon, dreitausend Kilometer vom Panamakanal entfernt, von dem keine Schiffe kamen. Ich hatte versucht, mit einer Seeschwalbe Freundschaft zu schließen, wie Pekko, der finnische Koch, aber es war mir nicht gelungen.

Der Hauptmann sorgte sich, dass die Regenzeit früher einsetzen könnte als in anderen Jahren. In der Regenzeit jagen tief hängende Wolken über das Meer und verwischen den Horizont, hohe Brecher überschlagen sich weiß schäumend und donnern auf das Riff, rauschen und gurgeln zum Strand und verschlucken jedes andere Geräusch. Sobald die Regenzeit einsetzte, würden wir uns einem vorbeifahrenden Schiff nicht bemerkbar machen können, bis zu ihrem Ende im November.

Als der 4. Juni sich näherte – der Tag, an dem im Jahr zuvor vier Seeleute das Atoll verließen und nach Acapulco ruderten –, befahl der Hauptmann, das Ruderboot der Armee zu dichten und zu streichen. Doch er musste seinen Rettungsplan aufgeben. Er verstand nichts von Navigation, und die Männer, die jetzt noch lebten, waren zu schwach zum Rudern.

Das 50-Fuß-Motorboot der Guano-Gesellschaft stand ohne Treibstoff nutzlos im Lagerhaus.

Ich saß auf der Veranda meines Bungalows und arbeitete an meinem Journal, als die kleine Alicia durch die Siedlung lief und mit ihrem Kinderstimmchen rief: »Ein Schiff, ein Schiff. Mein Papa hat ein Schiff gesehen.«

Ich sprang auf, kletterte die Leiter hinunter und rannte zum Büro des Hauptmanns. Von weitem hörte ich ihn rufen: »Malacate, López, García, ein Schiff, schnell, schnell!«

Die Männer liefen zum Bootshaus und schleiften das Boot der Armee quer über das Atoll zum seeseitigen Strand. Der Hauptmann packte selbst mit an, denn der Leuchtturmwärter Victor war am Felsen. Ich lief nebenher und erfuhr: Der Hauptmann hatte einen Dampfer gesehen und wollte hinausrudern und ihn anhalten.

Ich rannte zurück zum Bungalow und holte das Opernglas, rannte mit den anderen Frauen und Kindern wieder zu der Stelle, an der die Männer das Ruderboot ins Meer schoben. Eine plötzliche Böe wehte Gischt auf die Gläser. Ich sah den Dampfer nicht.

Die Männer ruderten durch die nur schwache Brandung. Die Wellen spülten das Boot zurück an den Strand, und die Männer versuchten es noch einmal. Heute glaube ich, sie wussten da schon, dass der Dampfer nur in der Fantasie des Hauptmanns existierte.

Anna stand auf dem Dach des Büros und sah durch das Fernrohr. Über ihr blähte sich die Fahne träge im Wind. Neben ihr winkte ihr Sohn Feliciano den Männern im Boot zu.

Ich sah im Opernglas, dass Armand eine Pistole in der Hand hielt. Ich wurde so aufgeregt, dass ich nicht wusste, wie ich besser sehen konnte, durch das kleine Glas oder ohne Glas. Die Männer weigerten sich offensichtlich, auf den Pazifik hinauszurudern, und der Hauptmann wollte sie mit der Pistole zum Rudern zwingen. Korporal López versuchte, dem Hauptmann die Arme auf den Rücken zu drehen, und hängte sich an ihn, als er sich wehrte und ihn abzuschütteln versuchte, wir hörten einen Schuss.

Die stumme Rosa stieß einen rauen Schrei aus und umklammerte meinen Arm.

Malacate griff nach der Pistole, und der Hauptmann zielte auf seinen Leutnant und Freund. Ich weiß nicht, ob Armand noch einmal geschossen hat. Das Boot ging hin und her in den Wogen und schlug um. Die Männer verschwanden im Meer. Das umgeschlagene Boot trieb langsam und schwankend davon.

Wir liefen am Strand entlang und wateten zur Riffkante hinaus. Wir kletterten auf Steine im Wasser. Wir schrien und winkten. Draußen zogen die Rückenflossen der Haie ihre Bahn. Der Wind nahm zu, die Wellen auf dem Riff hatten plötzlich weiße Streifen. Der Himmel verdunkelte sich, Wolkenberge schoben sich vor die Sonne. Zwischen den heftigen Windböen bemerkte ich eine beklemmende Stille: Alle Vögel waren fort.

Wir mussten zum Strand zurück. Dort standen die Kinder mit Anna und warteten auf uns. Die Krabben hatten sich in ihren Löchern verkrochen.

Mit dem Wind kam der Regen. Ein heftiger Guss versperrte uns die Sicht, der Regen fegte über die Wege zwischen den kleinen Hütten, spülte Rinnen aus, wir waren nass bis auf die Haut, noch ehe wir alle die Treppe zu Tirzas Haus hochkletterten, das am nächsten zum Strand stand.

Der Regen zog vorüber, und der Wind wurde härter. Er kam über das Wasser der Lagune und fiel über die Hütten her und nahm alles mit, was lose herumlag. Das Dach des Büros kippte und segelte, mit Fahnenmast und Fernrohr, auf das Meer hinaus. Ich sah von Tirzas offener Tür aus, wie eine Ecke von Pekkos Kochhaus wegknickte. Dann hob sich Tirzas Dach. Es krachte wieder herunter auf die Holzwände und verschob sich dabei. Dann erhob es sich noch einmal und wurde fortgetragen. Der Wind fauchte. Er wirbelte durch Tirzas Haus, fegte Wände und Regale leer, das Herdfeuer sprühte Funken in langen Bändern. Die Kinder schrien.

Wir brachten sie in Annas Haus, was nicht einfach war, denn sie wehrten sich in ihrer Angst. Ich trug Martín García. Sein älterer Bruder Roberto versuchte, ihn aus meinen Armen zu ziehen. Ich sah Robertos Mund »Papa, Papa« sagen, aber ich hörte die Stimme des Jungen nicht.

Die Siedlung um uns begann zu zerfallen, der Wind nahm

ständig an Gewalt zu. Ich zerrte Roberto am Arm hinter mir her zu Annas Haus, wo ich Martín absetzte und beide Jungen unter das Haus stieß. Die Hühner des Hauptmanns hatten sich in eine Ecke ihres Drahtkäfigs gedrückt und die Köpfe unter den Flügeln versteckt.

Ich zog an leeren Kisten, Schulbänken und Schultischen und schob sie zu einer Barrikade zusammen. Wir brauchten einen Schutz vor der Kälte, die uns schüttelte – die Luft war nicht kalt, aber Wind und Regen ließen Kinder und Erwachsene zittern. Sarita half mir, Roberto sah mich nur feindselig an.

Anna saß stöhnend an einem der Pfeiler, die das Haus tragen, auf der nassen Erde und drückte ihre Tochter Lydia an sich. Tirza umklammerte Guadalupe, Maripepa die beiden älteren Armand-Kinder. Rosa streckte die Arme nach mir aus.

Ich kletterte die Leiter hoch. Der Wind hatte die Haustür aus ihren Angeln gerissen. Die Salontür schlug und knallte, der Holzladen vor dem Salonfenster war zersplittert. Im oberen Stock hatte der Wind ein Loch in die Schlafzimmerwand gedrückt oder gerissen. Ich zog Matratzen von den Betten und schob sie die Treppe hinunter in die Küche, warf Decken und Kissen hinterher. Dann wuchtete ich die Matratzen durch die Haustür, und Sarita, die am Fuß der Leiter im Regen stand, zog sie unter das Haus. Die Küchenwände knirschten und knackten, ich raffte, was ich an Essen und Trinkwasser finden konnte. Es goss wieder heftig, als Sarita und ich alles die Leiter hinunterschafften.

Plötzlich ließ der Wind nach, und wir fragten uns, ob wir uns nicht voreilig unter dem Haus verbarrikadierten. Während wir noch überlegten, was wir nun machen sollten, rannte Roberto weg. Martín wollte seinem großen Bruder hinterher, aber Sarita hielt ihn fest. »Sie müssen Roberto zurückholen«, rief sie, und ich lief los.

Roberto blieb an der Stelle stehen, an der sein Vater und die anderen Männer das Boot ins Wasser geschoben hatten und in der Brandung verschwunden waren. Ich stand neben ihm und wagte nicht, nach seiner Hand zu greifen. Der Wind stürzte sich wieder auf uns. Er hatte die Richtung gewechselt und kam nun aus Osten.

Die Wogen in der Lagune hinter uns wurden größer, losgerissene Wasserpflanzen rollten in großen Bällen auf den Strand. Der Wind nahm stetig zu, ich konnte nicht mehr frei atmen, konnte mich nicht mehr halten gegen diesen brüllenden Strom von Luft und Wasser. Ich legte mich auf den Boden hinter einen kleinen Felsen. Roberto kauerte sich neben mich, später hielten wir uns aneinander fest.

Wir hörten einen neuen Ton von etwas, das auf uns zukam, ein Brüllen vom unteren Ende der Lagune. Die Lagune erhob sich, eine Wasserwand aus weißer Gischt reichte von Strand zu Strand und verdeckte den Himmel. Ich sah ohne Gedanken diesem schrecklichen Schauspiel zu. Die Wand aus glitzerndem Wasser donnerte herunter, traf uns.

Ich krallte mich in die Erde und versuchte zu atmen. Ich konzentrierte mich auf jeden Atemzug. Plötzlich war alles ganz einfach. Es gab nur noch die Frage des Atmens. Was Roberto tat, wusste ich nicht. Ich wusste nicht einmal, wo er war. Ich war halb bewusstlos, war beschäftigt mit Atmen in der Gewalt des Windes.

Dann war es vorbei, und ich war noch da, und neben mir lag Roberto – eine kleine warme Kugel, die sich an mich drückte. Die Palmwedel standen stramm im Wind, ein Bild von großer Schönheit. Sie zitterten leicht und mussten jeden Augenblick davonfliegen.

Der Wind hatte auf Süd gedreht. Er blies nun über den schmalen Streifen Land, der zwischen uns und der See lag. Er kam von einem kalten weißen Wirbel aus brechender Brandung, von Seen hoch wie Häuser, hoch wie Berge, die sich auf das Atoll stürzten und uns gleich unter sich begraben würden. Zum ersten Mal dachte ich daran, dass die Wellen über das Atoll hinweggehen könnten. Der einzige sichere Platz war der Vogelfelsen, doch der war für uns unerreichbar.

Die Nachtstunden vergingen. Ich lag taub im Getöse, erstarrt in Aufruhr.

Roberto rüttelte mich. Die See wusch so hoch auf das Atoll, dass sie uns gleich in die Lagune spülen musste. Wir krochen auf allen vieren zur Siedlung zurück. Schließlich waren wir wieder bei Tirzas Haus, weiter schafften wir es nicht, meine Muskeln gehorchten nicht mehr. Wir blieben unter seinem Fußboden liegen.

Der Wind griff wieder an. Ich hatte keine Sorgen mehr. Unsere Lage war so fantastisch, so gefährlich – ich gab auf. Roberto und ich lachten uns zu, lachten über uns und den Orkan. Aber die See stieg weiter, und wir wurden wieder still.

Sie schäumte, brüllte, tobte, es sah aus, als wäre sie schon höher als wir. Die Brandung schickte über die Kante des Atolls kleine Flüsse, die auf uns zurannten. Nun gab es keine Brecher mehr, die weiß schäumend auf dem Riff brachen. Der ganze Ozean erhob sich in einer brüllenden Wasserflut, um das Atoll zu schlucken.

Dann ließ der Wind etwas nach, der Himmel wurde heller, es war, als hole der Orkan Atem. Der Ozean war nicht mehr flach geblasen durch den Wind, die See war wieder wild und düster, einzelne Wellen wuschen über das Atoll. Dann ließ der Wind wirklich nach. Er hatte immer noch Sturmstärke, aber die unglaubliche Gewalt war weg.

Wir krochen zum Haus des Hauptmanns zurück, standen sogar auf und machten ein paar Schritte. Ich konnte mich noch bewegen. Ich war wie zerschmettert und ausgesogen, und zugleich fühlte ich mich wunderbar.

Anna lag in den Wehen. Die Fruchtblase war geplatzt, die Matratze war nass.

»Das Baby kann gleich kommen, es kann sich aber auch noch lange Zeit lassen«, sagte Tirza. Die Kinder sahen mit großen Augen auf Anna, Lydia hatte den Daumen im Mund.

Maripepa weinte, als sie Roberto und mich sah. Auch hier liefen kleine Flüsse über den Kamm des Atolls, liefen unter das Haus.

Anna krümmte sich in den Wehen, aber sie gab keinen Laut von sich. »Schreien Sie, Señora, schreien Sie doch«, sagte Maripepa.

Als die Abenddämmerung kam, beugte Tirza sich vor. Nach einer Weile bewegte sie sich zurück, zog etwas mit sich, hielt den Kopf des Babys in beiden Händen, stützte seinen Körper und legte es auf Annas Bauch. Sie trocknete es mit einem Tuch, band die Nabelschnur ab und biss sie durch. Als die Nachgeburt kam, lag Anna ohnmächtig auf der blutdurchtränkten Matratze.

Maripepa bekreuzigte sich. Das Baby zirpte, und Anna schlug die Augen auf. Das Neugeborene war winzig, faltig und lila. Tirza wischte ihm den Schleim aus dem Gesichtchen und legte es Anna in den Arm.

»Ein Junge«, sagt Tirza leise.

»Angel«, flüsterte Anna. »Ich nenne dich Angel. Zu Ehren von Leutnant Angel Malacate.«

Im Lauf der Nacht flaute der Wind weiter ab. Ich lag auf der nassen Erde und spürte nur eins: Ich wollte leben. Die Gleichgültigkeit der vergangenen Monate war vorüber.

Am nächsten Morgen blies noch ein starker Wind, der Himmel war tiefblau. Wir fühlen uns matt und waren hungrig und durstig. Das gekochte Vogelfleisch, das wir hatten, reichte nicht einmal für die Kinder.

Sarita, Roberto und ich krochen als Erste unter dem Haus hervor und sahen uns um. Alle Häuser waren abgedeckt, die Türen herausgerissen, Pekkos Kochhaus war zusammengestürzt, ebenso der große Guano-Schuppen, Holztrümmer und Blechplatten lagen auf Wegen und Stränden. Mein Bungalow war ganz verschwunden – Tage später fanden wir ihn am gegenüberliegenden Ufer, voll gelaufen, nichts war mehr zu gebrauchen, der Orkan hatte ihn über die Lagune geweht. Wo er gestanden hatte, war nur noch glatt radierter Fels. Das Haus der Armands war noch am besten davongekommen. Das obere Stockwerk war zwar zerstört, aber Küche und Salon würden wir wieder richten können.

Wir gingen von Ruine zu Ruine – Möbel, Betten, Matten, Kleider waren vom Atoll gewaschen oder in den Güssen verdorben. Krabben liefen über Balken und Bretter, Vögel kreischten in der Luft. Am Strand schwammen zerbrochene Eier im Wasser und tote Vögel. An zwei Stellen ging die Brandung immer noch über das Atoll hinweg in die Lagune.

Im Haus der Garcías fand Roberto Streichhölzer. Er brachte sie Anna, die bei ihrem Anblick in hemmungsloses Weinen ausbrach. Das war die erste heftige Reaktion, die sie zeigte, seit das Boot mit den Männern umgeschlagen war. Die Streichhölzer gehörten von nun an, mit denen aus der Küche der Armands, zu unserem kostbarsten Besitz.

Die Kinder zwangen uns zur Vernunft. Sie brauchten Essen, wir hatten keine Zeit für Klagen, wir mussten etwas tun. Ich schickte Roberto zu den Kokospalmen, wo er die abgerissenen Nüsse aufsammeln sollte. Natürlich war der Auftrag noch gefährlich für einen kleinen Jungen, aber er würde uns doch weglaufen und nach seinem Vater suchen.

Dann sahen wir Victor: Er kam vom Felsen her zur Siedlung – ein kleiner Punkt, der schnell größer wurde. Ich war froh, ihn zu sehen. Er würde Vögel für uns schießen, sie rupfen und ausnehmen und die Kinder trösten.

Während er näher kam, prüften Sarita und ich das Wasser in der Zisterne, die den Häusern am nächsten lag. Das Wasser war noch gut. Aber in der zweiten Zisterne schmeckte es salzig, und wir beschlossen, sie mit Töpfen oder Krügen leer zu schöpfen. Sarita wollte in dem Haus suchen, das sie mit Korporal López bewohnt hatte, und ich ging zu Annas Haus. Jetzt musste Victor schon von ihr gehört haben, wie die Männer starben und wie es uns im Orkan ergangen war.

Ich begegnete Victor, er ging an mir vorbei, ohne etwas zu sagen. Trotzdem argwöhnte ich nichts. Dann hörten wir Saritas Schrei. Victor zog sie am Arm, beide schrien sich an, wir konnten nichts verstehen – sie schlug nach ihm, er riss ihr die Bluse herunter, ohrfeigte sie. Sarita lief weg. Victor legte das Gewehr an und erschoss sie.

Er holte alle Gewehre aus dem Waffenschrank im Büro des Hauptmanns und warf sie in die Lagune. Danach ging er von Haus zu Haus und suchte nach weiteren Waffen. Wir standen und starrten. Als ich mich bewegte, drohte er mir mit einem Gewehr, und als ich etwas später in Annas Haus schlüpfen wollte, um eine Pistole des Hauptmanns zu verstecken, schoss er über meinem Kopf in die Luft und verlangte barsch die Pistole. Wir erkannten Victor nicht wieder. Er warf alle Waffen weit ins Wasser, bis auf das Mauser-Gewehr, das er von nun an immer bei sich trug, und einen Trommel-Revolver.

»Warum tust du das?«, fragte Anna, die schwach und noch blutig unter ihrem Haus hervorgekrochen war und sich auf Maripepa stützte.

Victor sagte, er habe Sarita erschossen, weil sie nicht mit ihm in der Hütte am Felsen leben wollte: »Dies ist jetzt meine Insel. Ich brauche eine Frau. Bis zum Abend schicken Sie mir eine Frau zum Felsen, sonst werde ich mir eine holen.«

14. Lieferung der Gefangenen

Lilli von Eck

Die nimmst du mit!«, schrie Anna. Sie zitterte am ganzen Körper, Schweiß lief ihr über das Gesicht. Mit geballter Faust zeigte sie auf die tote Sarita.

Victor kam schwerfällig ein paar Schritte zurück und lud sich die Tote auf die Schulter: »Bis zum Abend schicken Sie mir eine Frau zum Felsen. Sonst erschieße ich die nächste.«

Anna schnappte nach Luft.

Er sah uns der Reihe nach an, drehte sich um, wobei Saritas Kopf und Arme auf seinem Rücken pendelten, und ging am Strand der Lagune entlang davon.

Maripepa sagte aufgeregt: »Aber wir müssen doch mitgehen und sie christlich beerdigen.«

»Was kümmert's dich«, fuhr Anna sie an – wenn ich diesen rüden Ton nicht selbst gehört hätte, würde ich nicht glauben, dass sie dazu fähig war –, »die Kinder brauchen Essen.«

Maripepa bekam rote Flecken im Gesicht.

Anna sagte in ihrer gleichmütigen Art: »Bring mich ins Haus.«

Maripepa musste einen Holzstoß im Küchenherd aufschichten. Anna steckte die Streichhölzer aus der Schachtel, die Roberto gefunden hatte, in ihre eigene Streichholzbüchse und entzündete das Feuer: »Es darf nie ausgehen, weder am Tag noch in der Nacht. Ihr müsst alle aufpassen. Wir haben nur noch diese Streichhölzer.«

Danach legte sie sich im Salon auf das Sofa, und Maripepa musste ihr das Baby geben.

Die kleinen Kinder weinten vor Hunger, und Tirza und ich hatten große Mühe, etwas zu essen aufzutreiben. Auf dem Atoll brüten immer einige Vögel, auch außerhalb der Brutsaison, aber der Orkan hatte alle Nester zerstört, die Eier weggerollt und zerbrochen, kein Vogel saß und ließ sich greifen. Die Tölpel standen in kleinen Scharen auf dem Strand, und wenn wir uns ihnen näherten, zogen sie leise gackernd davon, und wenn ich sie auf Tirza zutrieb und sie fast bei ihr waren, breiteten sie die Schwingen aus und flogen davon.

Roberto und Feliciano schleppten Kokosnüsse heran, doch wir fanden an diesem ersten Tag nach dem Orkan keinen Gegenstand, mit dem wir sie öffnen konnten.

Die Hühner des Hauptmanns hatten überlebt, aber wir wagten nicht, Anna zu fragen, ob wir sie schlachten dürften. Selbst später erlaubte Anna nicht, dass wir die Hühner anrührten. Wir mussten sie füttern, wie der Hauptmann es getan hatte, mit Fisch und Ei, und wenn ein Huhn an Altersschwäche starb, begruben die Kinder es feierlich.

Uns blieben nur die toten Vögel am Strand, die der Orkan erschlagen hatte. Wir rupften sie, nahmen sie aus und warfen sie in kochendes Wasser. Wir rissen für die Kinder halb gare Stücke ab und verbrannten uns dabei die Finger.

Wir waren noch erschöpft von der Gewalt des Orkans, aber wir konnten uns nicht ausruhen. Wir wollten die Waffen, die

Victor in die Lagune geworfen hatte, wieder aus dem Wasser holen. Tirza konnte überhaupt nicht schwimmen. Ich konnte etwas schwimmen, aber nicht tauchen. Ich war bereit, es zu versuchen, aber in einen viele Meter tiefen dunklen Wald aus schleimigen Schlingpflanzen wagte ich mich nur sehr zögernd. Ich ertastete voll Schrecken tatsächlich ein Gewehr.

Anna hatte oft mit dem Hauptmann auf die Scheibe geschossen. Sie untersuchte das Gewehr, im Liegen, das Baby neben sich, und sagte: »Es ist wertlos.« Sie sah wohl unseren Gesichtern an, wie beunruhigt wir waren, und fügte hinzu: »Die meisten Gewehre waren immer schon wertlos. Deswegen war der Waffenschrank so gut verschlossen, keiner sollte es wissen. Das einzige wirklich gute Gewehr ist die Mauser, und die hat Victor.«

Tirza und ich setzten uns in die Sessel. Draußen hatte der Wind das Leben davongefegt und das Atoll fast nackt zurückgelassen, drinnen saßen wir in Plüsch und Fransen, die Klavierdecke lag unverrückt auf den Tasten. Nur die Ölgemälde hingen schief, und die Sonne zeichnete durch den zersplitterten Holzladen fremde Muster auf den Orientteppich. Die Kinder drängten sich an uns, bis auf Roberto, der draußen am Strand saß, dort, wo sein Vater verschwunden war.

Das Atmen fiel mir schwer: »Was soll jetzt passieren – wer geht zu Victor –, geht überhaupt eine? Warum hat er Sarita erschossen – was hat sie zu ihm gesagt?«

Tirza zuckte die Achseln: »Vielleicht hat sie ihn ausgelacht: Du willst den Korporal ersetzen?«

»Victor Lavista ist ein Mörder«, sagte ich. »Wir müssen uns wehren. Wir müssen ihn einsperren.«

Maripepa sah mich müde an.

Anna sagte schwach: »Wir brauchen einen Mann als Hilfe. Ich brauche ihn. Einer muss die schwere Arbeit tun und die Häuser wiederaufbauen. Wir können das nicht.«

»Keine soll zu ihm gehen«, schrie ich. »Er kann uns nicht alle erschießen. Oder wir gehen alle.«

Schweigen legte sich auf Plüsch und Fransen, ich hatte ein Gefühl, als würde ich schon mein ganzes Leben lang in diesem Salon sitzen, Staub tanzte in der Sonne über dem Teppich. Tirza und Maripepa warteten auf Annas Entscheidung, wie sie es gewohnt waren.

Anna, Tirza, Maripepa und ich – wir waren sehr unterschiedlich, in jeder Hinsicht, und wir waren keine Freundinnen, jedenfalls nicht, was ich unter Freundinnen verstand. Wir mochten uns damals nicht einmal besonders.

»Da kommt er«, sagte Tirza. Victor ging mit dem Gewehr in der Hand am Strand entlang auf unser Haus zu.

Anna lag ruhig auf dem Sofa und hielt ihr Baby im Arm. Einmal nur hob sie die Augen und sah Maripepa an. Maripepa setzte Lydia ab und ging in die Küche.

Maripepas Bett stand unter der Treppe zum oberen Stock, und dort suchte sie etwas zusammen. Ich hörte, wie sie das Haus über die Krabbenleiter verließ.

Ich sprang auf und rannte ihr zur Haustür nach.

Sie ging mit festen Schritten Victor entgegen. Ich zögerte, ihr weiter nachzulaufen. Anna rief, und ich kehrte langsam in den Salon zurück.

»Du musst Geduld haben«, sagte Anna. Sie duzte mich zum ersten Mal. »Das ist die mexikanische Art. Geduld. Es wird alles gut. Ich bin die Witwe des Hauptmanns, *la capitana.* Victor weiß das.« Dann sagte sie noch, dem Sinne nach: Maripepa tut es für mich. Sie ist eine Dienerin, das Kind einer Dienerin. Es ist ihre Aufgabe, mich zu beschützen.

An dem Tag, an dem Maripepa ging, erfand Anna ihren Kalender. Sie riss lange Papierbänder aus einer alten Zeitung, die den

Orkan unter einem der Teppiche überlebt hatte, nahm ein Ölgemälde von der Wand und hängte die Papierbänder an den Haken. Von nun an ging sie jeden Morgen mit den Kindern zum Kalender, und ein Kind durfte vom obersten Papierband ein Stückchen abreißen – einen Tag –, und ein anderes durfte den Tag in eine Kristallschale legen. War ein Monat herum, suchten die Kinder eine Schale für den nächsten Monat aus.

In den zwei Jahren bis zur Ankunft der *Portland* sind Anna und den Kindern nur zwei Tage verloren gegangen. Wir begingen jeden Sonntag, feierten Geburtstage, Jahrestage, Todestage. So blieben wir dem Leben hinter dem Horizont verbunden.

Aber damals, als Anna ihren Kalender begann, versanken wir in Verzweiflung, Teilnahmslosigkeit, Stillstand. Wir waren noch nach Wochen ausgelaugt vom Sturm, vom Tod der Männer, vom Mord an Sarita. Victors Drohung schoben wir von uns.

Wir sprachen niemals darüber. Wir dachten, das Problem sei gelöst. Maripepa war gegangen – niemand hatte sie gezwungen. Ihre Entscheidung ging uns nichts an. Wir vergaßen sogar zeitweilig, dass Victor Sarita erschossen hatte. Wir taten so, als sei sie wie die anderen zu Beginn des Orkans verschwunden. Aber wir verließen das Haus nie allein. Das ergab sich einfach so, glaubten wir.

Wir hatten viel zu tun nach dem Orkan und waren doch traurig und schwach. Anna mochte nicht im Salon schlafen und lag nachts und oft auch am Tag wieder auf einer Matratze unter ihrem Haus und zog sich die Decke über den Kopf. Das Baby Angel lag bei ihr, und manchmal hörten wir sie weinen. Wenn man mit ihr sprach, weinte sie nur heftiger. Aber sie stillte das Baby. »Es wird durchkommen«, sagte Tirza.

Tirza und ich mussten für drei Erwachsene und sieben Kinder Nahrung beschaffen. Das Essen war unser Hauptproblem und unsere Hauptbeschäftigung. Wir mussten die Zeit überbrücken, bis die Tölpel wieder anfingen, Eier zu legen.

Wir fischten auf dem Riff, wohin die Fische bei Flut kamen, und die Kinder Roberto, Martín und Feliciano halfen uns dabei. Fischnetze und Angeln hatte der Orkan davongetragen. Ich machte Haken aus den Griffen von leeren Petroleumkannen. Doch die Fische kümmerten sich nicht um meine Haken und Köder – es lag wohl auch am Seil, denn ordentliche Angelschnüre hatten wir nicht mehr. Silberblaue Fische mit großen Mäulern standen im Schatten der Steine. Ich jagte sie mit einem eisernen Stab, den ich in den Ruinen gefunden hatte, und meistens traf ich nicht.

Riesige Muscheln lebten unter den Felsen weit draußen am Rand des Abgrunds, dorthin ging ich bei Ebbe. Die Kinder durften nicht mitkommen, es war zu gefährlich. Die Flut konnte einen hinaustragen, und ich wusste nie genau, wann sie einsetzte. Ich brachte die Muscheln an den Strand, und Tirza und die Kinder versuchten, sie mit dem wenigen Werkzeug, das wir noch hatten, zu öffnen. Wir waren von Sonnenaufgang bis Sonnenuntergang beschäftigt, aber Muscheln und Fische reichten nicht für zehn Personen.

Dann begannen die ersten Vögel zu brüten. Tirza griff sie von ihren Nestern, brach ihnen das Genick und nahm die Gelege aus. Wir aßen wieder Tölpel und Seeschwalbeneier und eine Kokosnuss in der Woche.

Nach dem Orkan zeigte das Leben sich in großer Pracht. In diesem Jahr gab es auf dem Atoll Vögel, die ich nie zuvor gesehen hatte: Tropikvögel, zwei Paare, anmutige seidenweiße Vögel mit gut einem Meter Flügelspanne. Ich hatte in einem der Vogelbücher meines Vaters über sie gelesen. Sie haben einen schwarzen Halbmond am Auge, ihre Schwänze sind gegabelt, und sie haben zwei ganz lange, sehr dünne hellrote Schwanzfedern, ihre Rufe sind schrill, und sie fliegen hoch oben mit schnellen, starken Flügelschlägen. Nun brüteten sie auf dem Atoll, saßen sechs oder sieben Wochen auf dem nackten Felsen. Sie waren sehr zahm und flogen nicht weg, wenn ich neben ihnen saß, riefen nur laut. Später fütterten sie ihr dickes, flauschiges Küken, drei oder vier Monate lang. Im Vogelbuch stand: Wenn die Eltern auf dem Wasser schwimmen, halten sie ihre roten Schwanzfedern aufgebogen. Ich habe das einmal gesehen. Ich notierte nichts.

Ich hatte dazu keinen Mut mehr. Der Orkan hatte mein Haus weggeweht und versenkt. Er hatte mein Journal über den Sand gewirbelt und es zermahlen.

Ich wusste nicht einmal, womit ich die Kinder im Lesen, Schreiben und Rechnen unterrichten sollte, wenn sie wieder zu Kräften gekommen waren.

Unser größter Schatz war ein Stück Seife der Marke Elfenbein. An Geburtstagen tippte Anna einen Finger in ein Wasserglas und rieb über die Seife – und sie begann zu duften. Das Geburtstagskind durfte als Erstes riechen, und dann rochen wir alle. Es war wunderbar.

Die Kinder schlossen sich uns eng an. Sie ließen uns nie ganz aus den Augen, aus Angst, wir könnten auch verschwinden. Wir waren die letzten Erwachsenen auf dem Atoll, alleine konnten sie hier nicht überleben. Es bekümmerte sie, dass Maripepa und Victor nicht bei uns waren, sie vermissten beide, und wir trösteten sie und sagten, Maripepa und Victor schauen nach einem Schiff.

Die Kinder wollten Maripepa besuchen, und so machte ich mich mit ihnen auf den langen Weg zum Felsen, drei Kilometer, über Sand und Geröll, ein halber Tagesmarsch in unserer Schwäche. Roberto, Martín und Feliciano kamen mit, die muntere kleine Alicia und die stumme Rosa, die immer neben mir gehen und meine Hand halten wollte, obwohl sie doch schon groß war.

Wir klopften an die Tür der Hütte des Leuchtturmwärters, aber niemand antwortete.

»Da ist Victor!«, rief plötzlich Feliciano, und die Kinder sprangen auf ihn zu. Victor musste aus dem Felsen gekommen sein. Er trug das Gewehr in der Hand.

Er war höflich wie früher und bot uns Wasser aus der Regentonne an, aber er bat uns nicht in die Hütte. Er sagte, Maripepa fühle sich heute nicht wohl.

»Besucht mich mal wieder«, sagte er zu den Jungen. »Ich zeige euch dann, wie man Vögel schießt.«

Auf dem Rückweg ärgerte ich mich. Ich hatte mich abwimmeln lassen. Ich war feige gewesen.

»Sie haben Flitterwochen«, sagte Anna leichthin. »Victor und Maripepa – das war doch abzusehen. Ich gönne es ihnen.«

Eines Tages stand Victor in der Küche der Armands. Keiner hatte gehört, wie er kam. Er richtete das Gewehr auf Tirza: »Dein Kind kannst du mitnehmen. Wenn du Schwierigkeiten machst, töte ich es zuerst.«

Er hatte einen Dolch an den rechten Unterarm gebunden.

»Verschwinde«, sagte Anna. Sie war weiß vor Wut. »Wer, glaubst du, bist du?«

»Ihr tut, was ich euch sage. Sage ich hierhin, springt ihr hierhin. Sage ich dahin, springt ihr dahin.«

»Davon kannst du lange träumen«, sagte sie. »Willst du uns alle ermorden?«

»Dies ist jetzt meine Insel«, sagte er.

Sie stritten erbittert. Die stumme Rosa hörte mit weit aufgerissenen Augen zu.

Victor Lavista sah sich als letzter Mann, als einziger überlebender Soldat und damit höchster Militär auf der Insel, als Nachfolger des Hauptmanns und ihr Gouverneur.

Anna María Armand hielt sich als Witwe für die Erbin des Hauptmanns und Gouverneurs. Sie war *la capitana* und Lavista nur ein einfacher Soldat, der nach wie vor tun musste, was sie anordnete.

Victor hielt ihr vor, er sei ein Mann und allein schon daher jeder Frau vorgesetzt.

Was er sich einbilde, schrie sie. Er habe Sarita erschossen. Er sei kein Gouverneur. Er bedrohe die Frauen mit Unterwerfung: So wollen wir nicht leben.

An dieser Stelle lachte Victor: Ich habe die Waffen.

Ich musste auch lachen. Die Spannung war zu groß, um anders als mit Lachen oder Schreien zu antworten. Ich war auf das Atoll gekommen, weil ich Freiheit suchte, Freiheit von der Welt meines Bruders, und sah mich nun äußerster Gewalt gegenüber.

Victor entsicherte das Gewehr und hielt es Tirza unter das Kinn. Er führte Tirza an der Spitze des Gewehrs zur Tür. Im Vorbeigehen, mit halb verdrehten Augen, warf sie mir Guadalupe in den Arm.

Es gab nichts, was wir tun konnten.

Abends kam Maripepa zurück. Wir hörten ein Wimmern am Fuß der Leiter und holten sie herauf. Sie war grün und violett und lahm und konnte die Stufen nicht einmal auf allen vieren hochkriechen.

»Er schlug mich so viel«, sagte Maripepa schluchzend.

Sie litt an Austrocknung, Erschöpfung, Hunger und Sonnenbrand. Sie hatte sich drei Tage im Felsen versteckt und dann hergeschlichen.

Wenn wir fragten, antwortete sie nicht. Wir erreichten sie

nicht. Aber plötzlich konnte sie anfangen zu reden und erzählte und erzählte, bis wir nicht mehr zuhören mochten.

Er hat ihr mit der Faust ins Gesicht geschlagen. Er hat sie verprügelt. Er hat ihren Kopf gegen die Wand gestoßen. Er hat sie in die Wange gebissen. Er hat ihr Gewalt angetan.

»Ich hatte Angst, er tötet mich mit seinem – Ding. Ich machte mich vor Angst nass. Da schlug er mich wieder.« Sie zitterte. »War er hier? Wollte er mich holen?«

»Er hat Tirza mitgenommen«, sagte ich.

»Tirza«, sagte sie, als erinnere sie nicht genau, wer das sein könnte. Sie begann wieder heftig zu weinen. »Er hat gesagt, ihr kommt alle dran, eine nach der anderen.«

Draußen lag der Mondschein auf der Lagune, aber wir kauerten uns in der Küche aneinander, die nun auch nicht mehr sicher war.

Brief der Gefangenen von Eck an Konsul Coleman = Brief Nr. 15

Salina Cruz, 11. Januar 1918

Sehr geehrter Herr Konsul,

gestern durfte ich Anna Armand zum ersten Mal seit meiner Gefangennahme besuchen. Ich bin sehr beunruhigt. Ich hatte ihren Vater für unseren Beschützer gehalten, auch für meinen. Das ist er nicht mehr.

Anna ist gefangen wie ich. Sie lebt unter dem Vordach eines Patios, den auf drei Seiten Türen umgeben. Die hohen Doppeltüren zu den Zimmern sind geschlossen. Vor den Räumen gegenüber stehen Säcke und Fässer. Der Patio ist ungepflastert und staubig, struppige Pferde an langen Leinen wandern umher, und ein wohl genährtes Maultier steht im Schatten, das Reittier des Señors. An der vierten Seite des Patios ist ein Maschendrahtzaun mit einem verschlossenen Tor – man sieht trockene Viehweiden mit einzelnen großen Bäumen, magere Zeburinder, in der Ferne blaue Berge.

Anna saß in einem Lehnstuhl. Sie sah so klein aus – ich habe sie viel größer in Erinnerung. Zum ersten Mal sah ich sie ohne Kinder, sie hatte immer Kinder bei sich. Die Kinder sind bei irgendeiner Tante. Trotz der Revolution hat Señor Velasco sie über die Berge nach Orizaba geschickt. Anna ist verzweifelt.

Ich erzählte ihr, dass Sie mich zwingen, alles zu erzählen, was auf der Insel geschehen ist. Sie wollte, dass ich ihr schwöre, niemals die Wahrheit zu sagen. Ich versuchte, sie zu beruhigen, aber sie weinte immer heftiger.

»Sie regen sie auf«, sagte Señor Velasco wütend. »Kommen Sie nie wieder.«

Er sah böse aus, dabei ist er doch ein schöner Mann, weiße Haare, schwarze Augen, lange Wimpern. Aber seine schwarzen Augen sahen ganz flach aus, als wäre niemand dahinter.

Als ich an der kleinen Verbindungstür in der Mauer zwischen den Grundstücken war, kam Maripepa und schlüpfte mit mir in meinen Innenhof.

»Er hat Angst, dass es heißt, sie habe sich Victor angeboten«, sagte sie. »Er will seine Tochter lieber umbringen, als dass sein guter Ruf beschädigt wird.« Wieso seiner?

Maripepa hat sich sehr verändert. Sie war so unterwürfig, als ich auf das Atoll kam, jetzt hat sie Kraft. Ich umarmte sie.

Ich muss Anna weiter besuchen. Wir gehören doch zusammen. Bitte, reden Sie noch einmal mit ihrem Vater.

Hochachtungsvoll
Lilli von Eck

Brief der Gefangenen an den Konsul = Brief Nr. 16

Sehr geehrter Herr Konsul, Sir,

Señor Velasco findet jedes Mal eine andere Ausrede, wenn ich komme. Er will nicht, dass ich sie besuche. Je mehr Platz er einnimmt, umso kleiner wird Anna.

Hochachtungsvoll
Lilli von Eck

Gefangene an Konsul = Brief Nr. 17

Herr Konsul,

das Schreiben hat mich erschöpft. Ich muss mich erholen. Die Gefühle überfallen mich. Ich träume wieder.

Kann ich nicht jeden Tag spazieren gehen? Bitte, geben Sie Ihre Erlaubnis. Habe ich Ihrem jungen Mann jemals Schwierigkeiten gemacht? Hat er sich beklagt? Ich möchte so gerne ausreiten.

Ich werde weiter schreiben, Herr Konsul. Ich habe solche Angst, dass Señor Velasco Sie gegen mich beeinflusst.

Ihre Lilli von Eck

Brief der Gefangenen Elisabeth von Eck an Konsul Peter Coleman = Brief Nr. 18

25. Januar 1918

Sir,

Señor Velasco streitet eine Vergewaltigung seiner Tochter ab. Er hat mir alles ins Gesicht geschleudert, was ihm einfiel, um sie zu entlasten. Tirza und Maripepa saßen eingeschüchtert und stumm dabei. Er ist bereit, jede von uns auszuliefern für »seine Ehre« und »die Ehre seiner Familie«.

Er sagte zu mir: Wenn die Gerüchte über den Tod des Leuchtturmwärters sich weiter verbreiten, werden Sie wegen Mordes angeklagt. Mord. Auf Mord steht Todesstrafe. Glauben Sie, ich will, dass meine Tochter erschossen wird? Sie haben einen Mann getötet, einen Militär – im Krieg –, den stellvertretenden Gouverneur der Insel.

Ich: Er hat uns vergewaltigt.

Er: Sie haben ihn herausgefordert. Das hat Ihnen Spaß gemacht. Meine Tochter hat er nicht gekriegt. Sie ist anständig.

Ich: Wir sind genauso anständig.

Er: Wissen Sie, was man in Salina Cruz über Sie sagt? Sie haben gesündigt. Sie und Maripepa und diese Yaqui da. Die Frauen haben gesündigt. Beweis: Die haben sich nicht umgebracht. Eine anständige Frau würde sich umbringen.

Anna sagte kein Wort. Mir ist aufgefallen, wie ähnlich sie ihrem Vater ist – ich meine die Anna auf der Insel, wo geschah, was la capitana *wünschte, nicht die verschreckte Frau hier im Haus ihres Vaters.*

Annas Vater will alles verheimlichen, und er sagte, auch für mich wäre das besser: »Sie wollen doch einen Mann und Kinder. Glauben Sie, es nimmt Sie einer, wenn er das von Ihnen weiß?«

Er ist bereit, alles zu tun, um das Ansehen seiner Tochter und seiner Familie und das Andenken seines Schwiegersohns zu schützen: »Glauben Sie, ich will, dass niemand mehr mit uns spricht? Wie soll ich da noch Geschäfte machen?«

Wenn es zu einer Untersuchung kommt, will er mir den Mord anhängen: »Anna wird sagen, Sie waren es.«

P. S.

Alfie sagt, Sie hätten mein Leben sowieso in der Hand, egal, ob ich Ihnen vertraue oder nicht. Er meint, es sei besser, Ihnen zu vertrauen und alles zu erzählen.

Ich schreibe um mein Leben, aber ich weiß nicht, worauf es dabei ankommt.

Ich glaube, Señor Velasco zahlt viel Geld an wichtige Leute in der Stadt, damit sie seine Tochter aus allem heraushalten, falls die Amerikaner auf unserer Auslieferung bestehen.

Ich kann doch nicht Anna bloßstellen, um mich zu retten.

P. P. S.
Ich war wieder bei Anna. Es ist zu schwer, alles alleine auszuhalten. Man muss darüber reden, aber Anna, die früher so wortreich und weitschweifig war, spricht nicht mehr. Früher hat sie unentwegt Gott angerufen und die Heilige Jungfrau, nun frage ich mich, ob sie ihren Glauben verloren hat.

Ich will ja erzählen. Aber dazu muss ich mich erinnern – an die Tage, in denen ich ein Nichts wurde. Eine Scham lähmt mich.

Ich kann nicht. Nicht so direkt.

15. Lieferung der Gefangenen

Lilli von Eck

Victors Drohung galt auch mir, aber ich nahm sie lange nicht ernst. Was ging mich ein Soldat an, der sich für den Erben seines Hauptmanns hielt, und was ging ich ihn an. Sobald Anna wieder ganz gesund war, würde sie verhindern, dass er bestimmte, wie wir lebten.

Wir sahen Victor tagelang, wochenlang nicht.

Maripepa ging es schlecht. Ich glaube, ich erzählte schon, dass wir uns anfangs nicht besonders mochten. Nun dachte ich manchmal, dass ich sie hasste. Ich wollte gar nicht wissen, was sie erlebt hatte. Maripepa gehörte zu der Sorte, die alles schluckt und mit aufdringlicher Tapferkeit leidet. Aufdringlich sage ich, weil ich mich dadurch verpflichtet fühlte, mich ihr weit mehr zuzuwenden als einem Menschen, der jammert und klagt und dann auch damit aufhört. Maripepa wollte nie aufhören zu leiden.

Sie befürchtete, schwanger zu sein, und malte sich aus, wie Anna sie deshalb aus dem Haus jagte, sobald sie wieder in Mexiko waren. Anna lag auf ihrer Matratze und trauerte um den

Hauptmann, also nahm ich Maripepa in den Arm, wenn die Tränen über ihr Gesicht liefen und ihr Kinn nass von Speichel war. Victor hatte ihr einen Schneidezahn ausgeschlagen. Nachts hatte sie Angstträume, und sie weigerte sich, ein Kind ins Dunkel hinauszubegleiten, wenn es aufwachte und musste. Tagsüber geriet sie oft in plötzliche Wut, und hinterher schämte sie sich dafür, und wieder musste ich sie trösten. Einmal versuchte sie, sich zu verbrennen: Sie nahm ein Holzscheit aus dem Herd und hielt das Feuer an ihren Rock. Ich schüttete einen Eimer Wasser auf sie und gab ihr eine Ohrfeige. Das war sicher falsch, doch es tat mir gut. Bei Maripepa löste die Ohrfeige einen Redeschwall aus, sie sprach und sprach und hörte nicht auf, auch nicht, als ich sie anschrie und Anna sich mit dem Baby die Leiter hoch in die Küche schleppte. Sie habe sich vor Victor so sehr geekelt, blubberte sie, dass sie glaubte, brechen zu müssen. Sie sei zur Hüttentür gerannt und zum Wasserfass am Felsen und habe sich den Mund gespült und immer wieder ausgespuckt. Sie bettelte um unser einziges Stück Seife, um die Geburtstagsseife der Marke Elfenbein. Anna lachte nur kurz auf und kletterte die Leiter wieder hinunter und legte sich unter das Haus.

Die Kinder brachten Maripepa wieder zu Verstand, denn sie vertrauten ihr, und so vertraute Maripepa auch ihnen und wurde langsam wieder die Alte. Sie kochte, und sie wusch die Kinder und sorgte für Anna und das Baby, die unter dem Haus lebten, und für Tirzas kleine Tochter, denn Rosa konnte das nicht, und bald war es, als wäre sie nie am Felsen gewesen. Nur nachts schreckte sie hoch, wenn sie Robertos Schritte hörte, der vom Strand heimkam, wo er immer noch auf seinen Vater wartete.

Ich saß oft in einem der zerstörten Häuser, und die Zeit verging. Ich spielte mit keinem Gedanken, ich hatte nichts vor, ich hoffte nichts.

Mein Bungalow war versunken, meine Aufzeichnungen waren verloren, ich fand nur einen halben Bleistift, den die Wellen an den Lagunenstrand gespült hatten. Im Büro des Hauptmanns hatte der Orkan alle Papiere aus den Regalen gerissen und durcheinander gewirbelt, sie lagen auf dem Fußboden in nassen Paketen, denn das Dach war abgedeckt, ich konnte die Seiten nicht trennen. Im umgestürzten und zertrümmerten Schreibtisch fand ich eine Seite aus einer Druckschrift des Militärs, von irgendeiner jetzt unverständlichen Dienstanweisung, die einen breiten Rand hatte. Ich hatte Hemmungen, sie zu nehmen: Victor wäre es sicher nicht recht. Dann fiel mir ein, dass er ja nicht mehr der selbst ernannte Buchhalter und Aufpasser des Hauptmanns war. Ich fragte Anna, und ihr war egal, was ich nahm.

Ich schrieb jeden Sonntag auf den Rand dieser Dienstanweisung sieben Wörter, über die ich lange nachdachte. Das bewies mir, dass ich lebte. Die Wörter liegen jetzt neben mir, viele kann ich nicht mehr verstehen.

Ich lese unter dem zweiten Sonntag im Oktober 1915: »Anna kehrt ins Haus zurück, stärker als früher.«

Sie verbrannte ihre Matratze – die Kinder warfen gerupfte Bobos ins Feuer und brieten sie – und sah sich um. Sie nahm unser Leben sofort in die Hand. Es war, als habe sie sich nie eine Decke über den Kopf gezogen.

Sie besichtigte das verwüstete zweite Stockwerk ihres Hauses und beschloss, es wiederaufzubauen, damit wir alle auch in der Regenzeit bei ihr wohnen konnten. Sie suchte mit mir nach Werkzeug und Brettern in den Ruinen, und wir bauten neue Fensterläden, eine Tür, Betten. Nach einiger Zeit konnten Anna und ihre Kinder wie früher oben schlafen, Maripepa blieb unter der Treppe, und ich schlief mit Rosa, Guadalupe, Roberto und Martín im Salon. Dort richteten wir auch ein Bett für Tirza.

Dann begann Anna, die Siedlung wiederaufzubauen. Das Baumaterial rissen wir vom zerstörten Schuppen der Guano-Gesellschaft ab und vom Büro der Armee und der Hütte der Seeleute – wir konnten alles brauchen, zerlegten diese Gebäude, bis nichts mehr von ihnen übrig war. Später setzten wir auch eins der Bootshäuser wieder in Stand und bauten uns kleine Flöße, damit wir wieder zu den Eierinseln paddeln konnten. Wir banden sie mit Tauen zusammen, die mit den Segeln der *Diana* auf das Atoll gekommen waren und sich im Orkan um die Hauspfeiler gewickelt hatten und so erhalten geblieben waren.

Das Bauen gab der Zeit ein Gerüst, und die Häuser und Flöße spiegelten unsere Existenz und unsere Kraft. Zwei Jahre später, als wir gerettet wurden, war Ciudad Armand eine einladende kleine Siedlung. Wir hatten die Hauswände von innen mit Sand und Segeltuch gescheuert, bis sie fast weiß waren. Wenn wir müde wurden, was oft geschah, trieb Anna uns an. »Ihr braucht nicht viel zu tun«, sagte sie, »nur ein bisschen. Jeden Tag ein bisschen.«

Sie bestand darauf, dass wir alle regelmäßig in der Lagune badeten, dass Maripepa den Kindern die Haare schnitt und dass wir uns ordentlich anzogen. »Man muss auf sich halten«, sagte sie. »Wenn man nicht mehr auf sich hält, ist man verloren.« Anna hatte Trauer und Verzweiflung auf der Matratze unter ihrem Haus durchlitten. Jetzt rückte sie den Hauptmann in die Nähe des lieben Gottes, und wenn wir uns weigerten, etwas zu tun, was sie von uns verlangte, sagte sie: Er hätte es so gewollt. Unser Leben kreiste um sie, und sie brachte uns durch unsere Verlassenheit. Wir waren ihr nur selten dankbar dafür. Sie verursachte Umstände, Unbequemlichkeiten, Arbeit – selbst die Kleider, die wir tragen mussten, kratzten. Anna, Maripepa und ich nähten Hängekleidchen für die Mädchen und Hosen für die

Jungen aus dem zerrissenen Segeltuch, das von der *Diana* stammte – später, als Tirza wieder da war, konnten wir die Ungetüme unseres Hausfleißes zur Seite legen. Die geschickte Tirza hatte die halbe Näharbeit schon getan, wenn ich erst anfing.

»Wir wollen wie Menschen leben«, sagte Anna immer wieder, »wenn das Schiff kommt, wollen wir keine Wilden sein.«

Aber natürlich waren wir Wilde. Lektüre, Musik, das alles gab es nicht mehr seit der Katastrophe. Das Klavier hatte nur noch Misstöne für uns. Ich möchte sagen, und es war so schrecklich, wie es heute klingt: Unsere geistige Überlebensgrundlage waren der Glaube an die Heilkraft der sonntäglichen Kokosnuss und das Wiederholen der Gebete.

Jeden Sonntag nach dem Gottesdienst, bei dem wir die Gebete sprachen und die Lieder sangen, die Anna von den Nonnen gelernt hatte, machten wir einen Ausflug zum Friedhof. Wir nahmen gekochte Bobos mit, die wir in Tücher eingepackt hatten, und gingen linksherum um das Atoll, den weiteren Weg, der nicht am Felsen und der Hütte des Leuchtturmwärters vorbeiführte. Wir hatten das Bedürfnis, bei denen zu sein, die gestorben waren. Zuerst hielten wir an der Stelle am Strand, vor der die Männer untergegangen waren, und knieten mit Anna und beteten. Bei unserem ersten Ausflug weigerte Roberto sich, mit uns weiterzugehen, aber wir sagten ihm, dass wir auch seine Mama besuchen wollten, und so brachen wir langsam die Magie, die dieser Ort am Strand für ihn hatte. Der Weg zum Friedhof war weit, und mit den kleinen Kindern schafften wir ihn niemals, am frühen Nachmittag kehrten wir wieder um, die Kinder müde, die Erwachsenen erleichtert, denn wir waren immer darauf gefasst, Victor zu begegnen, und für diesen Sonntag war die Gefahr vorbei.

Ich vermisste Tirza, und ebenso, wie unsere Sonntagsausflüge Roberto befreiten, verlor ich durch sie die Angst vor Victor und begann, mich von den Häusern zu entfernen. Das Wetter war lange schlecht gewesen, mit heftigen Winden und hoher See, doch Anfang November begann es sich zu beruhigen. Die Vögel brüteten, und ich ging verloren umher. In diesem Jahr fand ich grüne Blättchen – Gurkenkraut, Senf, gelber Portulak: winzige gelbe Blüten, kleine, fleischige Blätter –, Nachfahren der Pflanzen aus Tirzas hängenden Töpfen, die der Orkan zerstört hatte. Ich pflückte sie für die Kinder, am nächsten Tag fand ich nichts mehr, die Krabben hatten alle Pflänzchen gefressen.

Die Kinder wollten mich nicht begleiten, sie waren sich nicht sicher, ob Anna und Maripepa noch da waren, wenn wir zurückkamen, sie wollten, dass ich auch bei ihnen in der Siedlung blieb. Kurz nachdem Victor Tirza geholt hatte, fing Martín an, sich büschelweise die Haare auszureißen. Maripepa machte ihm einen Kopfverband, und er kaute sich die Finger blutig. Sie wickelte seine Hände ein, und er zerschnitt sich mit ihrem Messer die Haut an seinen Unterarmen. Wir lebten in großer Sorge um ihn.

So ging ich meist allein. Das Atoll sah idyllisch aus – der breite gelbe Strand, das blaue Meer mit den weißen Schaumkronen, die kleine Palmengruppe, die halbzahmen Vögel. Einmal traf ich Victor. Auf der nordöstlichen Seite bei der alten Landestelle gibt es mehrere Metallboote, die vor langer Zeit in den Sand versenkt wurden, um Wasser zu sammeln. Er lag hinter einem Boot in der Sonne.

Ich tat so, als hätte ich ihn nicht gesehen, und kehrte um. Mein Herz klopfte. Er folgte mir nicht.

In der Nacht kam Tirza zu uns zurück. Victor brachte sie – plötzlich war er da, sein heftiger Wortwechsel mit Anna weckte mich.

Ich lag starr im Salon. Er kam nachts lautlos zu den Häusern.

Er war überall. Er überwachte uns. Er war das Böse, der Terror in der Nacht.

Als ich mich zu Anna wagte, war er schon fort. Diesmal nahm er Rosa mit.

Rosa war nun elf oder zwölf, ein stilles, etwas einfältiges Mädchen, das nicht sprach und alles beobachtete. Sie folgte ihm eifrig, und wie Monate zuvor bei Maripepa hatten Anna und ich die wahnwitzige Hoffnung, dass die beiden sich verstehen und die Sache damit ihr Bewenden hätte.

Tirza stürzte sich auf ihre Tochter Guadalupe, die vor Schreck schrie. Sie strampelte in Tirzas Armen und heulte Rotz und Wasser. Tirza drückte und küsste sie und rief: »Ich werde ihn töten. Ich schwöre: Ich werde ihn töten, bei Gott und allen Heiligen.«

Anfangs hatte sie sich gegen ihn gewehrt, er hatte sie gefesselt, mit dem Daumen fest auf ihren Hals gedrückt und sie gewürgt, einmal gab er ihr eine Ohrfeige, nach der sie tagelang nicht hören konnte. Von da an ließ sie ihn gewähren. Sie habe sich immer vorgestellt, wie Malacate, wenn er noch am Leben wäre, Victor umbringen würde, und dies würde sie nun tun, ihn umbringen.

Bis zum Morgen schleuderte Tirza ihre Erlebnisse heraus, ohne Rücksicht auf die Kinder, sie ging in der Küche auf und ab, sie konnte nicht sitzen vor Schmerzen. Als die Sonne aufging, blutrot aus dem Dunst, der einen heißen Tag ankündigte, lief sie aus dem Haus. Guadalupe hielt sie auf dem Arm. Sie lief dorthin, wo die Männer zum letzten Mal das Boot ins Meer geschoben hatten. Danach erzählte sie nie mehr von ihrer Zeit am Felsen.

Eines Tages kam Rosa zurück. Sie weinte nicht, lachte nicht, versuchte nicht, uns durch ihre Zeichen mitzuteilen, was sie bewegte. Wir wussten nicht, was ihr geschehen war. Merkmale von Gewalttätigkeit wies sie nicht auf. Sie war ruhiger als früher und ließ sich von Maripepa nicht mehr alles sagen.

»Rosita erinnert sich an nichts mehr«, sagte Tirza. »Der Kopf tut ihr weh.«

Ich überlegte: Was ging in Victor vor? Anna lehnte Gespräche über Victor ab, Tirza bekam einen Wutanfall, wenn ich seinen Namen nannte. Ich konnte nur mit Maripepa über ihn reden. Er sah sich als Nachfolger des Hauptmanns, das hatte er selbst gesagt. Er hatte sich schon immer für den besten, den wirklichen Verwalter der Insel gehalten. Der Hauptmann hatte ihn ausgelacht, Leutnant Malacate hatte kaum Notiz von ihm genommen, und der Korporal hatte ihn immer wieder zusammengestaucht und gedemütigt. Alle hatten Frauen gehabt und er nicht. Nun waren sie tot, und er lebte. Er nahm sich ihre Frauen. Sarita lachte ihn aus, und er erschoss sie. Das machte ihn noch entschlossener. Er prüfte seine Kraft – nahm erst die Dienerin des Hauptmanns, dann die Leutnantswitwe und ihr Kindermädchen.

Meine Gedanken halfen mir nicht. Ich überlegte voller Angst, wen er als Nächste holen würde – Anna María, die Witwe seines Hauptmanns, oder mich, die Lehrerin aus einem fernen kalten Land.

Ich schlief nach Tirzas Rückkehr oben bei Annas Kindern, Anna schlief allein im zweiten Zimmer. Eines Nachts wachte ich auf, die kleine Alicia sprach im Schlaf, ich streichelte sie, damit sie Lydia und Feliciano nicht weckte. Der Mond schien hell ins Fenster. Durch die offenen Türen sah ich eine dunkle Gestalt in Annas Schlafzimmer, Victor. Er beugte sich über ihr Bett. Er hielt ein Messer in der hocherhobenen Hand. Anna saß still in den Kissen, und so sahen sie sich an, maßen stumm ihre Kräfte.

Ich wagte nicht, mich zu bewegen. Nach einer sehr langen Zeit ließ Victor das Messer sinken und zog sich rückwärts zur Tür zurück, ging fast lautlos die Treppe hinunter – ich wusste lange nicht, ob er das Haus verlassen hatte, hörte keine Veränderungen in den Schreien und Rufen der Vögel.

Weihnachten kam, Weihnachten 1915. Wir hatten nichts, und Anna erzählte von den weißen Spitzenkleidern der Mädchen in Veracruz, ihren Spitzenunterröcken, Spitzentüchern, ihren goldgelben oder violetten Schärpen, den Blumen im Haar, den Fächern, Ketten, roten Tüchern im Gürtel, goldenen Ohrhängern. Kindergruppen ziehen durch die Stadt und singen Weihnachtslieder, in den Restaurants speist man bei Marimbamusik, und um Mitternacht gehen alle in die Kathedrale.

Früh am Morgen des 1. Januars 1916 wartete Victor an der Zisterne auf mich. Er sagte: Halte dich bereit, ich hole dich.

16. Lieferung der Gefangenen
Lilli von Eck

Die Tage vergingen, und ich versuchte, meine Angst zu unterdrücken. Ich sah Victor nie, auch nicht von fern, und fürchtete, dass er plötzlich neben mir stand. Nachts schlief ich schlecht, und tagsüber war ich müde und zittrig. Ich schrie die Kinder an und brach in Tränen aus und küsste sie. Es wäre leichter für mich gewesen, wenn ich gewusst hätte, wann genau Victor kommt.

Aber er kam nicht, und allmählich fing ich mich wieder. Wenn ich nachts wach lag, stellte ich mir vor, ich könnte das Atoll aus der Ferne sehen – von oben, wie eine Seeschwalbe. Ich segelte in der Luft und schaute hinab. Dort unten, auf einem winzigen Ring im unendlichen Ozean, lebten vier Frauen, acht Kinder und ein Mann. Der Mann führte Krieg gegen die Frauen, und die Frauen ließen es geschehen.

An einem heißen Nachmittag, an dem wir untätig und matt unter Annas Haus beisammen saßen, fragte ich, wie wir Victor Lavista fangen, fesseln und einsperren könnten. Lange blieb es still, sehr lange, es war, als hätte ich etwas Ungehöriges gefragt.

»Ich habe geschworen, ihn zu töten, aber ich weiß nicht, wie«, sagte Tirza abwehrend. »Er hat ein Gewehr, eine Pistole und einen Dolch. Ich habe nur ein kleines Messer für den Fischfang.«

»Wir können uns gemeinsam wehren«, sagte ich. »Wir schaffen es gemeinsam.«

Anna sagte: »Der gute Jesus wird für uns sorgen. Außerdem ist es vorteilhaft für die Kinder, wenn sie mit einem Mann zusammen sein können. Victor braucht nur eine Frau.«

Maripepa nahm Lydia auf den Schoß und summte ein kleines Lied: Mich interessiert das nicht, summte sie, lasst mich in Ruhe.

Anna sagte: »Victor gehorcht mir. Ich kann ihn beeinflussen.«

Dann stritten wir uns. Sie wollte mir nicht helfen, und ich wusste nicht, wie ich mich allein gegen Victor wehren sollte. Anna sagte: »Wir werden überleben. Auf meine Art.« Ich sagte: »Er tut uns Gewalt an, um uns einzuschüchtern. Er will uns beherrschen.« Anna sagte: »Wenn die Reihe an dich kommt, dann bete laut, das verwirrt ihn und lenkt ihn ab. Und nun wollen wir nicht mehr darüber reden.«

Ich hasste Anna. Ich hasste Maripepa und Rosa, und ich hasste Tirza.

Ich rannte an der Lagune entlang, die Krabben huschten vor mir davon, ich jagte sie. Es hatte viele Tage nicht geregnet, das Wasser roch nach Schwefel, dicker grüner Schaum breitete sich aus. Die Vögel schrien und quakten, und ich ging langsamer und versuchte, mir alle möglichen Situationen und Gespräche mit Victor vorzustellen, und probierte Antworten aus.

In der Nacht wachte ich aus tiefem Schrecken auf. Ich hatte geträumt, ich hätte kein Gesicht mehr. Ich hatte in Saritas verlassenem Haus eine Spiegelscherbe aufgehoben, die aber so klein war, dass ich nur ein Auge darin sehen konnte. Die Spiegelscherbe wuchs in meiner Hand, und der Spiegel war leer. Ich hatte vergessen, wie ich aussah.

Bei Sonnenaufgang lief ich aus dem Haus und betrachtete meine Gestalt als Schatten im Sand. Der Schrecken verließ mich nicht. Ich wusste nicht mehr, was das ist: Ich.

Das Atoll hielt mich auf seine Art gefangen. Die zahllosen Seevögel und ihre Schreie, die Brecher, die unablässig heranrollten, die huschenden Krabben, Hitze und Feuchtigkeit, die Geräusche des Windes in meinen Ohren – es war ein ewiges Einerlei. Ein Tag war wie der andere, und ich wusste oft nicht, ob ich schlief oder wachte, und wenn ich morgens sicher fühlte, dass ich jetzt aufwachte, dachte ich, heute sei gestern.

Dann geschah etwas, das mich aus meiner Verwirrung riss und durch das ich mich stark genug fühlte, den Kampf mit Victor allein aufzunehmen.

Anna hatte Roberto und Feliciano streng verboten, Tölpel für mich zu töten. Sie wollte, dass ich selbst für mein Essen sorgte, statt untätig vor ihrer Tür zu sitzen. Ich aß nicht viel in dieser Zeit, aber schließlich trieb der Hunger mich doch zum Fischen.

Ich holte den Speer, den ich für mich gemacht hatte – eine zwei Meter lange dünne Eisenstange mit einem scharfen Widerhaken an der Spitze –, und watete zur Riffkante hinaus. Vor mir, im tieferen Wasser, sah ich die Schatten der Felsen. Ich ging auf einen großen Felsen zu, neben dem ein Schatten war, dunkler als der Felsen selbst. Ich ging vorsichtig weiter, das Wasser reichte mir fast bis zur Brust, schließlich blieb ich stehen und beobachtete den Schatten: Ein großer Fisch wartete dort auf Beute.

Ich drehte mich um, schob mich geräuschlos durch das Wasser und über den sandigen Boden, machte einen großen Bogen, bis ich auf der anderen Seite des Fisches war. Dann ging ich wieder auf den Felsen zu und kletterte hinauf. Der große Fisch stand noch neben dem Felsen, er bewegte seine Flossen ganz leicht. Ich zog meinen Speer langsam zurück, so weit der Arm reichte, dann streckte ich mich nach vorn und warf.

Ich traf ihn hinter dem Kopf, das Wasser wirbelte und schäumte, ich sprang hinein und hielt den Fisch, der Speer ging durch ihn hindurch. Ich zog Speer und Fisch aus dem Sand, kletterte auf den Felsen und tötete den Fisch mit einem Messer. Ich sah hoch und sah die Flosse eines Hais.

Sie hielt auf mich zu. Sie kam lässig herbei, durchschnitt die Wasseroberfläche, umkreiste den Felsen, auf dem ich stand. Der Hai war drei Meter lang. Blut tropfte von meinem Fisch ins Meer.

Der Hai schwamm noch einmal um den Felsen, entfernte sich ein wenig, kehrte zurück. Wenn er näher kam, konnte ich den Speer schleudern und, während er ihn abzuschütteln versuchte, zum Strand waten. Aber ich hatte Angst, noch mehr und noch größere Haie herbeizulocken. Der Hai kam ganz nah. Ich sah sein Auge, und er sah mich, als er, mit leichtem Schlag seines Schwanzes, vorbeiglitt und abdrehte.

Als er wiederkam, warf ich den Speer nach ihm und fiel dabei fast vom Felsen. Ich muss ihn durch den Kopf getroffen haben. Er schoss in Kreisen wild umher, den Speer senkrecht über sich, dünne Fäden Blut färbten das Wasser rot. Eine andere, größere Flosse glitt direkt auf die Blutspur zu, blitzschnell.

Der verwundete Hai schwang herum und schwamm zum dunklen blauen Wasser und über den Rand des Riffs. Sein Verfolger schoss ihm nach durch das klare, seichte Wasser des Riffs, und beide verschwanden in der Tiefe.

Ich holte Atem. Mein Fisch lag flach und tot auf dem Felsen. Ich bückte mich und nahm ihn auf. Das Wasser auf dem Riff war leer. Ich wartete noch ein wenig, dann kletterte ich vom Felsen und watete so schnell ich konnte zum Strand und säuberte meinen Fisch.

Ich hatte einen Hai getötet. Ich hatte ihn nicht allein getötet, aber ich hatte gesiegt. Ich spürte meine Kraft und fühlte mich gut, zum ersten Mal seit sehr langer Zeit.

In dieser Nacht überlegte ich mir, wie ich vorgehen wollte. Victor Lavista war kein Raubtier, er war ein Mensch, ich würde mit ihm reden. Ich würde es mit Entgegenkommen versuchen, um die Demütigung durch offene Gewalt zu vermeiden. Eine Frau gibt nach und wird belohnt, so hatte ich es gelernt. Ich wollte Menschlichkeit gegen Lieblosigkeit setzen, Übereinkunft gegen Wortlosigkeit.

Früh am nächsten Morgen war der Himmel bewölkt. Als ich die Leiter hinuntergeklettert war, stand Victor vor mir und lachte abschätzig. Er riss mir den Wasserkrug aus der Hand und warf ihn auf den Boden, wo er zersprang. Das ging ganz schnell, ich war vollkommen überrumpelt. Er hatte zwei Vorderzähne verloren, seit ich ihn das letzte Mal gesehen hatte. Er griff nach meiner Hand, schleuderte mich herum, schlug nach mir und trieb mich vor sich her. Ich drehte mich um, sprang auf ihn zu, er stach mir mit dem Messer in den Hals. Er lachte. Er trieb mich mit Faustschlägen vor sich her – trieb mich über das Atoll zu seiner Hütte, ich fiel hin, er fesselte mich und zog mich hinter sich her.

Lose heiße Kiesel rollten unter meinen Füßen. Die Lagune stank nach Schwefel. Ich hörte die Seeschwalben schreien. Dann wurde ich ohnmächtig.

17. Lieferung der Gefangenen
Lilli von Eck

Mein Kopf tat so weh, dass ich die Augen gleich wieder schloss. Nach einer Weile öffnete ich sie vorsichtig noch einmal. Ich lag in der Hütte des Leuchtturmwärters auf einem Haufen getrockneten Tang, und ich war allein.

Sonnenstrahlen fielen wie kleine Wände durch die Ritzen zwischen den Holzbrettern auf den staubigen Fußboden. Krabben kämpften sich unter den Brettern hindurch in die dunkle Hütte. Ich schnalzte mit den Fingern, und die Krabben erstarrten. Sie sahen mich an, setzten sich auf und klickten mit den Scheren.

Der Wind wehte den Geruch von gebratener Ente durch die offene Tür zu mir. Dann kam Victor herein, höflich wie früher: »Geht es Ihnen besser, Señorita Fonneck?«

Er setzte einen Eimer ab, schöpfte mit einem Blechbecher Wasser heraus und hielt mir den Becher hin. Ich hatte Schwierigkeiten, meinen Arm zu heben, und er stützte meinen Kopf und half mir beim Trinken. »Die Ente ist gleich so weit, Sie haben lange geschlafen. Ich wollte nur noch einmal nach Ihren Wunden sehen, ehe wir essen.«

So begann ein sehr seltsames Zusammenleben. Ich war auf Kampf gefasst. Aber Victor pflegte mich, meine Schürfwunden heilten ab. Wenn er wegging, versperrte er die Tür der Hütte von außen mit einem Balken. Nachts schlief er irgendwo am Felsen.

Meistens benahm er sich wie früher. Doch der Hauptmann und Malacate hielten ihn nicht mehr im Zaum, und vieles, was früher wie eine Marotte gewesen war, über die wir gelacht hatten, lag nun blank wie eine Messerschneide. Früher hatten wir ihn wegen seiner ewigen Besserwisserei aufgezogen, und er hatte sogar mitgelacht. Nun verlangte er bedingungslose Anerkennung seiner Überlegenheit und Unterordnung. Er war gefährlich.

Als ich ihn einmal, gedankenlos, fragte, ob er nicht den Krabben den Weg unter den Hüttenwänden zu mir herein absperren könnte, steigerte er sich in eine maßlose Wut hinein. Erst legte er dar, weshalb ein Ausbessern der Bretter weder gut für uns noch im Sinne der Natur sei, dann fragte er, ob ich ihn für unfähig hielte oder faul. Er verstand meine Bemerkung als eine unpassende Kritik seiner Person, steigerte sich immer mehr in diesen Gedanken hinein, bis er mir vorwarf, ihn angreifen zu wollen. Ich hatte große Mühe, ihn von dem Thema Krabben und Bretterwände wieder abzubringen.

Er vergaß nichts, blieb misstrauisch, ob nicht hinter einer harmlosen Bemerkung, die ich machte, in Wirklichkeit ein herabsetzender Sinn lag.

Als es mir besser ging, wollte er mir zeigen, was er Fabelhaftes geschaffen hatte, und nahm mich mit hinauf auf den Felsen.

Nimm dich zurück, und du wirst belohnt – erst dachte ich, das alte Rezept meines Bruders wäre aufgegangen und deshalb durfte ich mit hinauf auf den Felsen. Aber Victor hatte nur einen

Weg ausgebessert, und das wollte er mir nun zeigen – oder war es eine Leiter? Vielleicht hatte er nur eine Leiter umgestellt. Jedenfalls bewunderte ich ihn, wie er es verlangte, und durfte dafür in den starken sauren Geruch der Vögel hinein und über Simse und Leitern durch ihr Geschrei klettern. In allen Ecken und Nischen, auf allen Vorsprüngen und Plattformen saßen weiße und braune Tölpel, weiße Seeschwalben und rußig-schwarze und schrien ohrenzerfetzend. Über die Felsen huschten goldgestreifte Eidechsen. Aber ich hatte nur Augen für Victor, eine starke Spannung ging von ihm aus, und ich versuchte, seine Launen und Anfälle vorauszusehen und ihnen zuvorzukommen.

Oben durfte ich lange neben dem erloschenen Leuchtfeuer auf das Meer hinaussehen. Victor lag überhaupt nichts an diesem Ausblick, und wenn er geahnt hätte, wie viel er mir bedeutete, hätte er ihn mir sicher verweigert. Über mir standen die Fregattvögel, dunkel, einschüchternd, ungerührt von meinem Elend. Sie schwebten ohne Bewegung ihrer Flügel, nur ihre langen gegabelten Schwänze öffneten sich und schlossen sich, um das Gleichgewicht zu halten. Hätte nur einer mit seinem blutroten Hakenschnabel einen Schlag auf Victors Kopf abgegeben, und ich wäre gerettet. Wäre nur einer vor mir gelandet, ich wäre auf seinen Rücken geklettert und davongeflogen wie im Märchen. Der Natur bin ich egal, dachte ich, ich bin nur ein Lebewesen unter tausenden und Millionen, auf das es gar nicht ankommt. Der einzige Mensch, für den ich wichtig war, war ich selbst. Dieser Gedanke stürzte mich keineswegs in Verzweiflung, im Gegenteil, er gab mir ein Gefühl von Leichtigkeit.

In der Lagune lehrten Tölpel ihre Jungen das Schwimmen und Tauchen. Das Meer rollte mäßig aus Süd heran, mit leichten Brechern vor dem Strand, über die Pelikane dahinstrichen. Ich sah den Friedhof mit den umgestürzten Holzkreuzen.

So stand ich im Blau des Himmels und dem Grün des Gestrüpps um den Felsen auf der höchsten Zacke eines Vulkans. Ich spürte eine grenzenlose Freiheit und ein Entsetzen über meine Gefangenschaft. Zwischen den Pflanzen entdeckte ich ein Schwein.

Victor sah es auch. Er hob das Gewehr und zielte, schoss aber doch nicht. Enten sind besser, sagte er. Er wollte sich auf den Betonsockel des Leuchtfeuers setzen und mit mir reden, aber ich wollte die Spitze des Vulkans nicht mit ihm teilen und bat ihn, mich wieder hinunterzubringen.

Manchmal wollte Victor sich mit mir über Gott und die Welt unterhalten. Über sich selbst redete er nie. Ich weiß nicht, wo er aufgewachsen ist und wie er zum Militär kam. Er schwadronierte über den Hauptmann, Malacate, López, gab mal dem einen, mal dem anderen die Schuld an unserem Unglück. Jedes Gespräch lief darauf hinaus, dass er sich ihnen überlegen glaubte. Er hielt sich für eine ganz besondere, wertvolle Persönlichkeit.

Diese Gespräche waren anstrengend und gefährlich für mich, denn seinen seltsamen Ansichten zustimmen und die Toten verunglimpfen wollte ich nicht, und wenn ich nichts sagte, wurde er misstrauisch und machte mir Angst. Er wollte fortwährend gelobt werden und vertrug keinen Widerspruch. Oft überlegte ich verzweifelt, welche Worte ich wählen sollte.

Dann kam ein Tag, an dem ich Victor Lavista nicht wiedererkannte. Herr Konsul, ich weiß, Sie haben Alfred ausrichten lassen, ich soll Bericht und Mitteilungen an Sie streng auseinander halten, aber dies ist weder Bericht noch Brief, dies ist – Dinge sind geschehen, von denen ich nicht ahnte, dass sie zwischen Mann und Frau geschehen könnten, und für die ich keine Worte habe – weder auf Englisch noch auf Deutsch, und sicher gibt es auch keine in irgendeiner Sprache dieser Welt. Ich glaube, nicht einmal mein Bruder und Sie haben Worte dafür. Ich will mein Bestes versuchen und wenigstens nüchtern und in groben Zügen aufschreiben, was geschah, aber Sie werden den Schrecken nicht spüren, das Entsetzen, das mich erschütterte, als Victor Lavista versuchte, mich zu zerstören. Diesen Teil meines Berichts werde ich in dem Exemplar für meinen Bruder auslassen. Er soll niemals etwas davon erfahren. Aber Sie sollen alles wissen, damit Sie verstehen, weshalb wir keinen Ausweg hatten, als zu tun, was man uns heute vorwirft.

Vorweg muss ich noch Folgendes berichten: Sobald meine Wunden verschorft waren und ich Arme und Beine wieder einigermaßen bewegen konnte, musste ich für Victor Lavista die Hausarbeit machen. Viel gab es nicht zu tun – Wasser aus dem Fass am Felsen holen, Fische und Vögel braten oder kochen, ihn beim Essen bedienen, abwaschen, Töpfe schrubben, Kleider ausbessern. Aber die Umstände, unter denen ich arbeitete, waren entwürdigend.

Victor bewachte mich auf Schritt und Tritt. Hatte ich in der Hütte zu tun, lehnte er mit dem Gewehr in der Hand im Türrahmen oder saß am Tisch und spielte mit seinem Dolch. Arbeitete ich draußen, saß er mit dem Gewehr über den Knien auf einem Stein. Den Dolch trug er dann an den rechten Unterarm gebunden. Manchmal riss er das Gewehr hoch und schoss eine Ente, die ich wie ein Jagdhund aus der Lagune holen musste, oder er gab Pistolenschüsse auf die Krabben ab. Sein Munitionsvorrat schien unbegrenzt zu sein. Ich lebte in ständigem Schrecken. Er beobachtete mich, wenn ich mich wusch und wenn ich mich hinter einem Felsvorsprung entleerte.

An dem Tag, um den es geht, schleppte ich einen schweren Eimer voller nasser Wäsche von der Lagune hoch, ich wollte die

Sachen in der Hütte aufhängen, wo sie sicher vor den Exkrementen der Vögel waren. Victor schlenderte neben mir her. Als wir an die Hüttentür kamen, nahm ich an, er würde mich zuerst hineingehen lassen. Doch er verlangsamte seinen Schritt nicht. Ich brauchte alle Kraft zum Tragen und reagierte nicht schnell genug, stieß mit ihm zusammen und ließ den Eimer fallen. Victor erschrak und sprang zur Seite. Er fühlte sich von mir missachtet oder sogar angegriffen, er schrie, beschimpfte mich und tobte. Dann stieß er mich in die Hütte.

»Ich bring dich um«, schrie er. Er war vollkommen außer sich. Er zielte mit dem Gewehr auf mich und schoss mir vor die Füße. Staub spritzte auf, die Krabben rannten davon.

»Es war doch ein Versehen«, schrie ich. »Es war doch nur ein Versehen.«

»Mir kommst du nicht in den Weg. Ich bring dich um.« Das schrie er immer wieder. »Ich zeige dir, wer hier der Herr im Haus ist.«

Ich versuchte, mit ihm zu verhandeln. Ich sagte, man müsse doch miteinander auskommen, man könne ein Versehen doch aus der Welt bringen, ich entschuldigte mich immer wieder. Ich hatte das Gefühl, er hörte mich nicht mehr.

»Hör auf zu heulen«, schrie er und hielt mir den Mund zu. Er schrie nur noch. Ich biss ihn in den Finger, schlug um mich, versuchte, mich zu befreien, weinte. Ich ekelte mich vor seinem Geruch, vor seinem Mund, seinem Schweiß.

Seine Augen waren rot, und er starrte mich an. Er wollte mir etwas antun. Ich ekelte mich vor seiner gierigen Art.

Dann verlangte er, dass ich mich ausziehe. Ich weigerte mich. Er schlug mir mit der flachen Hand ins Gesicht.

Der Schlag war ein Schock. Mich hatte noch nie ein Mann geschlagen.

Er fasste nach meinem linken Unterarm und drehte mir den

Arm auf den Rücken. Ich schlug und trat nach ihm. Er stieß mich um, und ich fiel auf das Tang-Bett, auf meinen Rücken. Er stellte seinen Fuß auf mein Bein, ich konnte mich nicht aufrichten, und zog sich die Hose runter. Ich dachte, das ist alles gar nicht wahr. Das ist nicht Victor, und ich bin nicht ich. Er legte sich neben mich, versuchte, mich zu küssen, ich drückte ihn mit der rechten Hand weg und drehte den Kopf zur Wand. Er drückte sein Geschlechtsteil gegen mich. Er nahm meine Hand und legte sie dagegen. Es war hart und stand hoch. Er sagte, ich solle daran ziehen. Ich sagte Nein. Er drückte mir den Hals zu und sagte: »Tu das.« Ich rührte mich nicht.

Er umklammerte mich und wickelte den Lederriemen ab, der seinen Dolch am rechten Unterarm hielt. Er hielt mir den Dolch an den Hals und sagte: »Zieh dich aus, sonst ersteche ich dich.«

Ich hatte keine Kraft. Ich war müde. Alles war aussichtslos.

Ich zog meine Bluse aus, den Rock, wand mich dabei unter ihm. Immer, wenn ich aufhörte, drückte er mir den Dolch in den Hals. Ich spürte, wie das Blut mir über die Kehle lief, vielleicht waren es auch meine Tränen. Dann sagte er: »Und jetzt halt still.«

Ich spürte die Dolchspitze unterm Kinn.

»Sie wollen mich umbringen«, flüsterte ich, »lassen Sie mich los, lassen Sie mich bitte, bitte los.«

»Das mache ich nicht, glaubst du denn, dass ein Mann mittendrin aufhört?«

Dann steckte er den Dolch mit der Spitze neben meinem Kopf in die Erde und küsste mich.

»Es gefällt dir«, sagte er und sah mich an. »Wer so schnell nachgibt, ist einverstanden.«

Dieser Satz holte mich aus meiner Müdigkeit. Ich stieß ihn weg und sprang auf. Blitzschnell war er auch auf den Beinen und gab mir eine gewaltige Ohrfeige, ich sah Blitze und einen blauen Schein und dachte überhaupt nichts mehr. Das war gar nicht ich, der das geschah, wenn ich jetzt einfach weggehen würde, wäre alles vorbei. Aber dann sah ich ihn wieder kampfbereit vor mir in der staubigen dunklen Hütte stehen.

Plötzlich war mir klar, dass Victor meine Angst brauchte, dass er das Gefühl brauchte, jemanden zu demütigen und zu quälen, dass er seine Grausamkeit genoss. Mit meiner Abwehr, meinen Bitten und meiner Angst stachelte ich ihn nur immer mehr an.

Ich duckte mich zum Kampf, ahmte nach, was ich bei den Prügeleien und Messerkämpfen der Soldaten und Seeleute mitbekommen hatte. Ich musste mich dazu zwingen, denn das hatte ich weder in der Töchterschule und bei Liesing noch bei Tante Johanna gelernt. Dann ahmte ich Annas Tonfall nach, »Kommen Sie zu sich«, sagte ich in ihrer befehlsgewohnten, herablassenden Art.

Ich zog mich an, ohne Eile, und ließ ihn nicht aus den Augen, erst die Bluse, die eigentlich Anna gehörte, dann den Rock. Als ich fertig war, starrten wir uns an. Dann, ich wusste nicht weiter und rechnete nicht mehr damit, dass ich lebend aus der Hütte kommen würde, zog er seine Hose hoch und band sich den Dolch an den Unterarm.

Ich weiß noch, dass ich mich darüber wunderte. Ich war unsicher, wie ich mich nun verhalten sollte.

Victor entschuldigte sich mit weicher, fast zärtlicher Stimme, sagte, er habe mir nicht wehtun wollen, erzählte, er würde sich immer in Frauen verlieben, die nichts von ihm wissen wollen, das breche ihm das Herz.

Dann änderte seine Stimme sich wieder, er wurde wütend und schrie wie ein Wahnsinniger und jagte mich zur Hütte hinaus.

Ich rannte davon, so schnell ich konnte, und sah mich nur einmal um. Er stand vor der Hütte und hob das Gewehr.

Ich hatte starke Schmerzen in der Brust und kippte vornüber auf die Knie und ruhte mich aus. Victor folgte mir nicht, ich hörte nur die Schreie der Vögel. Ich kroch auf Knien und Händen weiter.

Roberto, Feliciano und Alicia fanden mich und brachten mich zu Annas Haus. Die Kinder hatten, wie ich später erfuhr, mich mehrfach besuchen wollen, aber Victor hatte sie abgefangen und weggeschickt. Deshalb waren sie jeden Nachmittag bis zu einer bestimmten Stelle am Strand gegangen und hatten ein wenig auf mich gewartet.

Maripepa und Tirza legten mich auf eine Matratze im Salon. Tirza untersuchte mich. Der Schuss hatte meine Schulter gestreift. Ich hatte gebrochene Rippen, Messerstiche im Oberarm und am Hals, Platzwunden an der Lippe und über dem linken Auge und am ganzen Körper Prellungen.

Tirza kochte mir einen Tee, woraus, weiß ich nicht, sie musste noch irgendetwas in ihrem Haus gefunden haben – getrocknete tiefblaue Blüten, erinnere ich, der Tee duftete süß wie Heliotrop.

Anna hielt meine Hand.

Einmal wachte ich auf. Durch die halb geöffnete Salontür glaubte ich Victor Lavista in der Küche zu sehen. Ich wollte aufspringen, aber Maripepa schloss die Tür und drückte mich auf die Matratze zurück. Als ich das nächste Mal aufwachte und nach Victor fragte, sagte sie: »Er war hier. Die *capitana* ist die Nächste. Sie soll morgen Abend zu ihm kommen.«

18. Lieferung der Gefangenen
Lilli von Eck

Wir haben niemals beschlossen, Victor Lavista zu töten. Eines Tages war uns klar, dass es geschehen müsste. Wann dieser Tag war, kann ich nicht sagen: kurz vor oder kurz nach meiner Rückkehr. Ich glaube eher, kurz nach meiner Rückkehr.

Anna ging am nächsten Abend nicht zu Victor, und er kam auch nicht zu uns, um sie zu holen. Wir schliefen immer noch alle in ihrem Haus, obwohl es für vier Frauen und acht Kinder eng war und wir zwei der Häuser, die der Orkan zerstört hatte, schon wieder aufgebaut und bewohnbar gemacht hatten. Aber wir wagten nicht, allein zu sein.

In der Nacht erwachte Anna. Sie sah Victor. Er beugte sich über sie, hatte den Dolch in der Hand. Sie dachte, er würde gleich zustechen. Sie war starr vor Schreck und versuchte zu verstehen, was er ihr zuflüsterte.

Am nächsten Morgen sagte sie zu uns: »Er befürchtet, dass ich seine Taten den Behörden melde. Er droht mir, dass ich die Insel niemals verlassen werde, weil er mich töten wird, wenn er ein Schiff sieht.«

Ich begann zu zittern. Wieder war Victor gekommen, und ich hatte ihn nicht gehört. Ich war überzeugt, ich hätte die ganze Nacht nicht geschlafen und nur an meinen Kampf mit Victor gedacht und ihn in Gedanken wiederholt. Ich hatte große Schmerzen nach dem Streifschuss, den Ohrfeigen, Faustschlägen und Messerstichen. Ich konnte mir nicht erklären, warum Victor mich laufen ließ.

Anna sagte, als ob es ein Trost wäre: »Ich wache nachts oft auf, und er steht über mir mit seinem Dolch in der Hand und überlegt, ob er seine Drohung wahr machen soll. Aber irgendetwas hält ihn zurück.«

Er war lautlos verschwunden. Weder ich noch die Kinder noch Maripepa auf ihrer Matratze unter der Treppe hatten ihn gehört.

Anna hat sich sehr lange gesperrt, etwas gegen Victor zu unternehmen. Vielleicht hatte sie ihre Einstellung schon geändert, während ich bei Victor war und er sich nachts zu ihr schlich und sie bedrohte, vielleicht aber auch erst, als ich zurückkam und er zum Sieg über uns ansetzte und sie, *la capitana,* zu sich befahl. Spätestens jetzt jedenfalls, als sie selbst betroffen war, hatte sie ihre Meinung geändert.

Seine Gewalttaten entsprangen nicht ungezügelter Begierde, sondern waren ein Mittel, uns zu kontrollieren, ein Mittel zur Macht. Aus Annas Atoll sollte Victors Atoll werden, eine Insel der Gewalt und der Unterwerfung. Sein ganzer Herrschaftsanspruch beruhte darauf, dass er ein Mann war. Das genügte ihm, um unsere Wünsche zu brechen. Wir sollten ihm alle zur Verfügung stehen bis in unbestimmte Zeiten, sollten Angst vor ihm haben, ihm schmeicheln, ihn anbeten. Aber um Unterwerfung von Frauen unter den Willen eines Mannes ging es längst nicht mehr allein. Dieser Mann hatte eine Frau erschossen, und wir waren Zeuginnen seines Verbrechens.

Keine von uns würde überleben, wenn wir Victor nicht töteten.

Aber wir besprachen uns nicht.

Es war wirklich nicht so, dass wir uns zusammensetzten und einen Entschluss fassten, Herr Konsul. Es war mehr eine Übereinstimmung – etwas, das wächst. Es wuchs, bis wir wussten: Wir mussten ihn töten. Aber wir wollten das lange nicht wahrhaben.

Anna hatte Victor falsch eingeschätzt. Sie gestand ihren Irrtum ein, ohne ihn auszusprechen. Sie zog ihre Schlüsse und ging diskussionslos zum nächsten Punkt der Tagesordnung über: Wie konnten wir uns vor Victor schützen. Sie sah nur nach vorne.

Wir alle hatten uns verändert.

Zu Beginn meiner Zeit auf der Insel hatte ich Anna für eine Schauspielerin gehalten: ihre Auftritte im gelben Seidenkleid, ihre Versuche, sich hoch gebildet zu geben. Dann, bei den Damentreffen unter ihrem Haus, hatte ich eine ganz andere Anna kennen gelernt und bewundert: eine Frau, die sich zielstrebig und ohne in ihrer Familie und ihrer Gesellschaftsschicht anzuecken, größtmögliche Freiheit erheiratete. Das schien mir ein Muster für mich selbst zu sein. Mit einem anderen Mann als Hauptmann Armand wäre ihr das nicht so leicht gelungen, aber sie hatte mit Bedacht ihn gewählt. Seit der Hauptmann tot war, hatte sie versucht, für uns zu sorgen, christlich, gütig, strenger als er, aber nicht ohne Nachsicht.

Jetzt kam eine dritte Anna zum Vorschein: eine Kämpferin. Sie hatte lange gebraucht, diese Seite ihres Wesens zuzulassen. Aber sie wollte von niemandem mehr hören, wie sie leben müsste.

Ja, wir alle hatten uns verändert. Natürlich hatten wir ganz vordergründig Angst, dass Victor uns erschießt, wenn ein Schiff auftaucht, große Angst. Das war die Drohung, die alles in Bewegung brachte. Aber im Hintergrund gab uns noch etwas anderes Kraft: die Wut. Wir alle warfen ab, was man uns beigebracht hatte. Wir wollten keinen Zwang mehr ertragen.

Diese Wut hatte Tirza immer gespürt. Nur ihre Sprache war anders als unsere.

Victor ist ein Zauberer, sagte sie zum Beispiel. Er kann sich in einen Jaguar verwandeln und lautlos durch die Nacht streifen. Keiner sieht ihn, keiner hört ihn, er ist da.

Zum Zauberer ist man geboren, sagte sie. Ich bin nicht dazu geboren, ich kenne nur ein paar Sachen, mit denen man die Zauberer abwehrt.

Aber so bildhaft sie auch sprach, ihre Gedanken unterschieden sich nicht von meinen.

Er muss sterben, sagte sie, denn das ist der einzige Weg, ihn davon abzuhalten, uns Leiden zuzufügen.

Maripepa hörte in dieser Zeit auf, Anna nachzuahmen. Sie ließ alle Ängste hinter sich. Ich beneidete sie. »Was hat sich geändert, Maripepa?«, fragte ich.

»Ich wollte sterben, als ich von Victor zurückkam. Wieso ich?, fragte ich mich, wieso immer ich. Was hatte ich getan, was hatte ich falsch gemacht, war ich selbst schuld? Ich hatte ständig Angst. Nun werden wir ihn töten, und nun ist meine Angst weg. Ich habe nichts falsch gemacht. Was soll mich noch erschrecken?«

Anna lächelte ihr zu und sagte: »Ohne Maripepa könnten wir hier nicht leben.« Ich verstand aber, dass Maripepa nicht so stark war, wie sie sich fühlte.

Über Rosa dachten wir wenig nach. Sie gehörte für uns zu den Kindern. Sie war stumm, und wir waren stumm zu ihr. Meine schwarze Rose, hatte der Hauptmann zu ihr gesagt, und dann hatte sie gelacht. Niemand lachte mehr mit ihr. Sie passte nicht richtig zu den Kindern und noch nicht zu den Erwachsenen, sie war gekränkt, liebebedürftig, patzig. Eine Zeit lang hatte sie versucht, sich mir anzuschließen, aber es war mir zu viel, sie war eine kleine Schlingpflanze. Ich schämte mich für meine Ablehnung, aber ich schämte mich lieber, als dass ich mit ihr sprach. Wir merkten nicht, dass sie kein Kind mehr war. Wir waren sehr mit uns beschäftigt.

Die Erinnerungen an den Kampf gegen Victor Lavista kreisten in meinem Kopf. Ich hatte vollkommene Hilflosigkeit erfahren. Ich warf mir vor, nicht entschiedener gekämpft zu haben. Vielleicht hätte ich ihm den Dolch wegnehmen können. Vielleicht hätte ich die Pistole aus seiner Hosentasche ziehen können. Ich hatte wohl siegen wollen, aber ich hatte nicht gewusst, wie ich meine körperlichen Kräfte am besten einsetzen konnte.

Wie konnten wir Victor besiegen – das war die Frage, die uns von nun an beschäftigte. Konnten wir ihn gefangen nehmen – wie?, fesseln – womit?, gefangen halten – wo?

Natürlich prüften wir auch die Frage: Konnten wir einen bewaffneten Mann töten – wie? womit? wo? –, schon allein, damit es nicht aus Versehen geschah.

Wir hatten weder Kräfte noch Ketten oder Waffen. Uns blieben nur die traditionell weiblichen Waffen: Gift und List. Gift, um ihn zu schwächen, und List, um es ihm einzuflößen.

Tirza hatte noch Reste von Kräutern und Früchten. Sie schickte Rosa mit den Kindern hinaus und zeigte uns eine Tüte mit getrockneten schwarzen Beeren, ich glaube, von einem Nachtschattengewächs. »Er kriegt Wahnvorstellungen«, sagte Tirza, »er rennt über das Atoll, ist blind und betäubt, er stürzt sich ins Wasser, und die Haie fressen ihn.« Aber es waren nur noch wenige Beeren, und sie rochen so widerlich, dass wir nicht wussten, wie man Victor dazu bringen könnte, sie einzunehmen.

Dann hatte Tirza eine Sorte Stängel, die frischweißen Saft enthalten hatten. »Das Vieh frisst diese Pflanze nicht«, sagte sie. »Der Saft verursacht schwere Entzündungen, auf der Haut, am Auge, und wenn man ihn schluckt, bricht man zusammen.« Doch die Stängel waren vertrocknet.

Gift schied also aus, weil wir keins hatten. Wir konnten ihn nicht schwächen.

Mehrere Tage sprachen wir nicht mehr davon, wie wir uns gegen Victor wehren könnten. Der Gedanke, nicht mehr nur abzuwarten, sondern selbst einen Angriff einzuleiten, war uns auch noch sehr fremd. Die ganze Zeit über hatten wir Angst, dass er plötzlich zwischen uns auftauchte.

Eines Morgens sagte Maripepa: »Wir fesseln ihn mit einer Klaviersaite. Wenn wir ihn gefesselt haben und sehen, wie er sich verhält, überlegen wir, was wir weiter mit ihm machen.«

Die Sonne war gerade aufgegangen, rotgoldenes Licht lag auf den Brechern, die träge zum Strand rollten. Pelikane strichen über die Wellen. Roberto und Feliciano und Martín brachten die ersten geschlachteten Tölpel.

Klaviersaiten sind äußerst sperrig, aber wir bildeten uns ein, wir könnten mit ihnen umgehen. Wir wollten Schlingen vorbereiten, die wir Victor schnell über Hände und Füße streifen würden. Wir wollten ihm die Arme auf dem Rücken zusammenbinden, auch die Füße zusammenbinden und ihn dann an einen Pfeiler von Saritas Haus fesseln.

Wir lockerten die verklemmten Wirbel am Klavier mit dem Stimmschlüssel, was uns fast nicht gelang, und zogen rostige Saiten ab. Sie waren steif und ließen sich nicht biegen.

Doch alles andere, was noch auf der Insel war und was ich nun untersuchte, taugte nicht mehr nach den Jahren in Hitze und Feuchtigkeit. Die Taue der *Diana* waren morsch und zerfielen mir in den Händen, und das Segeltuch, aus dem ich Streifen schneiden wollte, war verrottet und brüchig.

Dann fiel mir die Gitarre des Soldaten García ein. Roberto hütete sie wie einen Schatz, er hätte niemals zugelassen, dass irgendjemand außer Martín das Instrument ihres Vaters auch nur berührte. Aber die Ersatzsaiten kümmerten ihn nicht, ein kleines Päckchen, das wir aus dem Chaos des Orkans aufgesammelt und mit anderen Gegenständen und Bruchstücken von Gegenständen in Tirzas Haus verwahrt hatten.

Ich machte aus den Metallsaiten Schlingen, Gunnar Halvorsen hatte mir Seemannsknoten gezeigt und sie mich üben lassen. Nun übte ich mit den hohen E- und H-Saiten, die mir in die Hände schnitten, bis sie bluteten. An das lose Ende einer Saite knotete ich einen Holzknebel, damit wir die Schlingen sicher zuziehen konnten. Schließlich hatte ich vier Schlingen und eine G-Saite mit Holzknebeln oder Griffen an beiden Enden. Anna schickte die Jungen zu Victor, sie sollten ihn für den nächsten Tag zum Essen einladen.

Unser Plan war einfach. Wenn Victor bei uns saß und sich wohl fühlte, sollte ich auf ein Zeichen von Anna aufstehen und kurz hinausgehen und die Saite mit den beiden Holzknebeln holen. Beim Hereinkommen würde ich hinter Victors Rücken gehen. Ich würde ihm die Saite um den Hals legen und zuziehen. Maripepa und Tirza sollten ihm schnell die Schlingen über die Hände streifen und die Arme auf den Rücken binden. Anna sollte ihm Gewehr und Pistole wegnehmen, und als Letztes würden Maripepa und Tirza ihm die Schlingen über die Füße legen. Dann wollten wir ihn die Leiter hinunterbringen und an einen Hauspfosten fesseln. Die Leiter war unser größtes Hindernis, aber Anna würde mit dem Gewehr auf ihn zielen.

»Zieh nur zu, wenn du musst«, sagte Anna zu mir, »wir wollen ihn nicht erwürgen.«

Maripepas Augen glänzten.

Die Jungen brachten Nachricht von Victor. Er nahm unsere Einladung an und wollte am nächsten Nachmittag kommen.

Victor hatte sich herausgeputzt. Sein Umhang war nur noch ein Lumpen, doch er trug ihn mit der alten Eleganz. Die Kinder waren ihm entgegengegangen, und er hob die kleinen Mädchen Alicia und Lydia die Leiter hoch und kam selbst ins Haus, leicht und geschmeidig, das Gewehr hielt er in der Hand. Er warf Maripepa ein paar Enten zu, die er geschossen hatte.

Mich grüßte er höflich und zuvorkommend, als wären wir noch Soldat und Lehrerin. Die Küche der Armands wurde mir eng, ich wäre am liebsten hinausgelaufen.

Dann sah er die Schlingen. Ich hatte lange überlegt, wo ich sie hinlegen sollte. Sie mussten schnell zur Hand sein und sollten ihn doch nicht misstrauisch machen. Ich hatte sie an die Wand gehängt. Er nahm eine ab und untersuchte sie.

»Wollen Sie damit auf die Entenjagd, oder lassen Sie damit fischen, Señora?«, fragte er Anna. »Wenn Sie Enten haben wollen, sagen Sie lieber mir Bescheid, ich schieße Ihnen so viele Sie wünschen.« Er hängte sie zurück.

Anna bot ihm den Platz am Tisch an, den wir vorher ausgesucht hatten. Er dankte, lehnte das Gewehr neben sich an den Tisch und sagte zu Feliciano: »Komm, kleiner Hauptmann, setz dich neben deinen letzten Soldaten.«

Wir hatten entschieden, die Kinder mit an den Tisch zu setzen. Alles musste so natürlich und unverfänglich wie möglich wirken. Roberto war eine Gefahr, er war sehr gutherzig und selbstständig und könnte Victor zu Hilfe kommen wollen. Doch wir vertrauten darauf, dass er auf Anna hören würde.

Anna sagte das Tischgebet. Die Atmosphäre war gespannt. Wir hatten keinen Gesprächsstoff und benahmen uns unbeholfen. Das Essen lenkte keinen ab. Es gab, was es immer gab, gekochten Tölpel und einen der großen silbrigen Fische vom Riff. Die Kinder waren uns keine Hilfe. Anna hatte immer darauf bestanden, dass sie zu Beginn einer Mahlzeit nicht sprachen, und so sagten sie auch heute nichts.

Die Schüsseln waren leer. Roberto fragte die Señora, ob die Kinder aufstehen dürften. Die Señora erlaubte es, und die kleinen Mädchen und Martín krabbelten die Leiter hinunter. Rosa stand auch auf. Sie nahm die Schlingen und die Stahlsaite mit den beiden Holzgriffen von der Wand und stellte sich vor Victor. Anna schickte sie mit strengen Worten weg, aber sie gehorchte nicht. Sie schlüpfte mit Beinen und Armen in die Schlingen und hielt sich den Draht mit den beiden Griffen vor die Gurgel und machte ein entsetzliches Geräusch. Dann zeigte sie auf uns und auf Victor: Das haben sie mit dir vor.

Rosa hatten wir vergessen. Sie hatte gesehen, wie ich die Schlingen machte, hatte gelauscht, wenn wir redeten und nicht auf sie achteten.

Victor lachte aus vollem Hals – »eine reizende Einladung, ich danke« –, er fegte das Geschirr vom Tisch. Es fiel auf den Holzfußboden, und das meiste zerbrach. »Gib mir die Schlingen, Rosa, du Tölpel.«

»Du bist ein Mörder«, sagte Anna voller Verachtung. Sie stand auf. »Du hast Sarita erschossen und die Frauen vergewaltigt. Was erwartest du dir von uns?«

»Ich werde Sie daran hindern, die Insel zu verlassen. Wenn ich ein Schiff sehe, werde ich Sie töten. Wenn das Schiff kommt, bringe ich alle um, und keine kann irgendwem irgendetwas über mich erzählen.«

Er stand auf. »Gib mir die Schlingen, Rosa.«

Ich saß wie versteinert am Tisch. Ich hatte alles falsch gemacht.

Victor sagte: »Ich freue mich, dass ihr euch so viel zutraut, meine Schönen. Wartet auf mich, verzehrt euch nach mir. Bald seid ihr wieder an der Reihe, eine nach der anderen. Und heute gibt mir die Señora die Ehre. Bitte, nach dir, du Armeeschlampe.«

Anna wollte ihm eine Ohrfeige geben, aber er fing ihren Arm auf. Sie funkelte ihn an, und er lachte.

»Darf ich etwas mitnehmen?«, fragte sie eisig.

»Bei mir findest du alles, was du brauchst«, sagte er und stieß sie die Leiter hinunter. »Bleibt ja sitzen«, sagte er zu uns und schoss ins Herdfeuer.

Brief der Gefangenen Lilli von Eck an Konsul Peter Coleman = Brief Nr. 19

10. Februar 1918

Sehr geehrter Herr Konsul,

Tirza MacPherson ist geflohen, sie hat Guadalupe mitgenommen. Ich sehe immer vor mir, wie sie über eine baumlose Hochebene läuft, das schwere Kind auf dem Arm.

Señor Velasco ist schuld.

Bitte, verzeihen Sie die Tintenkleckse.

Ich flehe Sie an, Herr Konsul, lassen Sie sich nicht von diesem schönen kleinen Señor Velasco beeinflussen. Er will seine Tochter retten, indem er alles, was geschehen ist, uns anderen zuschiebt.

Anna sagt: Mein Vater und seine Freunde glauben, wir sind Mörderinnen, sie glauben nicht, dass wir aus Notwehr handelten. Sie verstehen nicht, dass wir monatelang vergeblich versuchten, Victor zu töten – hätte ich ihn aus Jähzorn oder Wut erschossen, könnten sie es verstehen und verzeihen, aber so ist es ein Verbrechen.

Señor Velasco sagt: Es darf niemals zum Prozess kommen. Ein Gericht würde wohl Vorsatz und Heimtücke annehmen und fragen, ob wir von Victor in der Stunde seines Todes tatsächlich bedroht waren, und woher wir wüssten, dass er sich nicht geändert hätte:

- *Haben Sie sich an dem Morgen, an dem Sie ihn töteten, von ihm bedroht gefühlt? Vielleicht war er über Nacht ein guter Mensch geworden. Haben Sie sich vergewissert?*
- *Fast zwei Jahre lang haben Sie seinen Tod geplant – waren Sie die ganze Zeit nur unglücklich?*
- *Hat er Sie immerzu bedroht?*

– Sind Sie sicher, dass seine Aufmerksamkeiten Ihnen nicht auch geschmeichelt haben?

Wir sind keine Mörderinnen. Es war Notwehr. Victor wollte uns töten.

Gestern hat Señor Velasco Maripepa mit einem nordwärts gehenden Schiff nach Acapulco geschickt. Sie durfte sich nicht einmal von mir verabschieden.

Heute sagt er: Tirza ist die Mörderin. Wir brauchen uns keine Sorgen mehr zu machen, durch ihre Flucht hat sie ihre Tat eingestanden, wir sind frei. Die Indianerin ist die Mörderin.

Señor Velasco verdreht, was geschehen ist. So war es gar nicht. Ich will nicht durch Tirzas Flucht entlastet werden.

Sagen Sie Ihrem jungen Mann, er braucht mich nicht mehr an diesem Gefängnis vorbeizuführen und mir zu drohen, dass Sie mich dort einliefern lassen. Ich werde Ihnen jetzt die ganze Wahrheit berichten. Ich flehe Sie an, Herr Konsul, lassen Sie nicht zu, dass Tirza gejagt und erschossen wird.

Mit vorzüglicher Hochachtung
Lilli von Eck

P. S.
Heute Nacht bin ich wieder aus tiefem Schlaf hochgefahren, es war stockfinster und still, ich wusste nicht, wo ich war. Ich dachte, ich bekomme keine Luft mehr. Ich atmete laut und versuchte, wach zu werden, ich war wie gelähmt. Noch jetzt beim Schreiben fühle ich mein Entsetzen.

Doch diesmal geschah etwas Wunderbares. Ich sah den Schein einer Kerze. Der Schein kam näher und beleuchtete Marías Gesicht. Ihr Haar war unordentlich, aber sie war angezogen wie tagsüber. Sie musste vor meiner offenen Zimmertür geschlafen haben.

»Señorita Marililli«, sagte sie, »ist der Schrecken wieder da?« Seit Victor Sarita erschossen hat, nennt niemand mich mehr Marililli.

»Warum fühle ich mich so, María?«, sagte ich.

»Das ist das, was vom Leben bleibt«, sagte sie. »Nachts stürzt es sich auf uns.«

Sie stellte die Kerze auf einen Stuhl und setzte sich auf den Bettrand, und nach einer Weile streichelte sie meine Füße, ganz leicht.

Sie redete ein bisschen – über kleine Sachen –, über die Nacht, die so dunkel und heiß ist, über die Jaguare, die jetzt in den Bergen hinter der Stadt unterwegs sind, über mein neues Kleid, das die Schneiderin morgen bringen will. Ich fühlte mich, als ob ich ein Stückchen über meinem Bett schwebte. Dann schlief ich ein. María behütet mich.

Brief der Gefangenen Eck an Konsul Coleman = Brief Nr. 20, undatiert

Sehr geehrter Herr Konsul,

Anna María Armand und ihr Vater sind heute Morgen nach Orizaba aufgebrochen.
Jetzt haben Sie nur noch mich zur Hand.

Lilli von Eck

19. Lieferung der Gefangenen
Lilli von Eck

Ich weiß nicht mehr, wie lange Anna María Armand bei Victor Lavista in der Hütte am Felsen lebte. Als sie zurückkam, blieb sie schweigsam. Alles, was wir jemals von ihr hörten, war: »Ich war ohnmächtig. Ich war die ganze Zeit ohnmächtig.«

Danach holte Victor sich die stumme Rosa, und sie ist freiwillig bei ihm geblieben, denn sie durfte uns manchmal besuchen. Dann saß sie in Annas Küche und erzählte uns in ihrer besonderen Zeichensprache, wie sie für ihn kochte und wusch und wie viel besser sie es bei ihm hatte als bei uns. Am späten Nachmittag, wenn die Sonne sank, musste sie zum Felsen gehen. Zwei- oder dreimal holte Victor sie ab. Jedes Mal warf er Maripepa ein paar Enten zu, die er geschossen hatte, und jedes Mal drohte er damit, uns alle eines Tages zu töten.

»Ich musste Sarita erschießen, weil sie nicht mit mir kommen wollte«, sagte er, »aber niemand außer euch wird davon erfahren. Wenn ich ein Schiff sehe, bringe ich euch um. Ehe das Boot auf dem Strand ist, seid ihr alle tot.«

Dann lachte er, strich Feliciano über den Kopf – »Besuch

mich mal, kleiner Hauptmann« – und ging davon. Rosa stapfte wichtig hinter ihm her.

Manchmal sahen wir Victor viele Wochen nicht.

Ich hörte auf, Pläne zu entwerfen, wie wir ihn töten könnten. Ich fand keine Möglichkeit, ihn zu überraschen, und keine Möglichkeit, ihn zu überwältigen. Er trug das Gewehr immer bei sich, wenn wir ihn sahen, und er hatte unverändert den Dolch an den rechten Unterarm gebunden.

Die Regenzeit 1916 endete, die Vögel kehrten vom Nord-Pazifik zurück und brüteten, der Frühling 1917 kam. Mit Verwunderung sahen wir, wie Annas Kalenderstreifen abnahmen, obwohl die Kinder nur noch ein ganz kleines Papierstück für jeden Tag abreißen durften – als ob die Zeit knapp wurde. Ich notierte immer noch jeden Sonntag sieben Worte auf dem Rand der Dienstanweisung, die nach dem Tod des Hauptmanns im Orkan unverständlich geworden war.

Jeden Morgen beim ersten Licht suchten Anna und ich den Horizont nach Segeln oder dem Rauch eines Dampfers ab. Täglich warfen wir mehr Treibholz auf die Stapel für die Alarmfeuer. Um uns her rauschte die Brandung, und die Seevögel schrien, und jeder Tag ähnelte dem vorangegangenen so sehr, dass sie alle untrennbar, ununterscheidbar waren. Die Sonne stieg und sank, aber unser Leben schien stillzustehen.

Die Kinder hörten auf zu wachsen. Sie waren kleine Greise mit krummen Knochen, dünnen Gelenken und großen Augen. Das Mädchen Alicia redete und lachte den ganzen Tag, aber sie war so zart, dass ihre Mutter manchmal über sie weinte. Ihre Schwester Lydia, die zwei Jahre jünger war, hatte sie im Wachstum schon lange eingeholt und war dann stehen geblieben. Martín und Feliciano sahen aus, als wären sie fünf, Roberto war jetzt zwölf und sah aus wie sieben oder acht. Er war der Kräftigste und trug oft Angel auf dem Rücken, den Säugling, der nicht groß werden wollte. Angel konnte auch mit zwei Jahren noch nicht gehen. Roberto fühlte sich für alle Kinder verantwortlich.

Ich nannte sie die sieben Zwerge und musste ihnen immer wieder erzählen, wie die Zwerge in ihr Häuschen kamen und sagten: »Wer hat von meinem Tellerchen gegessen, wer hat aus meinem Becherchen getrunken, wer liegt in meinem Bettchen?«

Die Kinder bewegten sich furchtlos auf der Insel. Wir hielten unser Grauen von ihnen fern. Sie jagten Fische mit Speeren und fingen Vögel, und manchmal besuchten sie Victor in seiner Hütte am Felsen. »Geht nicht hin«, sagte Maripepa, wenn sie sich aufmachten, »er liebte den Hauptmann, und nun ist er ein böser Mann geworden.« Aber die Faszination des Bösen war für die Kinder stärker als ihre Warnungen.

An den Kindern sieht man, wie die Zeit vergeht, sagt man in der kleinen Stadt, in der ich geboren bin. Auf der Insel galt das nicht. Unser Zeitmaß setzte Victor.

Er holte sich eine nach der anderen, Maripepa, Rosa, Tirza. Sie kochten, wuschen, flickten für ihn und kehrten erniedrigt und verprügelt zurück, mit Unterleibsschmerzen, Magenbeschwerden. Keine wurde schwanger.

Ich zitterte, dass ich noch einmal geholt würde. Wir fühlten uns schwach, und die Welt war bedrohlich. Im ersten Jahr hatten wir auch voneinander nichts Gutes erwartet. Diese Phase war lange vorbei. Nun verließen wir uns aufeinander wie auf uns selbst, und wenn Victor wieder eine von uns geholt hatte, lag Anna nachts wach und sprach am Tag von nichts anderem als davon, dass sie uns vor Victor nicht schützen konnte.

Wir sahen ihn selten kommen, er stand plötzlich zwischen uns, war einfach da. Und ehe er ging, schoss er mit der Mauser in die Luft und schrie: »Ihr kommt hier nicht weg. Keine.«

Anna antwortete ihm nie mehr.

Wir hatten wochenlang, monatelang besprochen, wie wir uns wehren könnten, Pläne entworfen, verbessert, aufgegeben. Victor hatte jede Möglichkeit, ihn zu überrumpeln, vorausgesehen und uns höhnisch entgegengeschrien, hatte uns sogar Wege gezeigt, die wir verworfen hatten, weil sie zu grausam waren.

Dann, ich weiß nicht mehr, wann, kam Tirza vom Felsen zurück. »Ich habe einen Hammer versteckt«, sagte sie, »in der Hütte, hinter der großen Truhe.« Sie sagte: »Ich bringe ihn um, egal, ob ihr mir helft oder nicht. Noch einmal kriegt er mich nicht.«

Wir alle kannten den Hammer. Victor hatte ihn manchmal benutzt, um neue Stufen in den Felsen zu schlagen.

Der Hammer riss uns aus unserer Apathie. Wir sahen eine Möglichkeit, unsere Leiden zu beenden. Das war im Sommer 1917.

Von nun an schickten wir Rosa und die Kinder häufig zu weit entfernten Stellen auf der Insel und überlegten wieder gemeinsam, wie wir vorgehen wollten. Ich entwarf einen Plan nach dem anderen, aber Anna fand lange bei jedem gefährliche Unwägbarkeiten. Der Plan, auf den wir uns einigten, war schließlich ganz einfach:

Anna geht zu Victor, festlich gekleidet. Maripepa bleibt bei den Kindern. Tirza und ich begleiten Anna. Sie redet freundlich mit Victor, setzt sich vielleicht sogar auf seinen Schoß. Tirza schleicht sich zur Truhe, ich halte mich bereit, Victor abzulenken, falls er es bemerkt.

Wie wir Victor töten würden, besprachen wir nie.

»Überlasst das mir«, sagte Tirza. »Er ist ein Zauberer. Nur ich kenne die richtige Weise, in der dies geschehen muss, und wenn ich sie euch sage, wirkt sie nicht mehr. Ein Zauberer stirbt nicht wie andere Menschen.«

Ich sah Anna fragend an, aber sie wiederholte nun nicht mehr, dass wir dem süßen Jesus alles anheim stellen müssten. Sie sagte: »Überlassen wir es Tirza.«

Nun warteten wir auf Victor, unsere Unruhe wuchs mit jedem Tag, an dem er nicht kam. Wir redeten über ihn und passten auf, dass Rosa uns niemals hörte.

Schließlich hielten wir es nicht mehr aus, auf etwas zu warten, das wir zugleich fürchteten. Anna schickte Feliciano und Roberto mit der Botschaft zu Victor, *la capitana* würde in zwei Tagen zu ihm kommen und eine Weile bei ihm, dem Gouverneur der Insel, bleiben.

»Gouverneur der Insel, vergiss das nicht«, schärfte sie Roberto ein.

20. Lieferung der Gefangenen
Lilli von Eck

Die Nacht vor Victor Lavistas Tod war heiß, ich hörte auf die heftigen Regengüsse und das unruhige Meer und dachte an meinen Bruder. Anna stand ein paarmal auf, kniete sich neben ihr Bett und betete flüsternd, Maripepa beruhigte ein Kind mit kleinen Lauten. Nur Tirza schlief tief und fest.

Als die Morgendämmerung kam, war der Wind noch stark, und die See brach sich hart am Riff. Wir zogen uns und die Kinder an und versammelten uns am Tisch. Der Wind fuhr in das Herdfeuer, das nun seit zwei Jahren ununterbrochen brannte, es züngelte und prasselte. Die Streichhölzer waren in der rostigen Dose feucht geworden und zündeten nicht mehr. Anna betete lange und küsste den Rosenkranz.

»Du sollst nicht töten«, sagte sie zu den Kindern. »Wir werden heute eine Sünde begehen. Betet für uns.«

Sie war so ernst, dass die Kinder nur stumm nickten, als wüssten sie Bescheid. Nicht einmal Roberto, der seit einiger Zeit alles zu untersuchen pflegte und jeden Satz der Erwachsenen auseinander nahm, setzte zu einer Frage an.

Dann aßen wir Tölpelfleisch, wie immer seit zwei Jahren.

»Ich möchte, dass du uns nachher begleitest, Feliciano«, sagte Anna, ehe wir vom Tisch aufstanden. »Ja, Mama.« Feliciano war ein vertrauensvolles, vernünftiges Kind geworden. Anna liebte alle Kinder und zeigte ihnen ihre Liebe, den eigenen und den fremden. Nur Feliciano, ihr Ältester, der lächelte wie der Hauptmann, stand ihr besonders nah.

Der Wind schlief ein, doch die See blieb unruhig. Der Himmel war bedeckt, fast dunkel, und die Luft sehr heiß und schwül.

Spät am Morgen brachen wir auf. Anna ging mit Feliciano voran. Tirza küsste Guadalupe und gab sie Rosa und folgte dann mit mir. Wir hatten uns so sonntäglich und ordentlich zurechtgemacht, wie wir nur konnten. Wir trugen Stoffblusen zu unseren Röcken aus steifem Segeltuch, und unsere frisch gewaschenen Haare waren hochgesteckt. Feierlich gingen wir am Ufer der Lagune entlang.

Ich war so aufgeregt, dass ich ein paarmal Schluckauf bekam und stehen bleiben musste. Tirzas Augen funkelten, und ihr Haar schien ihr vom Kopf abzustehen, aber sie sagte kein Wort. Anna ging mit festen kleinen Schritten vor uns und rutschte manchmal ein wenig auf dem Geröll. Die Vögel schrien, und ich zwang mich, weiterzugehen.

Je näher wir zum Felsen kamen, umso größer wurde das Geschrei der Vögel. Ihre Schreie und Rufe hätten Victor vor uns warnen können. Die Tür seiner Hütte stand offen, aber er kam nicht heraus.

Anna trat ohne Zögern ein und schob dabei ihren Sohn vor sich her. Ich hörte einen rauen Laut der Überraschung von Victor und ging ebenfalls hinein, Tirza folgte als Letzte.

In der Hütte war es dunkel. Victor war aufgestanden und schob Anna einen Stuhl hin, aber als er mich sah, rief er: »Raus!

Ich will die blonde Hexe hier nicht haben. Sie hat den bösen Blick.« Damit meinte er meine blauen Augen.

Ich ging langsam auf ihn zu. Er holte aus und gab mir eine Ohrfeige – und kurz ehe er mich traf, sah ich, wie Tirza hinter ihm zur Truhe schlich. Dann ging alles ganz schnell. Anna schrie Victor an, und er schrie zurück: »Die Indianerhexe soll auch gehen!« Tirza hinter ihm hatte den Hammer mit beiden Händen gepackt, holte aus und schlug zu, traf Victors Kopf, gerade, als er sich zu ihr umdrehte.

»Lauf weg, Feliciano!«, schrie Anna.

Victor sackte in die Knie, fiel vornüber auf die Hände. Er kroch auf allen vieren durch die Hütte, es war unheimlich. Ich sah, dass er den Dolch nicht am Unterarm festgebunden hatte. Er lag auf dem Tisch, Anna griff danach. Victor richtete sich auf, er hatte ein Beil in der Hand und ging auf Anna los.

Anna duckte sich und stach ihm in die Brust. Ich sprang auf Victor zu, doch Anna schrie: »Lilli, die Mauser!«

Das Gewehr stand innen neben der Tür.

Feliciano war schneller als ich, er griff danach und entsicherte es und zielte auf Victor. Aber er war doch erst ein Junge, und ich wollte nicht, dass er Victor erschoss. Ich meine – ich wollte gar nichts in dem Augenblick, ich dachte überhaupt nicht, ich sah nur den Kampf zwischen Victor und Anna. Ich riss dem Jungen das Gewehr aus der Hand und legte auf Victor an.

Der Schuss knallte vorzeitig los. Victor taumelte etwas und sah mich erstaunt an – ich hatte ihn in den Oberschenkel getroffen. In diesem winzigen Bruchteil einer Sekunde verlor er den Kampf. Tirza stand mit erhobenem Hammer wieder hinter ihm und schlug ein zweites Mal zu.

Diesmal stürzte er ohnmächtig zu Boden. Er blutete, das Blut versickerte im Staub.

Tirza ließ den Hammer fallen und griff nach ihrem Messer,

das sie im Gürtel trug. Sie hob ihren linken Arm und wehrte uns ab, umkreiste den bewusstlosen Victor, atmete einmal laut ein und stach ihn mit der Messerspitze ins Gesicht.

»Uno!«, schrie sie und sprang zurück.

»Tirza!«, schrie Anna.

Tirza sprang wieder vor: »Dos. Tres. Cuatro ...« Sie zählte immer schneller, stach rasend in Victors blutendes Gesicht. Bei zwanzig hörte sie auf, sprang zurück und blieb mit hocherhobenem Messer stehen.

»Der Zauber ist gebrochen«, sagte sie.

Sie ging durch die Tür hinaus.

Anna und ich standen neben Victor, vor Anna stand Feliciano, sie hatte beide Hände auf seine Schultern gelegt. Victor lag gekrümmt auf der Seite, die Knie angezogen, die Arme angewinkelt. Sein Gesicht war nicht mehr zu erkennen. Mir wurde schlecht.

»Ist er tot?«, fragte Feliciano.

»Ich weiß nicht«, flüsterte Anna.

Victor stöhnte und bewegte sich, und im selben Augenblick hörten wir Tirzas schnelle Schritte.

»Ein Schiff, ein Schiff!«, schrie sie in die Hütte. »Ein Schiff kommt!«

Wir rannten hinaus.

Ich weiß, es wirkt unglaubwürdig, aber so war es: Das Schiff kam an dem Tag, an dem Victor Lavista starb.

21. Lieferung der Gefangenen Lilli von Eck

Ich sehe heute noch vor mir, wie Anna auf die Knie fiel: »Lieber Gott, lass das Schiff nicht vorbeifahren. Heilige Mutter Gottes, mach, dass die Leute uns sehen.«

»Der Zauber ist zerstört, natürlich können sie uns jetzt sehen«, sagte Tirza großartig. »Aber wir sollten ihnen mit einem Tuch winken. Wer weiß, was für Leute das sind.«

Tirza redete ohne Pause. Sie glaubte, sie habe mit den zwanzig Messerstichen einen Zauber gebrochen, den Victor über die Frauen gelegt hatte. Die Freude und das Staunen, dass ihr das gelungen war, trugen sie über das Entsetzen vor dem Blutbad, das sie angerichtet hatte, hinweg. Das war nicht sie selbst gewesen, das war eine höhere Macht, die durch sie gehandelt hatte. Die alten Götter ihrer Mutter schützten sie noch.

Das große graue Schiff kam näher, schob sich durch graue Wellen, ein Schatten nur vor einem grauen Horizont.

Wir hatten kein Tuch zum Winken, und zur Truhe in der Hütte, in der Victor blutend auf dem Boden lag, mochte keine von uns gehen.

»Ich fühle mich so leicht«, sagte Tirza. »Ich laufe schnell zum Haus zurück und hole ein Tuch und Maripepa und Guadalupe.«

»Und Roberto und Alicia?«, sagte Feliciano.

»Wasch dir das Blut ab, und zieh etwas anderes an«, sagte Anna. »Wir wissen wirklich nicht, was für Leute das sind.« Sie musterte mich und ihren Sohn und sah an sich selbst herunter, sagte aber nichts.

Das graue Schiff kam aus Nordosten auf uns zu, wir erkannten erst Geschütztürme auf dem Vordeck, dann Kanonenrohre. Wir winkten und winkten, aber vom Schiff kam kein Zeichen zurück.

Ich wollte zum Rand des Riffs hinauswaten, aber Anna sagte, hinter den Brandungswellen würde niemand mich erkennen.

Das Schiff wurde größer. Wir sahen weiß gekleidete Gestalten. Es schien zu stoppen, drehte dann langsam nach Norden und begann, sich wieder von uns zu entfernen.

»Nein!«, schrie Anna. »Nein!« Wir winkten und rannten dem Schiff hinterher. Wir stolperten über Steine, Krabben rannten vor uns davon. Anna schrie und schrie.

»Es fährt nicht weg, Mama.« Feliciano weinte. »Mama, es fährt nur um die Insel!«

Das Schiff dampfte langsam um das gefährliche Atoll. Wir keuchten und rangen nach Atem, blieben stehen und winkten, liefen weiter.

Tirza und Maripepa kamen uns mit den Kindern entgegen, winkten und schrien wie wir. Als sie uns sahen, blieben sie stehen und warteten auf uns. Maripepa hielt ein weißes Tuch über ihren Kopf, das wie eine Fahne flatterte.

Niemand auf dem Schiff bemerkte uns. Die schwere Brandung aus der Nacht stand noch um die Insel, und je weiter das

Schiff nach Nordwesten fuhr, umso wilder war sie, was an der Beschaffenheit der Riffkante lag. Wir hatten große Angst, dass es einfach abdrehen und wegfahren und am Horizont verschwinden könnte. Als das Schiff endlich stoppte, war Mittag längst vorüber, und wir waren vollkommen erschöpft.

Auf dem Schiff ließ man ein Boot hinab. Männer kletterten hinein. Das Boot legte ab und hielt auf die Insel zu.

Ich riss Maripepa das weiße Tuch aus den Händen und winkte damit und schrie und lief auf dem Strand auf und ab, damit sie uns endlich sahen. Auch Anna, Tirza und Maripepa und die Kinder winkten wieder. Weiße Tölpel sammelten sich über uns und stiegen in einem immer größer werdenden Schwarm auf und nieder und schrien und pfiffen.

Endlich winkte jemand im Boot uns zu. Es war ein Motorboot und brachte fünf Männer. Aber dies war keine Stelle, an der man landen konnte, die Brandung war hier sehr hoch. Das Boot kam auch nicht durch. Plötzlich sahen wir es nicht mehr. Dann hob eine Welle es hoch, und es verschwand wieder hinter dieser Welle. Als wir es wieder sahen, hatte es abgedreht und kehrte zum Schiff zurück.

Wir standen reglos und stumm und starrten dem Boot nach. Tirza bewegte sich als Erste. Sie warf sich auf den Strand, sie heulte wie ein Hund und stach mit dem Messer in den Sand, immer wieder, stach und stach, Tränen strömten über ihr Gesicht. Maripepa griff sich mit der Hand an die Kehle, sie kriegte keine Luft mehr, verdrehte die Augen und fiel hin. Die Kinder weinten laut.

»Es ist alles vorbei«, sagte Anna langsam mit einer fremden Stimme. »Es war alles umsonst. Gott straft uns, weil wir uns von unserem Peiniger befreit haben.« Sie hob die Faust und drohte dem Himmel: »Ich töte die kleinen Kinder, und dann gehen wir über das Riff zu den Haien.«

Anna war damals eine starke Frau, und es war schrecklich, ihre Stimme und ihre Worte anzuhören.

Wir setzten uns mit den Kindern auf den Sand und sahen zu dem grauen Schiff hinüber.

Das Boot legte ab und kam wieder auf uns zu.

Nur Maripepa stand auf. Sie winkte den Männern im Boot, ihr zu folgen, und tatsächlich achteten die Männer auf ihre Zeichen. Maripepa führte sie zu der Landestelle im Osten, die die Kapitäne der Guano-Gesellschaft benutzten, ehe Gustav Schmitz Betriebsleiter wurde.

Diesmal kam das Boot sicher durch drei Reihen von Brechern und lief auf den Strand. Vier Uniformierte kletterten mit vorgehaltenen Gewehren und aufgepflanzten Bajonetten an Land, einer blieb im Boot.

Anna rannte zu den Männern: »Wer sind Sie, was wollen Sie hier, was wollen Sie auf der Insel?« Dann sprang sie zurück und zog Victors Dolch aus dem Gürtel.

»Wir sind amerikanische Marinesoldaten«, sagte der Anführer. »Unser Schiff ist die USS *Portland,* und wir wollen Ihnen nichts antun.«

Anna bat ihn in schnellem Mexikanisch, ich konnte sie kaum verstehen, uns alle von der Insel wegzubringen. Sie brach in Tränen aus.

Die Kinder schrien: Das Schiff hatte gedreht und dampfte davon.

»Keine Aufregung«, sagte der amerikanische Marinesoldat, »es kommt zurück. Also nochmal: Ich bin Leutnant Kelly, und das ist unser Schiffsarzt Doktor Snow. Und wer sind Sie?«

Wir redeten alle durcheinander. Der Leutnant und der Arzt verstanden schnell, dass Anna die Witwe von Hauptmann Armand war und Tirza die Witwe von Leutnant Malacate, aber sie brauchten lange, um zu begreifen, dass von der Garnison nur vier Frauen und acht Kinder übrig geblieben waren.

Tirza sagte stolz, dass es ihr eben gerade gelungen sei, den letzten Mann der Garnison zu töten: »Ich glaube, dass der süße Jesus nicht die Absicht hatte, ihn von der Insel fortgehen zu lassen, aber wenn der süße Jesus diese Absicht doch hatte, dann hat er sich schwer getäuscht.«

»Sie haben einen Mann ermordet?«, sagte Kelly.

Gefangene an Konsul = Nr. 21

20. Februar 1918

Sehr geehrter Herr Konsul,

bitte, helfen Sie mir, Alfie zur Vernunft zu bringen. Er will mich »mit seinem Namen schützen« und mich heiraten. Davon ist er nicht abzubringen.

Kann nicht jemand anderer mit mir spazieren gehen? Ihr junger Mann nutzt meine Verwundbarkeit aus.

María sagt, in Salina Cruz weiß niemand, dass es mich gibt. Nach der Abreise von Anna María Armand heißt es in der Stadt nur, die Reichen kommen wie immer mit heiler Haut davon.

Ich bitte Sie höflich, mich nun aus der Gefangenschaft zu entlassen. Die letzten Teile meines Berichts habe ich schon skizziert, sie werden Ihnen in wenigen Tagen zugehen.

Mit vorzüglicher Hochachtung
Lilli von Eck

22. Lieferung der Gefangenen
Lilli von Eck

Meine Geschichte ist eine Geschichte von Zufällen. Hätte Victor die *Portland* zuerst gesehen, hätte er uns erschossen. Wäre Carlotta nicht bei der Abfahrt der *Savannah* auf mich losgegangen, wäre ich jetzt schon lange in einem anderen Land.

Die wichtigsten Wendungen geschahen innerhalb von Sekunden, ohne weitere Vorbereitung – als ob jemand die Geschehnisse auswürfelte. Wenn man zurückschaut, sieht es aus, als hätte es einen Plan für das eigene Leben gegeben, weil alle anderen Möglichkeiten sich verschlossen. Aber es gab keinen Plan. Es gab nur ein seltsames Würfelspiel, und immer wieder mussten wir sehen, wie wir die einzelnen Würfe überlebten.

Leutnant Kelly sprach Spanisch mit Anna, recht schlecht, aber es ging. Sie berichtete von unserem Leben, lenkte ab vom toten Victor Lavista, und die Marinesoldaten ließen die Gewehre mit den Bajonetten wieder sinken. Kelly war ein großer, breitschultriger Mann, sein blondes Haar war kurz geschoren. Seine Augen waren blau, und ich erschrak vor ihnen: so hell, so voller Licht und die schwarze Pupille so nadelscharf – als ob sie in mein Herz stach. Nun verstand ich, weshalb Victor und auch einige Soldatenfrauen gesagt hatten, Blauäugige hätten den bösen Blick. Anna und Maripepa erschraken nicht vor den Augen des Leutnants, denn sie waren an meine Augen gewöhnt. Aber ich erschrak – ich hatte mein Gesicht seit Jahren nicht gesehen.

Der Leutnant wiederholte alles, was Anna ihm erzählte, langsam als Frage, um sich zu vergewissern, dass er sie richtig verstanden hatte, und sie antwortete mit »nein« und »ja«, und er schüttelte jedes Mal den Kopf.

»Und kein Mann hat überlebt?«

»Und kein Schiff ist gekommen, seit die *Savannah* vor drei Jahren abfuhr?«

»Und vor zweieinhalb Jahren sind Ihnen die Vorräte vollkommen ausgegangen?«

»Und Sie haben von Tölpeln gelebt, von Eiern und von Fischen?«

»Und Sie verteilten eine Kokosnuss pro Woche, um nicht an Skorbut zu sterben?«

Hier sagte der Doktor Snow »was?«, und der Leutnant übersetzte Annas Bericht auf Englisch, und nun schüttelten die Marinesoldaten, die gespannt zuhörten, die Köpfe und gaben Ausrufe des Erstaunens von sich, bis der Leutnant sie zurechtwies.

Der Doktor tippte Angel, der auf Robertos Rücken saß, in die Rippen. Angel lachte und griff nach der funkelnden Brille. Der Doktor hatte rotes Haar und das ganze Gesicht voller Sommersprossen.

»Fragen Sie die Witwe mal: Wie alt ist er?«

»Zwei Jahre. Er kann nicht gehen«, übersetzte der Leutnant.

»Er hat Rachitis«, sagte der Doktor. »Knochenerweichung. Die Witwe sieht aus wie vierzig. Fragen Sie sie, wie alt sie ist.« Neunundzwanzig, sagte Anna, und Kelly übersetzte.

»Sind es Schwarze?« Der Doktor zeigte auf Roberto, Feliciano und Martín. »Ihre Haut ist so dunkel.« Das ist die Sonne, sagte Anna, mein Sohn ist Spanier und Franzose, die anderen beiden sind Indianer.

Der Doktor untersuchte uns mit der Geschwindigkeit eines Taschendiebs, klopfte uns ab, griff nach unseren Köpfen und bewegte sie hin und her in seinem eisernen Griff, sah sich die Zähne an, schlug uns auf Arme und Beine. Wir wussten kaum, wie uns geschah, und lachten abwehrend und kicherten.

»Will er uns kaufen?«, sagte Tirza.

»Abgesehen von dem rachitischen Kind geht es allen erstaunlich gut«, sagte er auf Englisch zum Leutnant. »Sie brauchen ein Bad und anständige Kleider. Sie stinken wie eine Ziegenherde.«

»Das würden Sie auch, wenn Sie auf einer Guano-Insel leben müssten«, sagte ich wütend und unvorsichtig auf Englisch.

Er sah mich neugierig an, schwieg aber, denn der Leutnant sagte gerade zu Anna: »Haben Sie denn gar nichts vom Krieg gehört?«

Seit drei Jahren war Krieg in Europa, und die USA waren im April 1917 in diesen Krieg eingetreten.

Auch unsere Rettung war das Ergebnis einer Kette von kleinen Zufällen.

Einem Admiral fiel im Frühsommer 1917 auf, dass nur etwas nördlich des Schifffahrtsweges von Panama nach Honolulu ein Atoll lag. Er schickte das kleine alte Kanonenboot *Portland,* das seit Eintritt der USA in den Krieg vor Zentralamerika patrouillierte, zu diesem Atoll und zu allen anderen Inseln vor Mexiko. Der Commander sollte deutsche U-Boote suchen und herausfinden, ob die Gerüchte zutrafen, dass Deutsche auf den Inseln Radio-Stationen und U-Boot-Basen errichteten oder errichten könnten. Auch am 18. Juli 1917, am Todestag Victor Lavistas, suchte die *Portland* nach Deutschen.

Auf dem Atoll wollte der Conmander gar nicht landen, als er am Morgen sah, wie schwer die Brecher waren und wie gefährlich das Korallenriff. Er wollte eigentlich nur einmal um die Insel fahren. Sie galt als verlassen. Wenn alles normal wäre, wollte er seine Reise fortsetzen.

Aber dann entschloss er sich doch, eine Landung zu versuchen – nur, weil er nun einmal da war. Und als er sich zur Landung entschlossen hatte, wollte er auch wissen, ob das Leuchtfeuer, das die Seekarte ihm zeigte, noch in Ordnung war oder nicht. Außerdem sagte Leutnant Kelly, sein Erster Offizier – Cuthbert Kelly, 29 Jahre alt –, er würde gern an Land gehen und die Vögel am Felsen studieren, und der Schiffsarzt Doktor Snow wollte mitgehen, nur so, aus Neugier und Langeweile.

Sie ließen eine Bootsmannschaft früher Mittag essen – diese Einzelheiten habe ich erst später erfahren – und legten ab. Aber die Brandung war hoch, sie kamen in Schwierigkeiten, das hatten wir vom Strand aus gesehen. Was wir aber jetzt erfuhren: Sie hatten mich gesehen. Ich glaube jedenfalls, dass sie mich gesehen haben, denn ich bin größer als Anna, und sie erwähnten nur eine Person. Sie kehrten zum Schiff zurück, um ihrem Commander zu berichten, dass auf der verlassenen Insel ein Mensch war.

Der Commander gab ihnen den Befehl, an einer anderen Stelle zu landen und zu untersuchen, was es mit diesem Menschen auf sich hatte.

»Vier Frauen und acht Kinder«, sagte der Leutnant, »ich fasse es nicht. Und keine Ahnung vom Krieg. Wann haben Sie Ihre letzte Zeitung gelesen?«

»Im Januar 1914«, sagte Anna.

»Im Januar 1914«, wiederholte er ungläubig. »Jetzt haben wir Juli 1917. Dann wissen Sie auch nicht, dass Huerta seit drei Jahren nicht mehr Präsident von Mexiko ist?«

»Ist er das nicht mehr?«, sagte Anna.

»Ganz sicher haben sie keine Deutschen gesehen«, sagte der Doktor.

»Deutsche?«, sagte Anna stirnrunzelnd. »Ich habe noch nie im Leben Deutsche gesehen. Ich meine, ich würde gerne welche sehen. Hast du schon mal Deutsche gesehen?« Sie sah Maripepa an. »Deutsche Männer?«

Maripepa sagte: »Gustavo.«

»Gustavo«, sagte Anna strahlend zum Leutnant. »Gustavo ist ein Freund, das ist doch kein Deutscher. Lilli, sag ihnen auf Englisch, wer Gustavo ist.«

Ich erklärte, dass der Betriebsleiter der englisch-australisch-amerikanischen Guano-Gesellschaft Pacific Phosphate Company Gustav Schmitz hieß, und dass ich, die Gouvernante seiner Tochter, aus San Francisco hierher gekommen war. Danach stellte der Doktor keine Fragen mehr wegen meiner blonden Haare und blauen Augen, wenn er mich auch immer wieder anguckte, was mir doch sehr unangenehm war.

Aber er kam auf Victor Lavista zurück: »Sie sagten, er hat Sie gequält, und deshalb mussten Sie ihn töten. Was hat er denn gemacht?«

Und so erzählten Anna und Tirza ihnen unsere Geschichte, und ich übersetzte.

»Wir wissen nicht, ob er ganz tot ist«, sagte Anna.

»Der ist tot.« Tirza war stolz auf ihre Tat.

Leutnant Kelly versprach, uns auf die *Portland* zu bringen. Er wollte vorher den Vogelfelsen besuchen, das Leuchtfeuer ansehen, den Friedhof und die Hütte des Leuchtturmwärters. Er schickte den Doktor und zwei Marinesoldaten mit uns zur Siedlung, damit sie uns halfen, alles zu holen und zum Boot zu bringen, was wir mitnehmen wollten.

Leutnant Kelly kam von Vögeln bekleckert in das Haus des Hauptmanns. Er war begeistert von den Tölpeln mit den blauen Füßen, die er noch nie zuvor gesehen hatte. Über Victor Lavista sagte er nur: »Er ist tot. So tot wie ein Loch in einer Tür. Ich habe ihn den Krabben überlassen.«

Ich musste mich setzen.

»Hören Sie einfach nicht hin«, sagte Doktor Snow zu mir. »Er macht immer so dumme Witze.« Der Doktor redete viel, und ich hörte ihm benommen zu.

Anna gab Maripepa Anweisungen, was alles mitkommen sollte, und Maripepa scheuchte die beiden Marinesoldaten durchs Haus. Es war wie früher, als die Soldaten noch lebten. Kleiderbündel, Bilder aus dem Salon, eine Teppichrolle kamen auf unsere Schubkarre, und als Letztes – wir standen schon vor dem Haus, und ich fand es seltsam und Angst einflößend, alles nun so zu verlassen – fielen Maripepa die Hühner des Hauptmanns ein. Nur zwei hatten die Jahre überlebt, und sie waren uns in allen Stürmen, die dem Orkan folgten, heilig geblieben. Der Drahtkäfig war zu groß für den Transport, und einer der Seesoldaten band ihnen die Füße mit einer Schnur aus seiner Hosentasche zusammen.

Tirza kam von ihrem Haus zurück. Sie hielt Guadalupe eng an sich gedrückt. Als wir gingen, drehte sie sich noch einmal um. Sie sprach nicht mehr, bis wir auf dem Schiff waren.

Leutnant Kelly und Anna gingen voraus, dann folgte ich mit dem Doktor. Ich ließ nichts auf der Insel und nahm nichts mit, bis auf das eine Blatt aus der Dienstanweisung – ich besaß nichts mehr, und das gefiel mir. Es passte zu meiner inneren Verfassung. An meiner linken Hand hielt ich Lydia, an meiner rechten Alicia. Dr. Snow hielt Lydias andere Hand.

Hinter uns schoben die beiden Marinesoldaten die Karre, die immer wieder im Sand stecken blieb. Nach ihnen kamen Tirza,

Maripepa und Rosa, die Guadalupe trug, als Letzte folgten die großen Jungen Roberto, Feliciano und Martín, Roberto mit Angel auf dem Rücken.

Wir waren noch nicht weit gekommen, als der Doktor dem Leutnant zurief: »Ich sehe es Ihrem Rücken an: Sie halten sich für einen Helden, weil Sie diese armen Frauen retten. Aber Theseus ist zu spät gekommen. Der Minotaurus war schon tot, die Jungfrauen haben sich selbst gerettet. Ariadne hat das alles nicht durchgestanden, damit sie auf dem Festland vor Gericht kommt.«

»Und wer soll diese Ariadne sein?«, rief der Leutnant zurück.

»Die Dame Armand. Unsere tapfere Anna María. Was glauben Sie, was mit ihr passiert, wenn Militärs und Juristen sie in die Finger kriegen?«

Kelly wandte sich wieder Anna zu. Später erzählte sie, dass er zu ihr sagte: »Lassen Sie mich auf dem Schiff berichten, und halten Sie sich zurück. Ihre Tat könnte auch als Mord gelten – drei Frauen gegen einen Mann. Wenn Sie Pech haben, finden Sie sich vor Gericht wieder.«

Der Doktor warnte mich: »Sie haben sich selbst gerettet, meine blonde Dame. Sie waren tapferer als Theseus, dem Ariadne half. Sie haben Schlimmeres erlebt als Robinson, der doch so berühmt ist. Jetzt lassen Sie mal Leutnant Kelly was tun. Er wird mit seinem Commander reden, und Sie, meine Damen – übersetzen Sie das bitte für Ihre Schwestern dahinten, schöne Frau –, halten solange die süßen zahnlosen Schnuten.«

So war er, der Doktor Snow. Mit Schwung nahm er die müde Lydia auf den Arm. »Nun wollen wir nicht alles den Zufällen überlassen, sondern etwas eingreifen und Gutes tun, nicht, meine Kleine?« Lydia lächelte ihn süß und zahnlos an.

Das Schiff hatte das Atoll einmal umrundet und lag um vier

Uhr wieder an der alten Stelle. Ich weiß die Uhrzeit, weil der Doktor seine Taschenuhr hervorzog.

Wir stiegen unter großen Umständen in das Boot. Es nahm viel Wasser, als es durch die Brandung ging, und das braune Huhn des Hauptmanns ertrank. Alicia begann zu heulen vor Schreck und Angst und wollte wieder zurück auf das Atoll. Das schwarze Huhn kam mit dem Leben davon. Maripepa hatte es geistesgegenwärtig unter der Bank hervorgezogen, und Alicia hielt es für den Rest der Überfahrt fest in ihrem Arm.

23. *Lieferung der Gefangenen*
Lilli von Eck

Anna war sehr besorgt. In Mexiko gelten Frauen weniger als Männer, sagte sie im Boot, aber in anderen Ländern wäre es für uns offenbar auch nicht viel besser. Sie habe den Leutnant vorsichtshalber gebeten, die Leiche am Felsen zu verschweigen, aber das wage er nicht. Wer weiß, wie dieser Commander an Bord des Kanonenboots denke.

Sie sagte, auch noch im Boot, wir alle sollten von nun an nicht mehr so viel erzählen. Tirza sei zu vertrauensvoll. Das Beste wäre, wir würden mit dem Commander möglichst nicht sprechen oder nur ganz wenig. Wir fühlen uns jetzt stark, sagte sie, und das könnte ihn reizen. Manche Männer mögen das überhaupt nicht. Überlasst alles mir.

Das Boot legte an einer Strickleiter an, die an der grauen Bordwand hing. Anna schob Lydia dem nächsten Seesoldaten zu. Der legte sein Gewehr beiseite und griff nach dem kleinen Mädchen, reichte es weiter nach oben. Lydia kreischte, und auch Alicia, Feliciano und Angel begannen zu schreien, als die Soldaten sie aus dem Boot hoben und ihre Mutter unten sitzen blieb. So enterten wir die *Portland* in einem Tumult aus Geschrei und Tränen und jähzornigem Füßetrampeln von Lydia, und Commander Francis – Richard Francis, 43 Jahre alt, Berufsoffizier – konnte keine von uns sofort befragen.

Ich fühlte mich bedrängt und eingekeilt auf dem Deck, roch Metall und Rost und Farbe. Uniformierte Männer starrten uns an. Der Commander war ein kleiner, untersetzter Mann mit energischen Bewegungen. Er sagte, er sei sehr überrascht, dass Leutnant Kelly Frauen und Kinder mitbrachte. Er begrüßte uns nicht.

Der Leutnant sagte ungefähr dies: »Das Versorgungsschiff ist nicht mehr gekommen. Die Soldaten sind gestorben. Im Osten der Insel, zwischen dem Punkt unserer Landung und dem Felsen, liegt ein Friedhof mit über zwanzig Gräbern. Es gibt nichts Grünes auf der Insel. Vier Frauen und acht Kinder leben seit Jahren von Vögeln und Eiern.«

Die amerikanischen Offiziere murmelten mitfühlend, und einer strich Martín über das Haar, der sich sofort an mich drängte.

Ein Mann sagte: »Die sind ja in miserabler Verfassung.«

Der Commander sagte: »Sie brauchen alle erst mal ein Bad und Kleider. Das ist viel zu rau, was diese Kinder da tragen – Hosen aus Segeltuch und wohl nichts darunter.«

Ich merkte, wie ich wieder wütend wurde bei dieser Anspielung auf unseren Gestank, und Leutnant Kelly merkte es offenbar auch, denn er sagte schnell: »Ganz sicher haben sie keine Deutschen gesehen. Sie wussten nicht einmal, dass in Europa Krieg ist. Sie sind Huertistas, und sie wussten nicht, dass Huerta seit drei Jahren nicht mehr Präsident von Mexiko ist. Vor dreieinhalb Jahren haben sie zum letzten Mal Zeitung gelesen.«

»Und der Leuchtturm?«

»Der Leuchtturm ist in Ordnung, der Leuchtturmwärter ist

tot. Ich habe seine Leiche in einer Hütte am Fuß des Felsens gefunden, als ich zurückkam, nachdem ich den Zustand des Leuchtfeuers untersucht hatte. Er war noch lauwarm, aber die Krabben fraßen schon an ihm. Diesen Teil meines Berichts möchte ich nachher präzisieren.«

Der Commander nickte. »Haben Sie ihn begraben?«

»Ich hatte keinen Spaten. Ich musste ihn den Krabben überlassen.«

Der Commander sagte: »Es wird schon dunkel, wir können nicht noch einmal an Land gehen, nur um ein Skelett zu begraben. Also muss er dort liegen bleiben. Merkwürdiger Tod.«

An dieser Stelle sank Anna ohnmächtig auf die Decksplanken.

Mehrere Männer sprangen nach vorn, um sie zu halten, wieder gab es Durcheinander und Kindergeschrei, ich bekam Beklemmungen. Commander Francis schickte alle Männer weg, bis auf den rothaarigen Doktor Snow und seinen Sanitätsgehilfen, denen er befahl, uns auf die Krankenstation zu bringen.

So kletterten wir zögernd einen engen, dunklen Niedergang hinab, aus dem der Geruch von heißem Schmieröl nach oben stieg. Anna verlor unten in den Gängen offenbar ihre Haltung, denn ich hörte ihre lauten Schreie und Schluchzen. Die Ohnmacht hatte ich ihr nicht geglaubt, aber die Schreie waren echt und entsetzten mich.

Ich war die letzte an Deck, und der Commander hielt mich zurück: »Nun zu Ihnen. Leutnant Kelly sagt gerade, Sie waren Gouvernante beim deutschen Leiter der Guanowerke? Dann sind Sie also auch Deutsche? Können Sie sich ausweisen?«

Ich bin mit der *Diana* gekommen, die am Riff zerbrach, wobei ich meinen Überseekoffer verlor. Meine Reisetasche ist mit der *Savannah* davongefahren. Meine Papiere hat ein Orkan zerfetzt und aufs Meer gefegt. Ich hörte selbst, dass ich nicht sehr glaubwürdig klang.

»Ich brauche irgendeinen Beweis dafür, dass Sie lange vor Kriegsausbruch auf dem Atoll waren und dort vom Krieg überrascht wurden.«

Commander Francis wollte Anna befragen und schickte einen Mann nach unten, um sie zu holen.

Doktor Snow kam selbst an Deck: »Das geht nicht. Sie hat einen Nervenzusammenbruch.«

»Soll ich diese blonde Frau denn jetzt vorschriftsmäßig in Ketten legen?«, sagte der Commander. »Sie ist Deutsche. Das ist doch ein merkwürdiger Zufall, dass sie nun ausgerechnet auf diesem Atoll sitzt, das unserem Admiral aufgefallen ist.«

»Sie hat so ein wunderschönes Lächeln«, sagte Doktor Snow.

Francis stapfte aufgebracht davon.

»Er ist wütend, weil Sie so viel leiden mussten«, sagte der Doktor. »Am besten, Sie gehen jetzt auch unter Deck. Wir haben Platz für Sie in unserem Krankenrevier gemacht.«

Auf dem Kanonenboot waren alle Lichter gelöscht. Hinter uns versank meine Insel in Nacht und Dunkelheit. Einen verwirrten Augenblick lang dachte ich, Gunnar Halvorsen und Greta und Edith und Mary blieben zurück.

Die Metallwände schienen sich um mich zu schließen. Ich spürte den Doktor dicht hinter mir. Als vor mir ein Mann aus einem Seitengang auftauchte, auf mich zukam – »darf ich mal« – und sich an mir vorbeizwängte, hätte ich fast geschrien.

Das Krankenrevier war eine enge Kajüte mit zwei Kojen. Snow behandelte gerade zwei Fälle von Mumps unter den Seeleuten, und die Kranken mussten in ein Rettungsboot umziehen und dort schlafen. Matrosen legten Matratzen auf den Fußboden und befestigten Hängematten kreuz und quer im Raum.

Aber wir konnten wenigstens unter uns sein, als sie fertig waren und gingen. Trotzdem kam Panik in mir hoch, als Doktor Snow die Tür von außen zuzog. Ich fühlte mich eingeschlossen und riss sie wieder auf.

Wir litten schrecklich unter Seekrankheit. Die ganze Nacht über beugten wir uns über die angestoßenen Emailleeimer, die der mitleidige Sanitätsgehilfe uns brachte und wegtrug, und säuberten die Kinder in einem schäbigen Waschraum. Es war heiß da unten in dem Kanonenboot, stickig und dumpf und sehr laut. Das Pochen der Maschine, das Zittern des Fußbodens und der Wände ängstigten uns. Niemand schlief. Einmal ging das Kabinenlicht aus, und wir alle schrien.

Morgens, als Leutnant Kelly und Doktor Snow kamen und sahen, wie schlecht es uns ging, ließen sie uns auf das Quarterdeck führen, das ist ganz hinten, zwischen Ruderhaus und Fahne, eine schöne ruhige Stelle, auf die nur manchmal Rauch und Ruß aus dem Schornstein wehten. Uns ging es schnell besser. Die Seeleute hängten ein fleckiges Sonnensegel auf, und der Steward brachte Kaffee, Rühreier mit Speck und Toast mit Orangenmarmelade.

Die Kinder kannten kein Brot und keine Marmelade, aber da ein Kreis von Offizieren sich um uns gebildet hatte, die zusehen wollten, wie wir aßen, bissen sie höflich ab. In Wirklichkeit wollten die Kinder, besonders die größeren Jungen, mit den Männern sprechen und hätten noch ganz anderes getan, als Marmeladenbrot zu essen, wenn sie sich nur mit ihnen beschäftigten. Roberto wollte die Kanonen sehen und Feliciano außerdem das schwarze Huhn besuchen. »Ich mochte die Insel nicht, aber ich mag das Schiff«, sagte Roberto. Die Offiziere wurden ganz verrückt nach ihm, und ein Leutnant Stump erklärte, er würde ihn adoptieren, wenn der Krieg vorbei wäre – ob der Leutnant das heute noch weiß?

Die Kinder durften die Männer durch das Schiff begleiten, hinauf auf das Vordeck zu den Kanonen und dem Huhn, hinunter in den Schiffsbauch, wo Heizer mit schwarzen Kohlenstaubgesichtern und weißen Augäpfeln sie neugierig grüßten. Nur Anna, Tirza, Maripepa und ich und die beiden kleinen Kinder Guadalupe und Angel blieben auf dem Quarterdeck. Es ging uns gut, aber ich weiß noch, dass ich mich wunderte, weil ich mich nicht über unsere Rettung freuen konnte. Ich fühlte nichts.

Später wollte Anna, dass wir alle badeten und den Kindern und uns die Haare wuschen. Wir durften das Badezimmer des Commanders benutzen, in dem eine Wanne mit Löwenfüßen stand, und Maripepa dirigierte den Steward und seine Gehilfen, die heißes Wasser einließen und abließen und uns Handtücher brachten und forttrugen und die Kinder holten und wieder an Deck führten. Als auch die Erwachsenen gebadet hatten, wollte Anna, dass Maripepa das gelbe Seidenkleid bügelte.

Das gebügelte Kleid hing einen ganzen Tag in unserer Kabine und war Anlass für erschreckte Schreie, wenn jemand dagegen kam, was dauernd passierte.

Doch Commander Francis sahen wir erst am nächsten Tag wieder, am Freitag, den 20. Juli 1917.

Doktor Snow kam zu uns auf das Quarterdeck und sagte, der Commander lasse Señora Armand in seine Kabine bitten.

Anna stand auf – was schreibe ich: Anna erhob sich. »Sagen Sie dem Commander, dass ich in wenigen Augenblicken bereit bin. Señorita von Eck wird mich begleiten.«

Dem Commander verschlug es den Atem, als er die Señora eine Stunde später sah. Seine energischen Bewegungen wurden unbeholfen, er erinnerte mich an ein kleines Fass. Der philippinische Steward, der für ihn übersetzen sollte und sich an die Kabinenwand drückte, hatte einen Ausdruck blanker Bewunderung auf dem Gesicht.

Anna María Armand im gelben Seidenkleid und mit Brillanten im hochgesteckten Haar und an den Fingern – das war selbst nach drei Jahren Insel ein toller Anblick in dem schäbigen alten Kanonenboot. Heute weiß ich: Der Anblick war auch deshalb ein Schock für Commander Francis, weil er ihm zeigte, wie lange wir auf der Insel gewesen waren. Knöchellange und figurbetonte Kleider über Korsetts trug seit Jahren keine Frau mehr.

Ich habe Anna oft bewundert, aber niemals so wie an diesem Tag. Ihr weißer Hut und ihr weißer Sonnenschirm waren dahin, sie trug stattdessen eine Rolle Banknoten in der Hand: Sie schlug wieder einmal einen Ton auf dem gesellschaftlichen Klavier an. Ihre Nase war rot vor Aufregung.

Francis griff wie im Traum nach dem Geld. Er rollte es auf, hob einzelne Scheine hoch, betrachtete sie lange: »Sag ihr, Gonzales, diese Scheine waren ein großes Vermögen unter dem Regime von Huerta, aber jetzt sind sie wertlos.«

Die Kabine des Commanders war erstaunlich groß, es gab ein weinrotes Plüschsofa und harte Stühle um einen hohen runden Tisch, über dem eine Messinglampe hing, eine Anrichte mit Kristallspiegel, einen Schreibsekretär aus Mahagoni und einen Lesesessel mit Fußbank, mehrere kleine Orientteppiche. Der Commander bot Anna und mir Platz am Tisch an. Er setzte sich auf seinen drehbaren Schreibtischstuhl, der Steward Gonzales blieb stehen.

Anna saß anmutig und mit geradem Rücken auf der Kante des Stuhls, wie es sich für eine Dame gehört und wie die Nonnen es ihr beigebracht haben. Der Commander ahnte nichts davon, dass sie mit der Geldrolle den Angriff eröffnet hatte: Sie war entschlossen, den Commander zu erobern.

Er fragte sie, wie es dazu gekommen war, dass wir drei Jahre lang vergessen auf einer kleinen Vogelinsel lebten, und Anna erzählte noch einmal, was schon Leutnant Kelly ihm berichtet haben musste: Wie der Kreuzer *Savannah* die Schiffbrüchigen des amerikanischen Schoners *Diana* holte, und wie der Hauptmann die Insel mit der Garnison nicht verlassen wollte, weil er dachte, dass das Versorgungsschiff bald kommen würde. Sie erzählte, wie die Soldaten und ihre Frauen an Skorbut starben, wie deshalb nach und nach ein Gemütsleiden den Hauptmann lähmte und wie er eines Tages die letzten noch lebenden Männer zwang, einem Schiff hinterherzurudern, das nur er am Horizont sah. »Wir Frauen standen mit den Kindern am Strand und sahen sie sterben. Wir konnten mit einer Kokosnuss in der Woche überleben und die Kinder am Leben halten. Der Leuchtturmwärter ist an Skorbut gestorben.«

»Leutnant Kelly hat die Leiche in der Hütte gesehen«, sagte Commander Francis.

»Der Mann hieß Lavista«, sagte Anna, »Victor Lavista. Er war ein einfacher Soldat und sehr tüchtig, und der Hauptmann hat ihn eine Zeit lang zu seiner Ordonnanz gemacht und dann, als der frühere Leuchtturmwärter an Skorbut starb, zum Leuchtturmwärter. Lavista war ein edler Mensch, er wollte nichts von der Kokosnuss, damit wir und die Kinder genug hatten, und nun ist er auch an Skorbut gestorben.« Sie zog ein Spitzentaschentuch aus dem Ärmel und tupfte sich die Tränen ab.

Ich übersetzte, und ab und zu sah der Commander zu Gonzales hinüber, um sich zu vergewissern, dass der Steward mit meiner Übersetzung einverstanden war.

Der Commander sagte: »Leutnant Kelly hat festgestellt, dass der Mann gerade getötet worden war. Er lag in seinem Blut, und er war noch lauwarm.«

Anna senkte langsam den Kopf.

»Ich muss Sie leider danach fragen«, sagte Francis.

»Mein Mann war ein sehr guter Soldat«, sagte sie.

Francis goss Wasser aus einer Karaffe in ein Glas und stellte es vor Anna. Sie putzte sich die Nase und nahm einen Schluck.

»Wir haben ihn getötet.« Anna nickte. »Ich wollte es geheim halten, weil das, was wir erlebt haben, so schrecklich ist. Wir reden nicht gerne darüber.«

Sie erzählte, wie der Leuchtturmwärter immer wieder plötzlich bei uns auftauchte, eine Frau auswählte und in seine Hütte brachte und sie zwang, so lange mit ihm zu leben, wie er wollte. Sie erzählte, wie er die Witwe eines Soldaten, die sich wehrte, erschoss, und wie er oft sagte, dass er uns alle sofort töten wollte, wenn ein Schiff in Sicht kam. Sie erzählte, wie wir keinen anderen Ausweg wussten, als ihn zu töten, und wie Tirza MacPherson ihm das Gesicht mit dem Dolch zerfetzte, weil sie glaubte, er sei ein Zauberer, und wie wir dann das Schiff sahen.

Anna sprach, und ich übersetzte leise, und der Commander und der Steward rührten sich nicht. Schließlich bat Francis sie, an Deck zu warten, während er Tirza befragte. Anna erhob sich mit großer Würde, und er hielt ihr die Tür auf.

Gonzales, der Steward, brachte Tirza herein, und Francis fragte nach dem Leuchtturmwärter.

Tirza sagte: »Er hat uns gequält.«

Francis wollte, dass sie die Geschehnisse aus ihrer Sicht erzählte, aber sie schwieg auf seine Fragen, wie Anna es ihr eingeschärft hatte, oder beantwortete sie nur einsilbig.

»Sie scheinen sich nicht viele Gedanken über die Sache zu machen«, sagte Francis.

»Ich mache mir mehr Gedanken, als es scheint.« Tirza wurde langsam ärgerlich. »Mein Vater ist ein Schotte, und meine Mutter ist eine Yaqui, und von beiden habe ich die Gabe, in mich zu horchen. Ich glaube, dass ich nur ausgeführt habe, was eine höhere Macht wünschte.«

»Sie sind eine resolute Frau und von allen die kräftigste. Sicher hatten Sie am wenigsten Angst vor diesem Lavista. Was wäre geschehen, wenn er unser Schiff vor Ihnen gesehen hätte?«

»Er hätte uns alle getötet.«

»Die Señora Armand auch?«

»Die als Erste.«

»Warum?«

Tirza antwortete auf keine weiteren Fragen. Er versuchte, Einzelheiten über Victors Tod von ihr zu erfahren, aber sie beherrschte sich und schwieg.

Schließlich brach er das Verhör ab und befahl Gonzales, Anna zu holen. Keiner in der Kabine sprach, während wir warteten. Über mich war noch kein Wort gefallen.

Als Anna die Kabine betrat, stand der Commander auf: »Ich werde über Ihren Fall nachdenken und Ihnen morgen mitteilen, zu welchem Schluss ich gekommen bin.«

Wir waren entlassen.

Ich ging staunend umher, als wäre ich noch nie auf einem Schiff gewesen. Mein Kopf war dumpf von den vielen Eindrücken, der Enge, den Geräuschen. Die Menschen ermüdeten mich.

Deshalb winkte ich ab, als der Steward zu mir kam und sagte, ein Maschinist wollte mich sehen. Später, sagte ich, ich habe Kopfweh. Ich war froh, dass auf einem Kanonenboot nicht jeder überall hingehen kann. Für jeden Rang gibt es bestimmte Bereiche, die andere Ränge nicht oder nicht so ohne weiteres betreten dürfen. Vor einem Maschinisten war ich sicher.

Die Offiziere hatten Zugang zum Quarterdeck. Sie schenkten den Kindern Dosen mit seltsamen Süßigkeiten: rosa und weißen Zuckerschaumstücken, die sie Marshmallows nannten. Die Kinder kennen keine Süßigkeiten und wussten nicht, was sie mit ihnen machen sollten. Martín öffnete mühselig eine Dose, ließ ein Marshmallow nach dem anderen über die Reling ins Meer fallen und spielte dann mit der leeren Dose, die mit den Bewegungen des Schiffs hin und her rollte.

Das Mittagessen, das der Steward uns in der Messe der Offiziere servierte, rührten sie kaum an. Sie wollten Bobos haben. Der Steward wollte sofort in der Küche fragen, ob es Hühner aus Dosen gab, aber Maripepa hielt ihn davon ab. Sie wolle nie wieder in ihrem Leben einen Vogel essen, sagte sie, und Anna, Tirza und ich stimmten ihr zu.

Nach dem Essen saßen wir wieder auf dem Quarterdeck. Der Decksmeister schenkte den Kindern blaue Blusen, und Tirza änderte sie, damit sie den Großen passten – Roberto, Feliciano, Martín, Rosa. Der Decksmeister hatte Tirza auch eine Handnähmaschine besorgt, von der sie begeistert war, weil sie das gleiche Modell besessen hatte, bis der Orkan kam und es zerschlug. Für die Kleinen nähte sie Kleidchen aus einem Baumwollstoff aus dem Schiffslager.

Der Steward brachte mir einen Zettel: »Von dem Maschinisten.«

Ich faltete den Zettel auseinander und sah meine eigene Handschrift, las das Gedicht, das mein Vater auf die Ofenkachel geschrieben hatte. Der Maschinist war Pekko aus Porvo, der kahle Koch der *Diana.*

Ich verirrte mich in meiner Aufregung in den Gängen, stieß mit Leutnant Kelly zusammen, der mich in die Messe der Unteroffiziere brachte. Ich fiel Pekko um den Hals, dem das gar nicht recht war.

Er wusste nichts über die Mannschaft der *Diana* und über Greta und Edith und Mary. Er hatte gleich nach der Ankunft in

Acapulco eine neue Heuer bekommen und die Übrigen aus den Augen verloren. »So ist das in der Seefahrt, Fräulein Lilli«, tröstete er mich. Er sprach Deutsch mit mir, und das war sehr merkwürdig für mich nach so langer Zeit.

»Es heißt bei uns unten, sie kann nicht beweisen, wer sie ist«, sagte er auf Englisch zu Leutnant Kelly. »Das ist Miss Lilli, und ich kann es beweisen. Zeigen Sie dem Leutnant das Gedicht, Fröken. Das hat sie geschrieben, als ich noch auf der Insel war. Darauf lege ich jeden Eid ab.«

Pekko wollte, dass ich das Gedicht abschreibe, und der Leutnant sollte die Handschriften auf den beiden Zetteln vergleichen. Anna hatte zwar schon gesagt, dass ich im Februar 1914 auf das Atoll gekommen war, und Pekko wusste das auch – offenbar gab es nichts, über das der Maschinenraum nicht Bescheid wusste. »Aber keiner hier glaubt der mexikanischen Dame auch nur irgendwas«, sagte Pekko. »Ich bin amerikanischer Staatsbürger. Mein Wort gilt.«

»Mich wundert, dass ich so fröhlich bin«, schrieb ich. Ich war fröhlich, aber ich war nicht froh. »Ich fühle mich so fremd«, sagte ich auf Deutsch.

»Das kenne ich«, sagte Pekko mit seiner harten Aussprache. Dann wechselte er ins Englische: »Wenn sonst noch was ist – nur Bescheid sagen, der Maschinenraum kommt sofort.«

Als er gegangen war, bat ich Leutnant Kelly, mich eine Weile in der Messe allein zu lassen.

Commander Francis ließ Anna und mich am dritten Tag wieder in seine plüschige Kabine bitten. Leutnant Kelly war auch da, und der Steward Gonzales hielt sich zum Dolmetschen bereit. Wir setzten uns auf die harten Stühle.

Der Commander ging auf und ab. Er machte mich ganz kribbelig. Schließlich blieb er stehen: »Wenn man die Umstände betrachtet, so erscheint es mir gerechtfertigt, Ihre Verschwiegenheit zu respektieren.« Da Victor Lavista am Morgen seines Todes keine von uns tätlich bedroht habe, sondern wir zu ihm gegangen seien, um ihn zu töten, so könnte es sein, dass ein Richter unsere Tat nicht als Notwehr ansehen würde, sondern als vorsätzlich, als Mord.

»Haben wir kein Recht, uns zu wehren?«, schrie ich. Ich weiß nicht, was über mich kam. Mir riss einfach die Geduld mit diesem Mann, der keine Vorstellung davon hatte, was hinter uns lag.

»Es gibt zweierlei Maß für die Taten von Männern und für die Taten von Frauen, und das Recht wird für Männer und Frauen unterschiedlich ausgelegt. Das wird noch lange so bleiben«, sagte er aufreizend milde. »Es hängt davon ab, an wen Sie geraten. Ich empfehle Ihnen ebenfalls Verschwiegenheit über die Vorgänge auf der Insel.«

Dann sagte er noch, er habe den Leuchtturmwärter weder im Logbuch noch im offiziellen Bericht an seine Vorgesetzten erwähnt. Er hätte Angst vor den Folgen, die eine Erwähnung für das Schicksal von Tirza MacPherson haben könnte. Es war ganz klar: Er sagte Tirza, aber er meinte Anna. Er glaubte Tirza, dass Victor Lavista uns töten wollte, und er glaubte, dass Annas Rolle bei Victors Tod größer war, als sie zugab. Anna beeindruckte ihn ungemein.

Mich beeindruckte sie auch. Sie hatte den Commander dazu gebracht, die Leiche am Felsen zu verschweigen.

Der Commander sagte zum Leutnant: »Es führt zu nichts, wenn Washington sich in die Geschichte eines mexikanischen Soldaten einmischt, den die Witwen seiner eigenen Offiziere getötet haben, und das auf einer Insel, die Frankreich für sich beansprucht.«

Dann kam ich an die Reihe, die Deutsche, die Feindin. Mich

könne er nicht verschweigen, sagte er. Er werde mich dem britischen Konsul übergeben, der die Geschäfte der USA in Mexiko führte, seit die USA und Mexiko die diplomatischen Beziehungen abgebrochen haben. »Ich werde aber in dem Bericht für meine Vorgesetzten schreiben, dass ich keinen Anlass für die Gerüchte fand, dass die Deutschen auf dem Atoll und den anderen Inseln Radio-Stationen und Basen für U-Boote im Pazifik errichten.«

Er hatte Befehl gegeben, nach Salina Cruz zu laufen, wo Annas Vater seit einigen Jahren lebte – das hatte sie ihm erzählt. Dabei war der Heimathafen der *Portland* San Diego. Außerdem hatte er eine Radiobotschaft an den Konsul mit den Namen der Geretteten geschickt und ihn gebeten, ihre Verwandten zu suchen und zu benachrichtigen.

Unsere Rettung war das Aufregendste, was er und seine Männer auf ihrem klapprigen Kanonenboot in diesem Krieg erlebt hatten, aber das Geheimnis, wie Victor Lavista starb, behielten sie für sich, um uns zu schützen.

24. Lieferung der Gefangenen
Lilli von Eck

Am Sonntag, den 22. Juli 1917, fiel der Anker der *Portland* vor Salina Cruz. Die Kinder staunten die Berge hinter der Stadt an und die mehrstöckigen Häuser am Hafen. Ein Quarantäneboot hielt auf uns zu und kam längsseits.

Señor Edouardo Velasco war an Bord, Annas Vater. Er kam als Erster auf das Kanonenboot. Commander Francis empfing ihn auf dem Quarterdeck, wo auch Anna stand.

Viele Seeleute waren gerührt, als sie Vater und Tochter sahen, mancher wischte sich die Augen. Sie ist wie Eurydike aus dem Grab zu mir zurückgekehrt, sagte Velasco. Er hatte die Radiobotschaft von unserer Rettung zuerst nicht glauben wollen, so sehr war er davon überzeugt, dass seine Tochter, ihr Mann und die Kinder seit langer Zeit tot waren. Vater und Tochter waren noch lange so erregt, dass sie kaum sprechen konnten.

Als Señor Velasco das Schiff verließ, versicherte er dem Commander mit meiner Hilfe, dass er niemals so bedauert habe, nicht Englisch zu sprechen, wie heute, weil er ihm sagen wolle, wie dankbar er wäre, dass Francis ihm seine Tochter wiedergegeben habe. Velasco bestand darauf, alle Geretteten vorerst mit in sein Haus zu nehmen. Die Seeleute hatten Geld für die Kinder gesammelt.

Ich wollte mich von Pekko verabschieden, dem kahlen Maschinisten, aber er sagte: »Wozu? Wir sehen uns wieder.«

Salina Cruz feierte die Besatzung der *Portland.* Nichts in der Stadt war gut genug für einen Seemann des Kanonenboots, jeder Offizier sollte sich wie zu Hause fühlen. Eine Abordnung der Bürger kam an Bord, und der Bürgermeister bat, die Abfahrt des Schiffs nach San Diego zu verschieben, damit sie den Offizieren und Männern ein großes Tanzfest geben könnten als Zeugnis ihres Beifalls und ihrer Dankbarkeit.

Die Party fand im Hotel Gambrinus statt, um sieben Uhr abends, es kamen neun Offiziere und fünfunddreißig Männer von der *Portland* und feierten und ließen sich feiern. Francis hoffte, dass nicht nur Salina Cruz, sondern ganz Mexiko nun, nach unserer Rettung, die Amerikaner lieben würde.

Das weiß ich von Dr. Snow. Anna, Tirza, Maripepa und ich waren nicht auf der Party. Am Tag danach kamen Commander Francis, Leutnant Kelly und Dr. Snow in das Haus von Señor Velasco, um sich von uns zu verabschieden. Steif saßen wir im staubigen Besuchszimmer, ein Dienstmädchen hatte eilig die Vorhänge geöffnet und die Schonbezüge von den Sesseln gerissen.

Commander Francis gab Annas Vater zu verstehen: Annas Mut in den Widrigkeiten, ihr Wille zu überleben und ihre Kinder zu retten, ihr Benehmen und ihre Haltung im Augenblick ihrer Rettung, das alles habe ihn tief berührt.

Während wir uns voneinander verabschiedeten, die Männer gerührt, die Frauen tränenreich, zog Doktor Snow meinen Arm durch seinen und sagte: »Heiraten Sie mich, Miss Lilli!« Ich sagte sofort Ja, worauf alle in Lachen ausbrachen. Ich habe bislang jeden seriösen Heiratsantrag angenommen, aber irgendwie hat sich das immer zerschlagen.

Ich bin am Ende meines Berichts.

Vielleicht hat Leutnant Kelly den Leuchtturmwärter Lavista doch getötet.

Ich weiß nicht, ob Victor tot war, als wir aus der Hütte liefen. Er blutete, und die Krabben fraßen ihn bei lebendigem Leibe. Vielleicht hat Kelly diesen Anblick nicht ertragen. Vielleicht hat einer der Marinesoldaten, die uns vom Atoll holten, an Bord gesagt, einen solchen Mann müsse man erlösen, und vielleicht ist das Gerücht so entstanden. Niemand weiß es. Ich habe kein Geräusch eines Schusses gehört.

Aktennotiz Konsulat, 8. März 1918

Es erschienen in den Bürostunden des Konsulats eine Mrs. Bultman mit ihrem Verlobten Mr. Sigurdsson sowie der zehn- oder elfjährigen Tochter der Mrs. Bultman. Mrs. Bultman und Mr. Sigurdsson wünschten den Konsul persönlich zu konsultieren, da Mr. Sigurdsson auf Wunsch der Mrs. Bultman seine Niederlassung als Holzkaufmann in Salina Cruz plante.

Die Idee ist absurd, da ich alle Geschäfte dieser Art am hiesigen Ort mit Leichtigkeit selbst neben meinem Öl- und Kohlengeschäft erledige, doch konnte ich die Leute schlecht abwimmeln. Mr. Sigurdsson hatte seinen linken Arm im Dienste der Armee der Vereinigten Staaten im gegenwärtigen Krieg in Europa verloren und verfügte über hervorragende Verbindungen in Armee und Marine dieses Landes. Jedenfalls gab er mir das zu verstehen.

Während ich mich mit ihren Verhältnissen vertraut zu machen suchte, um ihnen gegebenenfalls einen anderen kaufmännischen Weg anempfehlen zu können, ließ ich ihnen von meiner Haushälterin María ein erfrischendes Limonengetränk anbieten. Die wohl elfjährige Tochter, ein unruhiges, spitznasiges Ding, flüsterte mit María und wurde von dieser hinausgeführt, ich nahm an, auf die Toilette.

Kaum hatte das Kind mein Büro verlassen, entbrannte zwischen Mrs. Bultman und Mr. Sigurdsson ein lauter Streit, dessen Ausgangspunkt mir auch jetzt noch nicht ganz klar ist. Mrs. Bultman wollte einige Umstände schildern, die ihre Wahl auf Salina Cruz fielen ließen, wohin die mexikanische Revolution bislang zur Freude aller Handeltreibenden noch nicht vorgedrungen ist. Mr. Sigurdsson unterbrach sie mit einer grundsätzlicheren Bemerkung, was sie sich nicht gefallen lassen wollte, und so schnappten sie mit Worten hin und her und kümmerten sich nicht im Geringsten um meine Anwesenheit. Ja, der Wortwechsel wurde immer lauter. Mrs. Bultman sprang schließlich auf, grapschte das Lineal von meinem Schreibtisch, das meine liebe verstorbene Mutter mir als eines ihrer letzten Geschenke ausgesucht hatte, und schlug damit auf den Verlobten ein. Dieser, trotz seines Armverlustes ein stattlicher jugendlicher Herr, sprang ebenfalls auf. Sein Gebrüll schien mir akute Gefahr anzuzeigen, sodass ich nach dem Revolver griff, den ich stets in meiner Schreibtischschublade aufzuheben pflege, und damit durch das offene Fenster schoss. Doch nicht einmal das hielt die nunmehr Tobenden auf, sodass ich noch zwei weitere Male schießen musste, um ihnen Einhalt zu gebieten.

Meine Bürodiener stürzten herein, um mir zu Hilfe zu eilen, die Nachbarn sammelten sich vor dem Fenster, und bald war ein reger Disput zwischen meinem gesamten Haushalt und den Bewohnern der Straße im Gange, dem ich nicht zu folgen vermochte, obwohl meine mexikanischen Studien in jüngster Zeit weit vorangeschritten sind, jedoch sie sprachen sehr schnell.

Mrs. Bultman sank nun mit aller Körperfülle Mr. Sigurdsson schluchzend in den verbliebenen Arm, und noch ehe mir das passende Wort in Anbetracht der Peinlichkeit der Situation eingefallen war, zog sie ihn schon zur Tür. Mir war das nur recht, wünschte ich doch nichts sehnlicher, als den Tumult in meinem sonst so stillen Büro zu beenden. Ich hörte Mrs. Bultman noch »Edith! Edith!« nach ihrer Tochter rufen, und schon hatte das Paar mich und mein Haus verlassen und schritt über die Straße, aufgeregt disputierend, davon.

Später am Nachmittag stellte die Haushälterin María fest, dass die Gefangene Elisabeth von Eck, die sich auch Lilli von Eck zu nennen pflegt, aus dem zweiten Innenhof meines Hauses verschwunden war. Die letzten Teile des Berichts, den sie auf meine Veranlassung hin schrieb, lagen auf ihrem Tisch. Das Exemplar, das sie für ihren Bruder in Deutschland anfertigte, war verschwunden.

Wir nehmen an, dass das Kind Edith von der Toilette nicht sofort in mein Büro zurückkehrte, wie es sich gehört hätte, sondern sich zu der Gefangenen stahl, und dass diese während des Tumultes aus meinem Hause entwich. Da sie kein Geld besaß, machten wir uns Sorgen um sie. Wir suchten eifrig nach ihr in den Straßen der Stadt und am Hafen, bis wir bei Einbruch der Nacht erfuhren, dass kurz nach dem Zwischenfall in meinem Büro der amerikanische Schoner *Diana II* die Reede von Salina Cruz verlassen hatte.

Ich nahm an, dass es sich bei meinen Besuchern um Greta Jonasson, Ehefrau des Kapitäns Jonas Jonasson, und ihrer beider Tochter Edith sowie um Gunnar Halvorsen, Seeoffizier des an der Isla de la Pasión gestrandeten Schoners *Diana,* handelte, die die Gefangene von Eck aus dem Gewahrsam, in den sie mir von den amerikanischen Behörden überstellt worden war, vorsätzlich befreiten, und stellte meine Nachforschungen ein.

Am Tag nach dem Verschwinden der Elisabeth von Eck fuhr ein Automobil der amerikanischen Militärpolizei vor, um sie zu einem Verhör abzuholen. Ich begab mich selbst in das Gebäude der amerikanischen Marineverwaltung und sprach mit einem Kapitänleutnant Smither. Ich konnte ihm glaubhaft machen, dass ich Miss von Eck monatelang nicht aus den Augen gelassen habe. Sie war in meinem Haus mit Personen meines Vertrauens umgeben, und wenn sie es dreimal wöchentlich zum Ausgang verließ – jeweils für nur eine Stunde –, so begleitete ich sie persönlich und bewaffnet.

Aktennotiz, Konsulat, 10. April 1918

Ich habe mich heute nach der Ansicht der Marine der Vereinigten Staaten von Amerika zum Fall Marie Elisabeth von Eck erkundigt. Man erklärte mir, die Gerüchte über eine Beteiligung des Leutnant Kelly am Tod eines Leuchtturmwärters seien eingeschlafen, Washington lege keinen Wert mehr auf die Ergreifung der besagten Eck. Man halte die entflohene Tirza MacPherson, eine halbwilde leidenschaftliche Indianerin aus dem Norden, für die Mörderin des heldenhaften Leuchtturmwärters, der die Insel gegen die Deutschen verteidigen wollte, sie falle jedoch in den Zuständigkeitsbereich der mexikanischen Justiz.

Ich möchte festhalten, dass die Unterrichtung des britischen Konsulats durch die amerikanische Marine mangelhaft und unkorrekt war. Anscheinend sind die Amerikaner in Europa auf dem Vormarsch und haben kein Interesse mehr an einer möglichen Spionin auf einem Atoll im Nordpazifik. Man hätte mir dies früher sagen können und müssen.

Der Vollständigkeit halber sei hier weiter festgehalten:

Das stumme Mädchen Rosa und die beiden Brüder García haben das Waisenhaus in Salina Cruz verlassen, ihre Spur hat sich im revolutionären Mexiko verloren.

Anna María Armand lebt mit drei Kindern bei ihrem Vater in Orizaba, der jüngste Sohn Angel ist gestorben.

María Josepha, Nachname unbekannt, genannt Maripepa, hat in Acapulco den verwitweten Herrn Gustavo Schmitz geheiratet.

Lilli von Eck lebte, die Zeiten ihrer zweimaligen Flucht abgerechnet, fünf Monate im Konsulat und hat für erhebliche Verwirrung und Beunruhigung aller Bewohner des Hauses gesorgt. Wir wünschen ihr dennoch für ihren weiteren Lebensweg alles Gute, wobei wir nicht annehmen wollen, dass sie mit dem Seeoffizier Gunnar Halvorsen in einem Holzhaus lebt und Kinder und Hunde großzieht. Wir wünschen ihr vielmehr, dass sie wieder einen Posten in einer seltsamen Weltgegend annehmen kann, wie es ihrer abenteuerliebenden und wissbegierigen Natur entspricht. Allerdings soll durch den Krieg die Nachfrage nach deutschen Gouvernanten in aller Welt stark zurückgegangen sein.

Aus unserer Sicht ist der Fall hiermit abgeschlossen.

Elisabeth Halvorsen *Oslo, 19. November 1922*

Sehr geehrter Herr Konsul,

das hiesige Tageblatt brachte heute eine Meldung, nach der in Mexiko eine Frau aus dem Stamm der Yaqui von einem Gericht zum Tode verurteilt wurde, weil sie einen Leuchtturmwärter tötete. Der Mann soll sie mehrfach vergewaltigt haben. Ich bin sofort zur Redaktion der Zeitung gelaufen und habe versucht, Einzelheiten – den Namen der Frau, den Ort der Gerichtsverhandlung, die Vorgeschichte – zu erfahren, aber man konnte mir nicht helfen. Daher erlaube ich mir, mich an Sie zu wenden und zu fragen, ob Ihnen etwas über einen derartigen Vorfall bekannt geworden ist. Für eine baldige Antwort wäre ich außerordentlich dankbar.

Hochachtungsvoll
Elisabeth Halvorsen

Einige Bemerkungen zum Schluss

Wie mein Roman »Die Schiffbrüchigen« die Geschichte des Untergangs der *Batavia* erzählt, beruht auch mein zweiter Roman auf wahren Vorkommnissen. Victor Lavista hieß in Wirklichkeit Victor Alvarez. Bei den Namen anderer Personen habe ich ebenfalls Veränderungen vorgenommen: Von vielen der realen Personen ist so wenig überliefert, dass ich sie nicht als Vorbilder nehmen wollte, um niemandem zu nahe zu treten. Anna María Armand hieß in Wirklichkeit Alicia Arnaud.

Über die Isla de la Pasión, englisch Clipperton, sind einige Bücher und Aufsätze erschienen – die meisten von französischen Wissenschaftlern, die auf ihren Expeditionen die eigenartige Natur der Insel erkundeten. Besonders hilfreich für mich war Jimmy M. Skaggs: Clipperton, a history of the Island the world forgot, New York 1989. Hier fand ich glaubwürdige Zusammenfassungen der Berichte von Leutnant Kelly, der in Wirklichkeit Kerr hieß, und seinem Vorgesetzten Perril alias Francis. Erst als es hieß, Kelly habe auf der Insel einen Mexikaner getötet, berichtete Perril seinen Vorgesetzten im September 1917, dass die Frauen den Leuchtturmwärter kurz vor Ankunft des Schiffs töteten.

Den Orkan habe ich nach Patrick Gordon Taylor beschrieben. Der Pilot Taylor prüfte im 2. Weltkrieg, ob die Lagune des Atolls sich für Zwischenlandungen militärischer Wasserflugzeuge eignete. Auch die Beschreibung von Lillis Kampf mit dem Hai beruht auf seinem Bericht. Viel gelernt habe ich von der Gerichtsgutachterin Eise Michaelis-Arntzen: Die Vergewaltigung aus kriminologischer, viktimologischer und aussagepsychologischer Sicht, München 1994.

Seit ich zum ersten Mal in Paris die Forschungsberichte einer französischen Expedition eingesehen habe, ist das Atoll Clipperton zum Traum von Radio-Amateuren und Hochseeanglern aus San Diego und deutschen Geografie-Erstsemestern geworden, und seit kurzem versuchen Amerikaner, auch Reisen dorthin anzubieten. Man findet im Internet Sinn & Unsinn und wunderschöne Fotos – sogar eins von der Insel aus einem Space Shuttle. Vergleicht man die Fotos mit den Angaben in alten Berichten, wird man feststellen, dass es heute mehr weiße Tölpel gibt – damals waren die meisten braun – und dass aus den vereinzelten Kokospalmen ein ganzes Wäldchen geworden ist. Das unbewohnte Atoll gehört heute zu Frankreich.

G. H.

Eine spannende, dramatische Familiensaga verwoben mit der Faszination Afrikas

Beverley Harper
STURM ÜBER
VERSCHLUNGENEN PFADEN
Roman
544 Seiten
ISBN 3-404-15237-9

Vor dem Hintergrund der bewegten Geschichte Simbabwes wird die fesselnde Geschichte der Familie Dunn erzählt. Familienoberhaupt Richard ist der Herr über die Farm Pentland Park. Lange Jahre hat er um seine Frau Kathy getrauert, bis die junge Fotojournalistin Steve in sein Leben tritt. Keiner der beiden weiß, dass Richards 17-jähriger Sohn ebenfalls in Steve verliebt ist. Als mögliche Stiefmutter lehnen er und seine ältere Schwester Penny sie rundheraus ab. Trotz der Spannungen bricht die Familie mit Freunden zu einer Safari auf. Doch der Ausflug nimmt eine schreckliche Wendung, nach der nichts mehr so ist, wie es einst war ...

Bastei Lübbe Taschenbuch